The Rising of the Shield Hero

12

Aneko Yusagi

Itsuki Kawasumi
Rishia
Ren Amaki
Filo

Ratotille
Raphtalia
Naofumi Iwatani
Gaelion
Charaktere

»Guruuuuuuuuu…«
»Shooting Star Shield! Air Strike Shield!«

The Rising of the Shield Hero

Der Dämonendrache

ANEKO YUSAGI

TOKYOPOP

INHALTSVERZEICHNIS

The Rising of the Shield Hero

Der Dämonendrache

Prolog: Die Vormittage des Schildhelden

Im Allgemeinen begann mein Tag früh. Ich stand noch eher auf als die Sklaven. Es sei denn, ich hatte bis in die Nacht Arzneien hergestellt oder irgendwelche Aufgaben erledigt.

Mein Name ist Naofumi Iwatani. Eigentlich war ich ein Universitätsstudent im Japan der Gegenwart, doch als ich in einer Bibliothek im *Traktat der Waffen der vier Heiligen* gelesen hatte, war ich unglücklicherweise in eine andere Welt beschworen worden – als der Held des Schildes.

Mein Auftrag war es, die Vernichtung der Welt durch die sogenannten »Wellen« aufzuhalten, bei denen es sich um ein Weltenverschmelzungsphänomen handelte – wie ich mittlerweile herausgefunden hatte. Anfangs hatte ich geglaubt, ein Traum sei wahr geworden: Ich war ja schließlich in eine andere Welt beschworen worden. Doch man hatte sich grausam gegen mich gewandt, mich verleumdet und mich ohne eine Münze davongejagt.

Dadurch war ich zu einem Sonderling geworden, der niemandem mehr traute. Mir war selbst bewusst, wie schlimm das war. Allerdings hatte es sich etwas gelegt, nachdem die Verschwörung ans Licht gekommen war und man die Verantwortlichen zur Rechenschaft gezogen hatte.

Es hatte sich dann noch allerhand ereignet. Ich war daran gescheitert, mich mit den anderen Helden gutzustellen, und durch das Auftauchen der Geisterschildkröte hatten wir verschiedene Probleme lösen müssen. Immerhin hatte sich so die Zeit bis zur nächsten Welle beträchtlich verlängert.

Ich hatte beschlossen, die Zeit zu nutzen, um eine Privatarmee aufzubauen, angeregt von Kizuna Kazayama und ihren Gefährten, die wir in einer anderen Welt kennengelernt hatten.

Im Augenblick baute ich Raphtalias Heimatdorf wieder auf – Raphtalia war meine rechte Hand und ich so etwas wie ihr Ziehvater. Wir hatten die in die Sklaverei geratenen Bewohner zurückgeholt und mit ihrer Ausbildung begonnen, aber auch danach hatte es wieder alle möglichen Schwierigkeiten gegeben.

Im Dorf hatten wir jetzt aber alles so weit im Griff, und der Wiederaufbau ging gut voran.

»Na dann.«

Ich blickte aus dem Fenster. Die Sonne ging gerade erst auf, und es war noch dämmrig.

»Ho! Ha! Hepp!«

Ren schwang enthusiastisch sein Schwert herum. Der hatte sich jetzt übrigens bei uns im Dorf niedergelassen. Er war der Held des Schwerts und war aus einem anderen Japan beschworen worden, in dem es VRMMOs* gab: Spiele, bei denen man virtuell ganz in die digitale Welt eintauchen konnte.

Damals bei der Beschwörung hatte er den Coolen gespielt, aber dann war alles Mögliche passiert, und mittlerweile legte er eine ernsthaftere Einstellung an den Tag.

Hätte er zu dieser Uhrzeit noch faul im Bett gelegen, hätte ich ihm was geflüstert. Aber offenbar hatte er bei unserem Gespräch neulich nicht gelogen und wollte wirklich einen Neuanfang machen.

Ich trat aus dem Haus.

»So früh schon am Trainieren?«

»Naofumi? Morgen! Tja, ich muss mich anstrengen, damit ich stärker werde.«

Er und die anderen beiden Helden hatten gegen die Geisterschildkröte verloren. Im Anschluss daran hatten wir sie in unsere Obhut genommen, aber dann waren sie spurlos verschwunden.

*Virtual Reality Massively Multiplayer Online (Role Playing Game)

Zuerst hatten wir versucht, Motoyasu, den Lanzenhelden, mit der Hilfe Elenas, einer seiner früheren Gefährtinnen, wieder einzufangen. Doch das war schiefgegangen. Auf dem Heimweg waren wir dann Ren begegnet und hatten versucht, ihn unter unsere Fittiche zu nehmen. Doch jene von Grund auf böse Hexe, die mich damals verleumdet hatte, hatte ihn mit honigsüßen Worten getäuscht und war mit ihm geflohen.

Immerhin hatte Motoyasu so ihren wahren Charakter erkannt, und wir hatten ihn unter unseren Schutz bringen können. So weit, so gut, aber dann hatte Filo versucht, den deprimierten Lanzenhelden aufzumuntern, was bei ihm zu einer höchst merkwürdigen Veränderung geführt hatte – und seitdem hatte Filo einen Stalker.

Ich erzähle nur, wie das alles passiert ist, stelle dabei aber gerade selbst fest, wie absurd das klingt.

Jedenfalls war Motoyasu komisch geworden. Wir waren dann mit dem Teleportationsskill vor ihm geflohen.

Ein paar Tage waren ohne größere Zwischenfälle verstrichen, doch dann hatten Räuber angefangen, auf meinem Lehen ihr Unwesen zu treiben. Natürlich brachen wir auf, um sie zur Rechenschaft zu ziehen. Aber dann fanden wir heraus, dass Ren der Anführer der Bande war. Witch hatte ihn betrogen, und nun hatte ein Fluch von ihm Besitz ergriffen.

Und dann … Ach, eigentlich mag ich gar nicht daran zurückdenken … Motoyasu, der ja selbst wirr im Kopf war, hatte Ren hervorgelockt – seiner Aussage nach um Filo und mir in der Not zu helfen. Anfangs hatte sich Ren gewehrt, und es war unmöglich erschienen, ihn umzustimmen. Aber dann hatte Eclair ihn zu einem Schwertkampf herausgefordert und es geschafft, zu ihm durchzudringen. Danach war Ren für seine Bestimmung erwacht, und seither verweilte er in meinem Herrschaftsgebiet, unter Eclairs Führung.

Motoyasu hingegen … war uns leider durch die Lappen gegangen. Immerhin hatte er die Hochrüstmethoden angewandt, die ich ihm erklärt hatte. Somit käme er in Zukunft hoffentlich ein bisschen besser zurecht. Aber die Kämpfe, die uns noch bevorstanden, würden bestimmt nicht leichter. Daher hatte ich den Entschluss gefasst, mir den Stil der Unvergleichlichen Veränderung beibringen zu lassen. Den unterrichtete die alte Schachtel, die damals von ihrer schweren Krankheit auf verblüffende Weise genesen war, nachdem ich ihr auf einer meiner Handelsreisen ein Medikament eingeflößt hatte. Eclair war ihre Schülerin, und sie hatte mithilfe dieses Stils gegen Ren gewonnen. Ich würde jedoch auf spezielle Weise üben müssen, getrennt von den anderen.

»Naofumi, musst du nicht anders trainieren als Eclair oder ich?«

»So ist es.«

»Dann streng du dich auch an.«

»Ich soll mich anstrengen? Das sagst ausgerechnet … Ach, vergiss es.«

Als wir versucht hatten, Ren in Sicherheit zu bringen, hatte er mehrmals Skills der Curse Series angewandt, wofür er nun den Preis zahlte.

Der Habgier-Fluch sorgte dafür, dass Rens Glück sank und er kein Vermögen zusammenhalten konnte. Das schien auch seine Ausrüstung zu betreffen: Die billige Rüstung, die er getragen hatte, war völlig zerlumpt und nicht mehr zu gebrauchen.

Mein Skill Blood Sacrifice ließ sich ebenfalls nicht umsonst anwenden: Er fügte mir schwere Verletzungen zu und senkte meine Werte. Nun litt auch Ren an den Folgen eines Fluchskills. Für die Anwendung von Gold Rebellion hatte er offenbar mit all seinem Geld bezahlt. Die Nachwirkung war, dass alles, was er berührte, in seinem Wert gemindert wurde; auch Drop-Items, die er fand, waren von schlechter Qualität.

Beim Kampf gegen Eclair hatte sich bei ihm zudem auch noch der Fluch der Völlerei gezeigt, und auch die Rechnung für die Nutzung von dessen Skills war umgehend eingetrudelt. Bevor er gegen Eclair verloren hatte, war er angeblich Level 95 gewesen. Nun war sein Level auf 85 gesunken. Offenbar hatte er also für den Einsatz des Skills mit seinem Level bezahlt. In dieser Verfassung konnte man ihn nicht einfach kämpfen lassen, so motiviert er auch sein mochte

»Na, bis später.«

»Jupp.«

Damit nahm Ren sein Schattenfechten wieder auf. Ich winkte ihm zu und ging los. Im Stall angekommen, versorgte ich die Monster aus der Futterkiste und machte ein leichtes Training mit ihnen – was bedeutete, dass ich mit ihnen spielte. Eigentlich hatte ich den Sklaven aufgetragen, sich um die Monster zu kümmern, aber morgens tat ich es aus eigenem Antrieb.

»Aaalso, was machen wir denn heute Schönes?«

Die Monster gaben fröhliche Laute von sich.

In der Regel spielten wir so etwas wie Stöckchenholen oder Fangen. Die Sklaven, die mitmachen wollten, hatten ihre Vorbereitungen schon früh abgeschlossen und standen bereit – natürlich nur die, die nicht auf Verkaufstour mussten. Die Dunes, regenwurmartige Monster, die für die Vorbereitung des Erdbodens zuständig waren, waren jedes Mal mit von der Partie. Sie verstanden sich gut mit den Sklaven der Lumo-Art.

»Wau, wau! Bruder! Noch mal!«

Kiru kam zu mir zurück, den Stock im Maul, den ich geworfen hatte – ein Hund, wie er im Buche stand. Eigentlich war sie eine Subhumanoide, die wie Raphtalia ihre Eltern verloren hatte. Aber sie besaß die Fähigkeit, sich in einen Tiermenschen zu verwandeln. Seit Sadina ihr beigebracht hatte, wie das ging, verbrachte sie viel Zeit in ihrer Tiergestalt. Sie ähnelte dem Welpen eines sibirischen Huskys. In letzter Zeit hatte ich das deutliche Gefühl, dass sie sich immer mehr in einen Hund verwandelte.

Anschließend machte ich Frühstück, wenn mir danach war. Heute waren die Essensvorbereitungen schon erledigt, also half ich den Sklaven, die Küchendienst hatten, das Essen an die Dorfbewohner auszugeben.

Die Zahl der Kindersklaven im Dorf hatte übrigens zugenommen. Als ich unterwegs gewesen war, war ein Untergebener des Sklavenhändlers vorbeigekommen und hatte welche dagelassen. Sie stammten zwar nicht aus diesem Dorf, aber wir hatten immer noch viel zu wenige Helfer für das, was auf uns zukam. Gerade kam die Bewirtschaftung des Lehens so richtig in Schwung, das Dorf inbegriffen. Außerdem mussten wir uns auf die nächste Welle vorbereiten, und jedes bisschen Kampfkraft zählte. Im Augenblick durften wir also nicht wählerisch sein.

Sobald die Neulinge ihr Sklavensiegel hatten, kamen sie in Kirus Hände. Mittlerweile musste ich sie nicht mehr unter meine Fittiche nehmen: Die Älteren paukten den Neuankömmlingen die Regeln ein. Das Kommando hatten Kiru und die anderen ursprünglichen Sklaven, angeführt von Raphtalia.

Sie leisteten gute Arbeit, Ausschimpfen eingeschlossen, daher hatte ich es recht bequem.

»Herr Naofumi, guten Morgen.«

»Raph.«

»Oh, Raphtalia, Raphi. Morgen.«

Raphtalia war mit den anderen Sklaven zum Frühstück erschienen.

Auf sie konnte ich mich stets verlassen. Ursprünglich war sie meine Sklavin gewesen, aber mittlerweile war sie eine Heldin: Das Vasallenkatana einer anderen Welt hatte sie erwählt. In dieser Welt hatte sie als Erste an mich geglaubt. Ich war für sie so etwas wie ein Elternersatz. Wenn ich mit irgendetwas falsch lag, kam mit Sicherheit ein Kommentar von ihr ... Wir waren wohl wirklich wie Vater und Tochter.

»Raph.«

Raphi war ein Shikigami – etwas, das man in dieser Welt Gehilfe nannte. In der anderen Welt war Raphtalia verschollen gewesen, und um sie wiederzufinden, hatte ich Raphi aus ihrem Haar gemacht. Sie sah niedlich aus, irgendwas zwischen Tanuki und Waschbär, und machte immer bei allem mit. Ich wollte sie gern verhätscheln, aber es gefiel Raphtalia nicht, wenn ich mich zu viel mit ihr befasste. Aus irgendeinem Grund schien sie ihr nicht ganz geheuer zu sein.

»Herr Naofumi, guten Morgen!«

Jetzt kam auch Atla angelaufen, ihren Bruder Fohl im Schlepptau. Die beiden hatte ich bekommen, als ich mir in Zeltoble neue Sklaven zugelegt hatte. Atla war Fohls kranke Schwester; eigentlich hatte ich ihn gewollt, und sie hatte es mit dazu gegeben.

Sie waren Subhumanoide wie Raphtalia, gehörten aber zur Hakuko-Art. Diese war selbst in Schildwelt berühmt, einem Reich, das den Schildhelden verehrte, und nahm unter den Subhumanoiden einen hohen Rang ein. Obwohl Atla dieser edlen Art angehörte, hatte sie an einer Erbkrankheit gelitten und eigentlich nur noch kurze Zeit zu leben gehabt. Als ich ihr jedoch vom Yggdrasil-Elixier zu trinken gegeben hatte, hatte sich ihre

Verfassung rasch gebessert. Zuvor hatte sie nicht einmal gehen können, aber auch das ging mittlerweile. Ihr ganzer Körper war bandagiert gewesen, ihre Haut voller Schwären. Auch die waren durch die Medizin geheilt worden, und nun war Atla das hübscheste Mädchen im Dorf. Ehemals blind, bettlägerig und dem Tode nahe hatte sie sich wieder erholt – unglaublich.

»Ah, Atla … Wo ist denn Sadina?«

Sadina war eine Orca-Frau, die sich ständig betrank. Sie konnte sich verwandeln und befand sich gewöhnlich in ihrer Tiermenschenform. Im Dorf übernahm sie die Rolle einer großen Schwester, auf die sich alle verlassen konnten. Sie hatte reichlich Kampferfahrung: In der Arena in Zeltoble hatte sie uns sehr zu schaffen gemacht.

Es hieß, Sadina wolle einen Mann, der viel Alkohol verträgt. Mich machte er nicht betrunken, und seit sie das spitzgekriegt hatte, rückte sie mir bei jeder Gelegenheit auf die Pelle.

Atla und Sadina mochten mich beide, daher sah ich sie oft zusammen.

»Das weiß ich nicht. Lieber Bruder, bitte lass meine Hand los und geh schnell nach ihr suchen!«

»Das geht nicht, Atla! Wenn ich dich loslasse, läufst du ja bloß wieder zu ihm!«

Beim Kauf war ich eigentlich davon ausgegangen, dass er unsere Truppe verstärken würde. Heidi immer mit seinem Schwesternkomplex … oder sagen wir, seiner großen Liebe zu seiner kleinen Schwester. Jedenfalls ließ Fohl sich von Atla gehörig an der Nase herumführen. Im Augenblick gehörte er zu den älteren Sklaven im Dorf.

»Bruder, schau, dort am Himmel«, sagte Atla beiläufig.

»Hm?«

Als Fohl nach oben blickte, stieß sie ihm einen Finger in den Bauch.

»Ha!«

»Uff ...«

Fohl hatte sich überrumpeln lassen. Er wankte, als stünde er kurz vor der Ohnmacht. Atla hatte von den beiden das größere Kampftalent – das bildete ich mir ganz bestimmt nicht nur ein. Der alten Schachtel zufolge nahm sie ihre Umgebung aufgrund ihrer Blindheit umso genauer wahr. Sie nahm Qi oder Magie wahr, besaß unter anderem ein exzellentes Gehör und erspürte präzise den Schwachpunkt ihrer Gegner. Resultierend daraus hatte sie sich offenbar aufs Piksen spezialisiert.

»Ich lass dich ... trotzdem nicht los!«

»Bruder, du bist so stur!«

Die beiden waren in vielerlei Hinsicht ein merkwürdiges Geschwisterpaar.

»Trödelt hier nicht ewig rum. Esst auf und macht euch auf den Weg. Atla, für dich geht's nach dem Frühstück ans Training.«

»Ich freue mich schon!«

»Jaja. Fohl, du levelst und trainierst auch fleißig weiter. Sonst hängt dich deine Schwester noch ab.«

»Grrr ... Ja, schon gut!«

Fohl funkelte mich böse an, nickte aber.

Zuvor hatten die beiden unter dem Einfluss von Motoyasus Skill gelitten – oder vielmehr nur Fohl. Die Erinnerung, wie der große Bruder seine kleine Schwester umklammert hatte, war noch frisch. Na ja, immerhin hatte er sie nur am Weglaufen gehindert. Aber das hatte stark danach ausgesehen, als wären da mehr als nur brüderliche Gefühle im Spiel gewesen.

Außerdem gab es noch Filo, doch die war Melty besuchen gegangen und noch nicht wieder zurück. Filo war meine zweite Gefährtin. Eigentlich war sie ein Vogelmonster namens Filolial, aber sie konnte eine menschliche Gestalt annehmen. Dann sah sie aus wie ein kleines blondes Mädchen mit blauen Augen, dem Flügel auf dem Rücken wuchsen.

Für Filolials war es die größte Freude, Kutschen zu ziehen, doch wenn ein Held sie aufzog, entwickelten sie sich auf besondere Weise. Filo hatte ein gutes Kampfgespür und half uns wieder und wieder, brenzlige Situationen zu überstehen. Sie war ein argloser kleiner Fresssack.

Im Augenblick war sie leider in einer blöden Situation: Seit sie Motoyasu getröstet hatte, bedrängte er sie ständig mit Liebesschwüren. Und dann hatte er ihr auch noch ihre geliebte Kutsche geklaut. Deswegen war sie in letzter Zeit mies drauf.

»Sooo, Jungs und Mädels«, rief ich, »wenn ihr aufgegessen habt, fangt mit eurer heutigen Arbeit an.«

Ein Mädchen trat auf mich zu. Es hatte verschlafene Augen und zwei ... Begleiter.

»Hm ...«

Sie hieß S'yne und war eine Vasallenwaffenträgerin aus einer anderen Welt als dieser oder der, in der Kizuna lebte. Was war sie noch mal? Die Heldin der Nähwerkzeuge? Jedenfalls kämpfte sie mit Garnknäuel und Schere.

Sie war uns unter dem Ringnamen Murder Pierrot begegnet, als Kontrahentin in einer Arena in Zeltoble. Und aus irgendeinem Grund musste ich mich um sie jetzt auch noch kümmern.

Sie hatte silbernes Haar und wirkte auf den ersten Blick wie fünfzehn. Sie war eher klein, eigentlich auch ganz niedlich, aber darauf achtete ich nicht groß, denn so gut kannten wir uns nicht.

Die Welt, aus der sie stammte, war untergegangen, und diejenigen, die dafür verantwortlich waren, waren in diese Welt gekommen, um den vier heiligen Helden nach dem Leben zu trachten. Im Augenblick war S'yne so etwas wie meine Leibwächterin.

»Guten Morgen, Herr Iwatani«, sagte an ihrer Stelle eins der Stofftiere, die sie begleiteten. Sah sie so müde aus, weil sie die Nacht über an ihnen gebastelt hatte? Vermutlich konnte sie diese Puppen als Gehilfen in ihren Dienst nehmen.

Vielleicht lag es daran, dass Nähen ihre Spezialtechnik war, aber mit ihren Puppen stimmte immer irgendetwas nicht. Es war damit losgegangen, dass sie ein Raphi-Stofftier hatte sprechen lassen – als wäre sie nicht ganz bei Trost. Denn gerade darum war Raphi doch so niedlich: Weil sie immer nur »Raph« machte! Wenn sie plötzlich fließend sprechen konnte, war der halbe Reiz verflogen. Als ich sie darauf hingewiesen hatte, hatte sie die Puppe verstummen lassen. Jetzt saß sie auf meinem Bett, neben dem Kopfkissen.

Die neue Puppe war nach Kirus Tiermenschenform gestaltet. Nannten wir sie mal Kiru Nr. 2.

»Guten Mor…«

In S'ynes Worte mischte sich immerzu Rauschen. Als ihre Welt untergegangen war, musste die Übersetzungsfunktion ihrer Vasallenwaffe Schaden genommen haben.

»Ja, Morgen. Sag mal, deine Puppe kann ja ziemlich flüssig sprechen.«

»Und deshalb werde ich sie vertreten«, sagte Kiru Nr. 2 und zeigte auf ein Accessoire, das an ihrem Halsband hing. »Der Gefährte des Todfeindes meiner Herrin, den Ihr besiegt habt, hatte ein Accessoire mit Übersetzungsfunktion. Sie hat es seiner Leiche abgenommen und für mich verwendet.«

Ich hatte es ja schon angesprochen: Eindringlinge aus einer anderen Welt waren in diese Welt gekommen, um die vier heiligen Helden umzubringen. Zwei von denen hatten uns angegriffen. Sie profitierten anscheinend gewaltig davon, andere Welten zu vernichten. Deswegen hatten sie nicht mit sich verhandeln lassen wie zuvor Kizuna und ihre Freunde. Durch die Zerstörung einer Welt hatten sie die Fähigkeit erlangt, wie in einem Videospiel wieder zum Leben zu erwachen: Als wir sie getötet hatten, waren sie wieder aufgetaucht. Sie hatten zudem beeindruckende Kampftechniken gezeigt und uns hart zugesetzt. Zum Glück jedoch hatten sie unter den herrschenden Bedingungen während des Kampfs nicht sofort wiederbelebt werden können, und so hatten wir sie dann doch endgültig bezwungen.

Und dieses Accessoire hatte S'yne also der zurückgebliebenen Leiche abgenommen.

»Das würde ich gern mal analysieren ...«

»Soll ich es Euch überlassen?«

S'yne schien es nicht für sich allein beanspruchen zu wollen. Aber ohne das Ding konnte ich nicht vernünftig mit ihr reden. Dank des Gehilfen war es jetzt deutlich leichter. Außerdem befasste ich mich im Moment ohnehin vorrangig mit den Accessoires, die ich aus Kizunas Welt mitgebracht hatte. Es wäre sicher praktisch, wenn wir dieses Übersetzungsitem besser verstünden, aber für mich übernahm das Dolmetschen der Schild. S'yne war die Einzige, die Verwendung für das Ding hatte, also war es wohl nicht besonders dringend, dass ich mich damit auseinandersetzte.

»Wenn ich's brauche, sag ich Bescheid. Bis dahin kannst du's behalten.«

»Verstanden. Dann betrachte ich es als Dauerleihgabe.«

»Kann S'yne es nicht selbst benutzen?«

»Es verträgt sich nicht mit der Vasallenwaffe«, sagte Kiru Nr. 2. »Wir können froh sein, dass ich es verwenden kann.«

Hm ... Das Item war also nützlich, aber unpraktisch in der Verwendung. Wenn es bei S'yne nichts brachte, würde ich wohl auch nichts damit anfangen können.

»Verstehe. Na schön. S'yne, du willst bestimmt auch was essen.«

Sie nickte und hielt mir ihren Teller hin. Nachdem ich ihr etwas darauf gehäuft hatte, setzte sie sich an einen Tisch und begann schweigend zu essen.

Tja, bei uns war mittlerweile allerhand los.

Kapitel 1: Spontanes Aufblühen

Nachdem die Sklaven aufgegessen hatten, machten sie sich an ihre diversen Aufgaben: Sie trainierten, studierten Magie, gingen auf Handelstour, halfen beim Wiederaufbau – und vieles mehr.

Ich befasste mich je nach Tag mit ganz unterschiedlichen Sachen. Nach dem Frühstück fingen meine Übungen mit Atla an. Fohl war zum Leveln auf Monsterjagd gegangen. Raphtalia hatte Atla beim Wachdienst abgelöst.

Verschiedene Umstände hatten dazu geführt, dass ich jetzt mit Atla trainierte. Es hatte damit begonnen, dass ich die alte Schachtel mit ihrem Stil der Unvergleichlichen Veränderung ins Dorf gerufen hatte.

»Hey, Oma, ich würde auch gern bei deinen Übungen mitmachen.«

Rishia und Eclair erzielten sichtliche Erfolge, deswegen hatte ich den Wunsch, auch ernsthaft mit dem Training zu beginnen. »Oma« klingt vielleicht etwas unhöflich, aber das hatte sich bei uns eben so eingebürgert.

»Einverstanden. Aber ehe Ihr nicht gelernt habt, das Qi zu spüren, hat es keinen Sinn.«

»Ah ... Dann müssen wir wohl doch damit anfangen ...«

»Ich nehme es mittlerweile ein klein wenig wahr«, sagte Raphtalia.

»Oh ja, Schülerin Raphtalia scheint es allmählich zu begreifen!« Das sah die alte Schachtel offenbar mit einem prüfenden Blick. »In dem Fall solltest du dich jetzt mit Übungen befassen, die eine Stufe schwerer sind!«

»Heißt das, ich muss wieder in den Bergen meditieren?«, murrte ich. »Vielleicht bleibt mir nichts anderes übrig, als auch Lebenskraftwasser einzuschmeißen …«

Dass ich geduldig üben musste, war mir natürlich klar. In letzter Zeit hatte es hier jedoch am laufenden Band irgendwelche Scherereien gegeben. Deswegen hätte ich es lieber sofort gekonnt … Aber so leicht würde ich es wohl nicht haben.

»Nun, es mag eine etwas drastische Maßnahme sein, aber ich wüsste womöglich eine gute Methode für Euch, Heiliger.«

»Na, wenn das so ist, raus damit. Macht mir nichts aus, wenn's ein bisschen weh tut.«

Es kam schließlich vor allem darauf an, dass ich schnell stärker wurde.

»Es gibt hier jemanden, der noch besser geeignet ist – jemand mit einem exzellenten Gespür fürs Qi. Übt Ihr mit ihr, so werdet Ihr es gewiss begreifen.«

»Meinst du Atla? Ich hab ja schon gehört, dass sie Talent haben soll.«

Eclair hatte mir davon erzählt. Angeblich sah die alte Schachtel keine Notwendigkeit darin, Atla zu unterrichten.

»So ist es.«

Fohl stand auch dabei. Als die alte Schachtel ihn ansah, warf er einen wachsamen Blick zu Atla hinüber.

»Nanu?«, fragte sie. »Was ist denn?«

»Sie wird Euch bestimmt helfen können, das Qi zu meistern.«

»Na ja, als wir letztes Mal auf Jagd waren, kam sie mir stärker vor als Fohl.«

»Was?!«, rief Fohl. »Ich bin doch wohl klar der Stärkere!«

»Bruder, hör bitte auf, mich vor Herrn Naofumi kleinzureden.«

Sie pikste Fohl in die Seite.

»Aua!!« Fohl krümmte sich. »Verd…«

»So sieht's eben aus, Fohl. Im Moment bist du schwächer als Atla. Wenn du daran was ändern willst, üb mit der Oma.«

»Trotzdem danke für alles, Bruder.«

Er hatte sich durchgehend um sie gekümmert, und das war ihr ganzer Dank? Ich war sprachlos.

»A… Atla?! Grrr … Na schön. Ich werde auf jeden Fall stärker, du wirst schon sehen!«

Plötzlich loderte er ja förmlich vor Kampfgeist. Atla motivierte ihn, Fortschritte zu machen. In dem Sinne war ihre Art ihm gegenüber vielleicht gar nicht so verkehrt.

»Und ich werde zusammen mit Herrn Naofumi trainieren!«

Atla klammerte sich an meinen Arm. Darauf hätte ich verzichten können, aber sie war meine Übungspartnerin, also machte ich gute Miene zum bösen Spiel.

»Na dann. Raphtalia, geh du schon mal mit der Oma …«

»Nein!«, protestierte Raphtalia.

Was war denn nun los? Sie hatte doch so große Lust auf die Übungen gehabt.

»Hm … Nun, vielleicht ist ein bisschen Konkurrenzkampf zwischen den Schülerinnen ja ganz förderlich«, lenkte die alte Schachtel ein. »Eine Rivalin zu haben, fördert den Wunsch, sich zu verbessern.«

Tatsächlich? Na ja, ich hatte in Manga schon ähnliche Sachen gelesen.

»Alsdann, werter Heiliger, stellt Ihr bitte das Seelenheilwasser bereit. Und um ernsthaft zu üben, sollten wir wohl tatsächlich mal wieder in die Berge gehen. Ich bitte darum, dass Ihr auch dies umgehend bewilligt.«

Ursprünglich hatten wir tief in den Bergen unsere Übungen machen sollen, aber das Seelenheilwasser hatte es uns ermöglicht im Dorf, ja sogar in der Stadt zu trainieren. So hatten auch Eclair und Rishia fleißig mitmachen können.

Ren würde wohl zusammen mit Eclair bei der alten Schachtel üben, und ich wusste nicht, wie viel Seelenheilwasser sie brauchten. Angeblich hätte er wohl auch mit mir trainieren können, aber er wollte es sich mit dem Stärkerwerden offenbar nicht leicht machen. Vielleicht war es gar nicht so schlecht, wenn er mit Eclair übte. So konnten sie sich gegenseitig antreiben.

So war es jedenfalls gekommen, dass Raphtalia und ich nun zusammen mit Atla trainierten. Zuallererst mussten wir lernen, das Qi wahrzunehmen.

»So, Atla, dann mach mal den Angriff, um den ich dich gebeten hab. Aber stärker und schneller.«

»Verstanden!«

Ich blockte ihren Stoß. Ich hörte ein sattes Knistern. Zugleich drang irgendetwas in meinen Körper ein und prallte darin hin und her. Es fühlte sich genauso an wie die Technik, die die alte Schachtel auf mich losgelassen hatte. Zum Glück hatte ich fürs Training einen schwächeren Schild angewählt. Mit einem zu gut hochgerüsteten wäre ich hierbei wohl ernsthaft verletzt worden.

»Gnnn ...«

Ich lenkte meine Magie in das fremde Element, das da in mir wütete, und lenkte es mit Gewalt aus. Der alten Schachtel zufolge war das jedoch die falsche Vorgehensweise.

»I... Irgendwie geht's, aber es ist schwierig. Los, kämpfen wir weiter.«

»Dann lege ich jetzt los! Ha! Ha! Ha!«

Die alte Schachtel hatte mir einige Anweisungen an die Hand gegeben, wie ich zu trainieren hatte. Ich sollte nicht bloß abwehren, sondern richtig mit Atla kämpfen: das habe einen besseren Trainingseffekt. Auch Raphtalia hatte Anweisung, mit Atla in den Ring zu treten.

»Herr Naofumi ...«

»Wenn ich Atlas Angriffe abwehre, lerne ich, das Qi zu sehen, sagt die Oma. Es muss wohl sein.«

So wehrte ich also weiter ab, bis ich irgendwann erschöpft zu Boden sank, um zu verschnaufen.

»Als Nächstes du, Raphtalia«, sagte Atla und winkte sie harsch zu sich.

Warum war sie so provokativ? Raphtalia reagierte in charakteristischer Weise. Mit starrer Miene wählte sie ein Holzkatana an.

»Dann fange ich an«, sagte Atla

»Wenn ich dich lasse«, erwiderte Raphtalia.

Während des Schlagabtauschs sprühten Funken zwischen den beiden. Es lag eine Anspannung in der Luft, als wäre dies ein echter Kampf. Die beiden machten richtig Ernst! Sollte ich mich ebenso reinhängen?

»Haaa!«

Im Nu war Raphtalia bei Atla und ließ das Holzkatana niederfahren, doch die wich um Haaresbreite aus und stieß hart mit den Fingern zu. Raphtalia entging ihr ebenso knapp, indem sie sich zurückbog. Dann schwang sie das Katana seitwärts nach ihrer Gegnerin. Die duckte sich und versuchte, die kurze Blöße zu nutzen. Es knallte, als Raphtalia die Attacke mit dem Holzschwert blockte.

»Jetzt pass auf!«

Den nächsten blitzschnellen Stoß parierte Raphtalia, indem sie den Arm beiseite fegte, dann ließ sie das Katana zur Gegenattacke herunterschnellen.

»Bist ja ganz schön hartnäckig!« Atla brachte sich mit einem Flickflack in Sicherheit. »Lass dich einmal treffen, dann ist es vorbei. Anschließend musst du natürlich eine Weile still zusehen, wie ich mit Herrn Naofumi trainiere!«

»Daraus wird nichts! Lass du dich lieber von meinem Katana treffen, dann darfst du Herrn Naofumi und mir zusehen!«

Raphtalia hielt eine Hand über die Krümmung ihrer hölzernen Waffe. Ließ sie irgendetwas hineinströmen? Ich konnte kein Qi sehen, daher hatte ich keinen Schimmer.

»Motiviert bist du ja«, stichelte Atla.

»Das Kompliment kann ich nur zurückgeben!«

Kurz blickten die beiden sich an – dann schossen sie aufeinander zu. Funken stoben auf, als sie aufeinanderprallten. Das hier war doch nur ein Trainingskampf, oder? Beachtlich, wo sie nicht einmal ernst machten.

»Du stehst ja immer noch?«

»Du aber auch.«

Einen merkwürdig energiegeladenen Kampf bekam ich hier geboten. Aber der alten Schachtel zufolge bestand meine Übung darin, den beiden zuzusehen, also würde ich auch genau das tun.

Irgendwann war Mittag, und ich bereitete das Essen zu. Lieber hätte ich Zeit gehabt, um den ganzen Tag zu üben.

»Du hast wieder so lecker gekocht, Bruder!«

Vor Aufregung verwandelte sich Kiru in ihre Tiergestalt und wedelte mit dem Schwanz. Wie sie sich freute, die kleine Hündin mit dem Lendenschurz. Na, meinetwegen. Es ging ja nichts über eine hohe Motivation.

»So, jetzt sind wir satt. Wollen wir dann heute mal beim Waffenhändler vorbeischauen?«

»Gern«, sagte Raphtalia.

»Ja, sehr gern!«, pflichtete Atla ihr bei.

Wir ließen es für heute mit den Übungen bewenden und sprangen mit meinem Teleportationsskill in die Schlossstadt.

Kapitel 2: Die Alchemistin

Als wir den Waffenladen betraten, stand Imiyas Onkel hinter dem Tresen.

»Ah, der Held des Schildes!«

»Hi. Wie läuft's?«

»Wir bauen und bauen und machen guten Umsatz. Ein Teil wird in Eure Ausrüstung gesteckt.«

Oh! Na, das war doch super. Irgendwie war bei mir schmale Kasse. Ich war immer noch nicht flüssig genug, um Ausrüstung zu kaufen. Wenn ich in dieser Lage Sachen billiger bekommen konnte, weil Imiyas Onkel hier arbeitete, dann war das doch sehr schön.

»Danke, das hilft. Imiya und ihr seid alle so geschickt, aber ich lasse euch ganz schön schuften.«

»Was redet Ihr? Ihr gebt uns Arbeit, die von Wert ist. Wir haben Euch zu danken!«

Imiyas Onkel gehörte zu der Lumo-Art. Das waren Tiermenschen, die Maulwürfen ähnelten.

Imiya hatte ich vom Sklavenhändler, und weil sie so fingerfertig gewesen war, hatte ich mir später noch mehr von der Sorte dazugekauft. Darunter war auch Imiyas Blutsverwandter gewesen. Für mich war er einfach Imiyas Onkel. Er hatte zwar auch einen richtigen Namen, aber wie lautete der noch gleich? Die hatten alle so lange Namen …

Jedenfalls stand Imiyas Onkel dem Waffenhändler nah. Sie hatten früher beim selben Meister gelernt. Ich hatte ihn vor Kurzem zu ihm gebracht, damit er beim Waffenhändler in die Lehre gehen konnte: Er sollte später im Dorf Waffen und Rüstungen für mich bauen. Dabei hatte sich jedenfalls herausgestellt, dass die beiden alte Bekannte waren.

»Wir haben Tag und Nacht diesen Berg aus Materialien erforscht, und irgendwann haben wir uns in die Wolle gekriegt. Gestern Abend flogen sogar die Fäuste.«

»Das ist ja krass.«

Am Vorabend hatten sie sich noch gestritten und geprügelt; schon heute war nichts mehr davon zu spüren, und Imiyas Onkel stand wieder im Laden. Daran merkte man deutlich, wie sehr die beiden einander trauten.

»Was gibt's denn?«

Der Waffenhändler kam aus den hinteren Räumen dazu. Er hielt einen Hammer in der Hand, an dem er wohl gerade gearbeitet hatte.

»Oh, du, Jungchen? Wie sieht's denn in letzter Zeit bei dir aus?«

»Wird so nach und nach ... Wir machen gerade verschiedene Übungen. Aber erzähl mir lieber, wie's mit der Ausrüstung aussieht.«

»In den paar Tagen sind wir nicht viel weitergekommen. Bist du bloß deswegen heute hier?«

Als er mich so direkt fragte, dachte ich eine Weile nach. Langsam wanderte mein Blick zu Raphtalia und Atla, die ich mitgebracht hatte.

»Ähm ...«

Ich hatte zwar kein Geld, aber mit der Fürsprache von Imiyas Onkel durften wir bestimmt anschreiben. Sollte ich den Händler um etwas bitten, worüber ich mir schon länger Gedanken machte?

»Sag mal, Alterchen, du hast mir doch mal diesen Siderite Shield gezeigt.«

»Hm? Was ist damit? Kannst du damit irgendwie noch stärker werden?«

»Nee, das meine ich nicht. Der Skill Shooting Star Shield ist übrigens ziemlich klasse.«

Seit ich den gelernt hatte, war er mir im Kampf ehrlich eine große Hilfe. Bisher schien mir das ein ziemlich allmächtiger Schild zu sein, den ich eine lange Zeit würde benutzen können. Mit Accessoires könnte man auf eine noch größere Wirkung hoffen.

»Ich hab mich bloß gefragt, ob der Siderite Shield für dich vielleicht eine besondere Bedeutung hat, oder warum du sonst so an ihm hängst …«

»Hm … Ich will ihn bloß ungern verkaufen, weil er aus sehr seltenen Stoffen gefertigt wurde. Aktuell liegt er aber nur im Lager rum. Was ist damit?«

»Ach, tatsächlich? Kann ich dich dann um etwas bitten?«

»Worauf willst du hinaus, Jungchen? Schieß los.«

Ich warf einen Blick zu Raphtalia hinüber, dann unterbreitete ich ihm mein Anliegen.

»Könntest du den Siderite Shield einschmelzen und … ein Siderite Katana oder so was daraus machen?«

Der Waffenhändler und Raphtalia verstanden im selben Moment und nickten.

»Auf ihr Katana hab ich schon oft mal einen Blick geworfen. Ist das eine ähnliche Waffe wie dein Schild?«

Mit einem Mal ging mir auf, dass ich dem Waffenhändler noch gar nichts von Raphtalias Katana erzählt hatte. Sie zog es aus der Scheide und zeigte es ihm.

»Das ist eine Vasallenwaffe aus einer anderen Welt, wahrscheinlich eine Entsprechung unserer sieben Sternwaffen.«

»Verstehe. Und du gehst davon aus, dass die junge Dame ebenfalls eine besondere Kraft anwenden kann, wenn ich den Siderite Shield zu einem Katana umschmiede.«

»Genau. Würdest du das machen?«

»Raphtalia, du bekommst eine Waffe von Herrn Naofumi?«, fragte Atla. »Ach, da werd ich ja neidisch. Ich hätte auch so gern eine.«

Ich beachtete sie nicht weiter. Wer mit bloßen Händen kämpfen konnte, brauchte keine Waffe.

»Unmöglich wär's nicht«, sagte der Alte.

»Dann machst du's?«

»Ach, das Ding hat Seltenheitswert, aber das ist auch schon alles. Ich hab mich sowieso bereits gefragt, was ich damit anfangen soll. Wenn's euch nützt, soll's mir recht sein.«

»Soll ich den Schild dann später zum Schmelzofen bringen?«, fragte Imiyas Onkel.

Der Waffenhändler nickte. »Aber ein Katana ...«

Er richtete den Blick gedankenverloren in die Ferne. Auch Imiyas Onkel wirkte nachdenklich, schien in Erinnerungen versunken.

»Was ist?«

»Werter Held des Schildes, Katanas zu schmieden war die Stärke unseres Lehrmeisters.«

»Nun, es war sein Hauptgeschäft, aber er hat auch andere Sachen gemacht.«

»Aha ...«

Ich meinte schon gehört zu haben, dass Waffenschmiede sich spezialisierten. Im Europa meiner Welt, vor sehr langer Zeit, waren die Vorrechte und so was angeblich genau festgelegt gewesen. Aber das hier war eine fremde Welt, da mochte sich das

System unterscheiden. Mein Waffenhändler schien fast alles zu können, deswegen verließ ich mich sehr auf ihn. Aber vielleicht waren er und Imiyas Onkel auch einfach besonders vielseitig.

»Der Meister hat mich in alle Geheimnisse seiner Kunst eingeführt. Ich glaube aber nicht, dass ich ihn schon übertroffen hätte, offen gesagt.«

»Hm …«

Ich erinnerte mich, was sie mir zuvor von diesem Meister erzählt hatten: dass es wegen irgendwelcher Frauengeschichten Probleme gegeben hatte. Er war wohl ein schwieriger Typ gewesen, hatte aber wohl einiges auf dem Kasten gehabt. Und die Stärke dieses Meisters waren also Katanas gewesen.

»Das Material haben wir, und es wird wohl auch nicht allzu lange dauern. Komm in zwei, drei Tagen wieder vorbei.«

»Alles klar. Und wegen der Bezahlung …«

»Du kaufst es doch eh nicht, oder? Bisschen Übung kann nicht schaden. Wenn sie's nur mal in die Hand nimmt, kostet es dich nichts.«

Das war ein starker Charakterzug von ihm. Es half mir wirklich, dass er so großzügig war. Deswegen wollte ich mich auch unbedingt erkenntlich zeigen.

»Danke. Beim nächsten Mal bestell ich hier für viel Geld Ausrüstung für die Dorfbewohner.«

»Na klar.«

»Und wenn du mal irgendwelche seltenen Erze oder so brauchst, sag Bescheid. Also … Man sieht sich.«

»Bis dann.«

»Auf Wiedersehen.«

»Jungchen, bei dir herrscht ja mittlerweile ganz schön Trubel. Das macht auch mir Spaß.«

Wir verließen das Geschäft und kehrten rasch nach Lurolona zurück.

»Meister, Schwestern, da seid ihr jaaa!«

Oh? Filo war wieder im Dorf. In ihrer Filolialform kam sie auf mich zugelaufen.

»Ah, Held des Schildes, gut, dass Ihr zurück seid!«, begrüßte mich die Sklavin, die sich für Monster interessierte. Das war ja ungewöhnlich. »Schildheld, es ist jemand gekommen, der sich nicht abwimmeln lässt.«

»Hä?«

Hinter ihr kamen Eclair und Ren angelaufen. Eclair sah auch ein wenig gestresst aus. Was war nur passiert?

»Immer mit der Ruhe«, sagte Eclair. »Wir bewachen sie ja.«

»Sie wäre uns ein paar Mal schon fast abgehauen!«, rief Ren.

»Was ist hier los?«, fragte ich ihn.

»Weiß ich auch nicht genau, aber sieht aus, als hättest du Besuch.«

»Den hättest du doch auch für mich empfangen können.«

»Kann sein, aber ... Na ja.«

Auch Ren verhielt sich eigenartig ...

»Unser Gast ist ein klein wenig sonderbar, Herr Iwatani. Und sie erbittet umgehend eine Unterredung mit Euch.«

Ich seufzte. »Um wen geht es denn überhaupt?«

»Eine Alchemistin, die in Faubrey alle möglichen Schwierigkeiten verursacht haben soll.«

Wie bitte? Faubrey war doch das Großreich, das die vier Helden so schätzte. Von dort war eine Alchemistin gekommen?

»Auch ich habe es neulich von der Königin gehört: Man soll sie in Faubrey zur Häretikerin erklärt und verbannt haben.

Daraufhin ist sie wohl nach Melromarc gekommen.«

Was für eine Person war das wohl?

»Wir haben's nicht nötig, mit solch verdächtigen Gestalten zu reden. Jagt sie doch einfach davon!«

»Die Königin hat gesagt, auch ein Gift wird zur Arznei, wenn man's geschickt einsetzt«, steuerte Ren bei. »Jedenfalls dachten wir, wir sollten erst dich fragen.«

Hm, ganz falsch war das nicht.

»Jedenfalls will sie Eure Monster sehen. Sie sagt, sie müsse sie unbedingt überprüfen …«

»Oho … Ist das der berühmte Göttervogel?«

Unbemerkt war eine fremde Frau aufgetaucht und tätschelte Filo.

»Wa…Wa…Wa… Was?!«

»Uah!«

»Seit wann ist die denn da?! Ich hab sie gar nicht bemerkt!«

»Was für ein Kunststück …«, sagte Atla. »Ebenso schnell hat mein Bruder mich gepackt, als er verrückt geworden ist.«

»M… Meisteeer!«, schrie Filo, ähnlich beunruhigt wie bei Motoyasu.

»Oh, sie versteht die Menschensprache? Dann gehört sie wohl zur Unterart der Filolial-Königinnen? Ich habe schon Legenden über sie gehört.«

Die Fremde hatte platinblondes langes Haar und dunkelbraune Haut. Dem Aussehen nach war sie ein Mensch, etwa Mitte Zwanzig. Unter ihrem weißen Laborkittel zeichneten sich ihre Kurven ab. Nach den Maßstäben meiner Welt gehörte sie zum Typ sexy große Schwester. Aber die Rolle war eigentlich schon mit Sadina besetzt.

»Das Gefieder ist aber dicht. Was für Organe sie wohl hat?«

Die Alchemistin sperrte mit Gewalt Filos Schnabel auf und packte ihre Zunge. Filo versuchte, sich zu wehren, aber die Frau handhabte sie so lässig, als würde sie einem Baby den Arm umdrehen.

»Hmpf!«

Jetzt steckte sie ihren Kopf tief in den Schnabel, aber Filo flatterte wild mit den Flügeln und spuckte sie aus.

»Wenn du zappelst, kann ich dich nicht untersuchen. Halt still!«

Ehe Filo die Fremde wegstoßen konnte, hielt die plötzlich eine Spritze in der Hand und warf sie. Filo konnte nicht mehr ausweichen, und die Spritze blieb in ihrem Maul stecken.

»Wa…« Sie sank zu Boden. »I… Ich fühl mich so schlapp …«

»H… Hey …«, setzte ich an.

»Einen Moment bitte. Ich bin mitten in der Untersuchung.«

»Es ist mir als Besitzer aber nicht recht, dass du das einfach so machst.«

»Was …?«

Als die Alchemistin das hörte, wandte sie ihre Aufmerksamkeit von Filo ab.

»Ihr seid der Schildheld?«

»Äh … Ja, schon. Und du?«

»Ich? Ich bin Ratotille Anthreya. Freunde nennen mit Rato.«

»A… Aha. Ich heiße Naofumi Iwatani. Naofumi ist mein Vorname.«

»Naofumi also … Sehr erfreut.« Rato heftete den Blick erneut auf die betäubte Filo. »Dürfte ich die Kleine dann kurz untersuchen?«

»M… Meister! Ich will niiicht!«

Hm … Wenn ich es ihr erlaubte, ließe sich vielleicht Filos Rätsel lüften. Ich befürchtete jedoch, dass das für Filo unangenehm würde.

Ich seufzte. »Erst mal nicht.«

»Ach, schade.«

Filo schien sich erholt zu haben und stand langsam auf.

»Herrje. Wenn ich sie untersuchen will, brauche ich wohl ein stärkeres Mittel, was?«

»Neiiin! Hilfe, Meeel!«

Filo rannte weg. Die würden wir wohl eine Weile nicht wiedersehen.

»Und du wolltest mich sprechen? Was gibt's?«

»Ja. Ich hab mir schon einiges zeigen lassen: die Pflanzen aus einem gewissen Dorf, Eure Monster und so ...«

Ich seufzte.

»Das interessiert mich alles wahnsinnig. Ich möchte unbedingt damit herumspielen.«

»›Herumspielen‹? Also, ich ...«

Was hatte die überhaupt vor? Sogar über die Bio Plant wusste sie Bescheid. Ich musste wohl davon ausgehen, dass sie gründlich recherchiert hatte.

»Und du bist diese Alchemistin, die in Faubrey alle möglichen Probleme verursacht hat?«

»Probleme? Keinesfalls! Die wissen nur nicht, wie unfähig sie sind, und verstehen meine Forschung nicht.«

Was sie sagte, klang ganz klar nach verrückter Wissenschaftlerin.

»Ausgerechnet einen Mangel an Gottesfurcht haben sie mir vorgeworfen und mich verbannt. Mit diesen Göttern meinen sie die vier heiligen Helden und die sieben Sternhelden, das ist klar, oder?«

»Dann bist du gekommen, um deine Arbeit von den vier Helden absegnen zu lassen?«

Ich sah Ren an, doch der schüttelte den Kopf.

»Nein.«

»Und was willst du dann hier?«

»Anfangs wollte ich die Geisterschildkröte untersuchen. Aber mittlerweile ist mein Interesse schon weitergewandert.«

Seltsam leidenschaftlich streckte sie plötzlich den Arm aus und versuchte, meine Hand zu ergreifen. Ich zog sie rasch weg.

»Fass mich nicht an. Solche Frauen wie dich kann ich überhaupt nicht ab.«

»Na gut. Aber dann lasst mich wenigstens mit den Monstern herumspielen. Ich habe noch nie welche gesehen, die sich so entwickelt haben. Das will ich mir unbedingt mal genauer ansehen.«

Meine Monster ... So viele waren es eigentlich noch gar nicht. Aber es stimmte schon: Die wenigen, die ich hielt, entwickelten sich alle merkwürdig.

Sie waren durchschnittlich Level 25 und schienen auch größer als gewöhnlich zu sein. Meine drei Raupenmonster stutzten gerade die Bio Plants, die sich zu stark vermehrt hatten, betreut von den Sklaven.

Moment mal! Drei? Hatte ich nicht nur zwei Caterpilands gekauft?

Eins, zwei, drei ... So oft ich auch zählte, es war eine Raupe zu viel! Das war aber komisch. Am Morgen waren es ganz sicher noch zwei gewesen!

»Wer war das? Wer hat einfach noch einen Caterpiland angeschafft?!«

»Ups!«

Die Sklavin, die sich gerade noch mit uns unterhalten hatte, erschrak und versteckte eins der Tiere.

»Zu spät!«

Sie gehörte also zu den Verschwörern? Und das Tier, das sie versteckte, war auch noch das größte! Am Morgen war es nicht dabei gewesen. Sie musste es irgendwo im Geheimen aufgezogen haben. Oder hatten die Kinder es inmitten der Bio Plants versteckt? Die breiteten sich ja immer mehr aus und glichen schon bald einem Wald.

Ich warf einen Blick in meinen Status und sah zu allem Überfluss, dass das Monster tatsächlich unter meiner Kontrolle stand!

Die Monsterliebhaberin versuchte, den Caterpiland hinter sich zu verstecken, aber dafür war sie zu klein. Dieser Anblick, sie vor dem Raupenmonster und dahinter die Bio Plants ... Diese Szene kannte ich doch von irgendwoher! Aber diesen Sepiaton halluzinierte ich bestimmt.

»D... Das hab ich doch schon mal in einem alten Anime gesehen ...«

Ah, in Rens Welt gab es den also auch? Aber wen interessierte das jetzt gerade.

»Da ist keins! Da ist kein Räupchen!«

»Es ist riesig! Das guckt doch überall hervor!«

Von wegen, da war keins. Stammte die aus dem Tal der Winde, oder was? Der Caterpiland hinter ihr war ja noch gewaltiger als die anderen, fast so groß wie das Viech aus dem Film!

»So, jetzt will ich aber Reue sehen!«, rief ich.

Die Sklaven blickten betreten zu Boden. Doch aus irgendeinem Grund trat nun Atla vor. Was mischte sie sich plötzlich ein?

»Sie müssen zur Rechenschaft gezogen werden. Auf Euer Geheiß, Herr Naofumi, werde ich jeden einzelnen hart bestrafen. Zuerst ...«

»Ähm ... Atla, sei du mal still. Ich frag sie erst mal, was hier los ist.«

Was hatte sie ihnen wohl antun wollen? Das klang ja, als hätte sie etwas Schlimmeres als ich im Sinn gehabt.

»So, jetzt rückt aber mal mit der Sprache raus.«

»Also …« Kiru stellte sich schützend vor die Monsterliebhaberin. »Wir wollten bloß nicht, dass du böse wirst, Bruder.«

»Erst mal will ich wissen, wie ihr das auf mich registriert habt!«

»Der Mann, der die Sklaven verkauft, hat versprochen, nichts zu sagen.«

»Dieser verdammte Sklavenhändler! So was macht der einfach hinter meinem Rücken? Aber warum …«

»Das war das erste Ei, das wir gefunden haben!«

Und dann erzählten sie mir die Geschichte.

Beim Leveln waren sie auf ein Monsternest gestoßen und hatten ein Ei mitgenommen. Sie hatten es damit zwar ins Dorf zurückgeschafft, aber dann war die Frage gewesen, wie man es am besten aufzog.

»Raphtalia, hast du davon gewusst?«

»Selbstverständlich nicht!«

»Hätten wir ihr davon erzählt, dann hätte sie es dir nur gemeldet.«

»Natürlich hätte ich das! Kiru, was machst du nur für Sachen …«

Kiru erzählte weiter. Sie hatten natürlich gewusst, dass es gefährlich war, ein Monster ohne Siegel auszubrüten. Gerade hatten sie sich darüber den Kopf zerbrochen, da war der Sklavenhändler aufgetaucht. Sie hatten ihr Taschengeld zusammengeschmissen, das ich ihnen für ihre Handelsfahrten gegeben hatte, und den Sklavenhändler um ein Monstersiegel gebeten. Und der hatte das Monster dann auf mich registriert statt auf einen von ihnen: So werde es gesünder und besser, hatte er ihnen eingeflüstert. Und das Resultat sah ich nun vor mir.

Das war also der Grund. Die Level der anderen Caterpillands regulierte ich, damit sie nicht zu groß wurden. Aber von diesem hier hatte ich nichts gewusst, und jetzt war das Monster gewaltig, anderthalb mal so groß wie die anderen. Was sollte ich tun?

»Tötet ihn niiicht!«

»Halt du bloß die Klappe, aus welchem Tal du auch kommst!«

»Wieso Tal? Was soll das heißen?«

»Ähm, sie scheint Naofumi an eine Geschichte aus seiner Welt zu erinnern.«

Ren hatte meinen Spruch zu interpretieren gewusst. War mir ganz recht. Es wäre mir eh zu mühsam gewesen, das zu erklären. Mann ... Dass die einfach so was anstellten! Die Sklavin, die hier einen auf Talprinzessin machte, drückte sich schützend an den Caterpiland.

»Hört mal, wenn ihr so was anstellt, bringt ihr nicht nur euch, sondern auch mich in Schwierigkeiten! Wenn ihr unbedingt ein Monster aufziehen wollt, dann müsst ihr's mir vorher sagen!«

Ich beauftragte den Sklavenhändler doch ohnehin ständig. So war es nur doppelte Arbeit.

»Jetzt musst du dich aber auch um ihn kümmern. Wenn ich sehe, dass du die Arbeit anderen aufhalst, verkaufe ich ihn sofort.«

»I... Ich versprech's!«

Also wirklich ... Ein Problem nach dem anderen hatte man mit den Bälgern.

»Naofumi, du bist echt wie 'n Kindergärtner.«

»Was sagst du?!«

Was fiel Ren denn ein, so was zu sagen! Ich ein Kindergärtner?! Da täuschte er sich aber gewaltig! Ich funkelte ihn an und wollte ihm gerade die Meinung geigen, da rief Kiru: »Hab ich's nicht gesagt? Bruder verzeiht dir!«

»Aber Kirulein, du hast doch gesagt, wenn das rauskommt, verkauft er ihn auf jeden Fall, weil er besessen von Geld ist. Und deswegen müssten wir es geheim halten …«

»Du sollst mich nicht Kirulein nennen!«

»Oh Mann, ihr seid 'ne Bande …«

Die waren doch wirklich alle … Moment mal, was hatte ich da vorhin gehört? Es sei das erste Ei gewesen, das sie gefunden hatten?

»Sagt mal, war das das einzige Ei?«

»Mh-mh.«

»Mh-mh?!«

Die Sklaven schüttelten die Köpfe.

Es stellte sich heraus, dass sie super im Eierfinden waren: Unter den Böden der Sklavenunterkünfte kam ein Monsterei nach dem anderen zum Vorschein.

»Der Sklavenhändler kümmert sich darum, sobald wir genug Geld gespart haben.«

»Sind das viele … Hattet ihr vor, die einfach alle schlüpfen zu lassen?!«

Das wäre ja ein Riesendesaster geworden. Wobei man sie wohl leicht ausrotten konnte, wenn sie gerade geboren waren.

»Ja, aber …«

Es gab also Monstereier in der Wildnis zu finden … Die, für die ich keine Verwendung hatte, könnten wir gut mit verkochen. Aber wenn ich das jetzt sagte, würden die Kinder bestimmt einen Aufstand machen.

»Sind das alles Caterpilands?«

»Na ja, wir haben die Eier an verschiedenen Stellen aufgesammelt, deswegen wissen wir's nicht.«

In dem Moment legte mir Rato eine Hand auf die Schulter.

»Was ist? Ich bin gerade beschäftigt. Reden können wir spä…«

»Ich beurteile sie und kümmere mich darum – gratis. Wenn ich dafür nur bitte hier forschen dürfte …«

Hm … Im Hinblick auf meine Gewinn- und Verlustrechnung klang das Wort gratis natürlich sehr schön. Andererseits war umsonst nur der Tod.

»Das geht nicht!«, rief die Monsterliebhaberin, auch bekannt als die Talprinzessin. Wenn es um Monster ging, wurde sie anscheinend kratzbürstig.

»Moment mal … Lasst mich mal kurz nachdenken.«

Womöglich war das gar keine schlechte Idee. Sie war immerhin eine Monsterspezialistin. Die könnte ich für alles Mögliche gebrauchen. Vielleicht versprach ich mir etwas zu viel davon, aber immerhin war sie eine Alchemistin. Sie könnte an meiner Stelle, die Bio Plants oder die Monster modifizieren. Das Timing passte allerdings etwas zu gut …

»Sagt mal, ihr habt euch aber nicht abgesprochen, oder? Damit ich zustimme?«

»Quatsch!«

»Mir kommt's auch verdächtig vor«, sagte Ren. »Aber vielleicht liegen wir ja falsch?«

Hm … Verdächtig war es durchaus, aber es brachte nichts, deswegen lange herumzunörgeln. Ich musste es anders angehen.

»Rato, was ist dein Ziel? Verrat es mir, dann überleg ich's mir vielleicht.«

»Mein Ziel? Ich möchte ein mächtiges Monster erschaffen.«

»Oh …«

Ein mächtiges Monster? Das war ja ein simples Ziel. In manchen Games konnte man Monster kombinieren und mischen.

Durchaus eine spannende Sache. Aber wenn es darum ging, das mit echten Lebewesen zu machen, stieß man wohl leicht auf Widerwillen – wie sie zuvor in Faubrey.

»Deswegen muss ich Monster analysieren und alle möglichen Mittel und Zauber kombinieren. Aber die meinten, meine Forschung würden die Götter nie verzeihen, und haben mein Labor zerstört und meine Versuchsobjekte getötet. Das war wirklich schlimm.«

»Dann bist du so was wie eine Monsterbändigerin und hast erforscht, wie man mit Alchemie Monster stärker machen kann?«

»Im Großen und Ganzen trifft es das.«

Hm, eigentlich hatte ich erwartet, dass sie es abstritt. Aber gut, dann würde ich sie als Monsterbändigerin behandeln. Ich hatte sie für verrückt gehalten, aber sie schien doch einen objektiven Blick zu haben. Solche Typen gerieten allerdings gern außer Kontrolle, sobald sie einmal ein Ziel hatten.

»Ich möchte mal was Grundsätzliches fragen. Eclair, deine Meinung dazu würde ich gern hören.«

»Hm? Ihr wollt wissen, was ich denke?«

Eclair hatte die ganze Zeit alarmiert ausgesehen. Nun zeigte sie sich verwundert.

»Hältst du ihre Forschung für gefährlich?«

»Ich bin unschlüssig, wie ich persönlich darüber denken soll. Aber wenn ich mir Filo so ansehe, denke ich, dass wir wohl auch Monster zu unserer Truppe zählen sollten.«

Schön, dass sie so unumwunden antwortete, aber mein Problem löste es nicht. Die Öffentlichkeit würde so etwas höchstwahrscheinlich nicht akzeptieren. Was sollten wir tun?

»Rato, geht es bei deiner Forschung darum, Nachbildungen von der Geisterschildkröte oder so was zu erschaffen, die man für den Kampf einsetzen kann?«

»Auf die Idee könnte man sicher kommen, Herr … Was für einen Adelstitel führt Ihr eigentlich?«

»Herr Iwatani ist ein Graf«, sagte Eclair.

»Nun, Herr Graf, ich finde Euren Einfall auf jeden Fall interessant. Zieht Ihr das denn in Betracht?«

»Du hast doch bestimmt auch das Gerücht gehört, dass wir in eine andere Welt gegangen sind, oder?«

»Oh ja. Ihr sollt einem Feind dorthin gefolgt sein. Nachdem Ihr ihn bezwungen hattet, seid Ihr zurückgekehrt.«

»Auch in dieser anderen Welt gibt es Wesen wie die Geisterschildkröte. Wir sind dort einem Alchemisten begegnet, der Nachbildungen von ihnen hergestellt hat.«

Gäbe es in dieser Welt jemanden, der bereitwillig solche Forschung betrieb, dem wäre nicht zu trauen. Ich versuchte gerade, sie zu verleiten. Ließ sie sich auf das Thema ein, war sie sofort raus.

»Was, das hat schon jemand erforscht? Dann interessiert es mich nicht.« Sie strich sich das Haar zurück. Es klang ernst gemeint. »Wobei es schon reizvoll klingt. Wenn jemand anderes es getan hat, kann man zumindest daraus lernen.«

Hm. Ich hatte zuerst geargwöhnt, sie sei komisch im Kopf, aber sie schien durchaus Prinzipien zu haben. Und offenbar hatte sie keine Lust, einfach nur andere nachzuahmen.

»Ich weiß nicht«, sagte Ren zu uns beiden, »aber das klingt für mich nach Monsterzähmung, wie man's aus Games kennt.«

»Unter anderem denke ich über Filolials nach.«

Gewöhnliche Filolials waren allerdings nicht besonders stark. Rato musste von Wesen wie Fitoria sprechen. Denn die war ungeheuer mächtig. Sie war diejenige gewesen, die damals den Vormarsch der Geisterschildkröte gestoppt hatte. Davor hatte man sie für eine Legende gehalten, doch bei der Gelegenheit hatten die Menschen sie mit eigenen Augen sehen können.

»Bei meiner Recherche bin ich auf die Theorie gestoßen, ein Held könne jenen göttlichen Vogel hervorgebracht haben, der so mächtig ist, dass er es sogar mit einem Drachen aufnehmen kann. Ich möchte auch so ein Monster erschaffen, über das die Nachwelt noch sprechen wird. Ein Wesen, das den Menschen zur Seite steht.«

Aha, das war also ihr Ziel: mit eigenen Händen ein legendäres Monster zu erschaffen,

»Filolials sind überall verbreitet, als Reit- und Zugtiere der Menschen. Ich will gern ein Monster erschaffen, das den Leuten nützt!«

»Den Gedanken kann ich schon verstehen.«

Auch ich hatte viel Zeit mit Spielen verbracht, in denen man Monster aufzog. Tatsächlich hatte ich mir – natürlich ohne Raphtalia etwas davon zu erzählen – den Kopf darüber zerbrochen, wie ich Raphi noch stärker machen konnte. Wenn ich Rato ein Stück weit freie Hand ließ und ihr vertraute, könnte sie mich vielleicht beraten.

»Ich kann Lügner nicht ausstehen. Werde meine Sklavin, sodass du mich nicht belügen kannst, dann arbeite ich mit dir zusammen. Willst du's immer noch?«

»Sklavin?«, fragte Ren. »Du änderst dich auch nicht, Naofumi.«

»So viel steht fest«, sagte Eclair.

»Ja, wenn das alles ist, opfere ich Euch gern meine Menschenwürde.«

Da hatte Rato aber schnell eingewilligt. Wenngleich mir die Ausdrucksweise gar nicht gefiel. Aber in dem Fall würde ich ihr wohl halbwegs vertrauen können. War sie erst einmal meine Sklavin, könnte ich sie auch leicht bestrafen, falls sie mich belog.

»Hm ...«

Indem ich sie zu uns einlud, erhielt ich also die Möglichkeit, meine Monster auf verschiedene Weise stärker zu machen. So jemanden im Team zu haben, konnte nicht schaden. Und da sie ein Sklavensiegel bekam, konnte ich sie notfalls zwingen, für mich zu schuften, sollte sie später irgendwelche Schwierigkeiten machen. Sie würde mir sehr nützlich sein, und nicht nur wegen der Eier, die Kiru und die anderen gesammelt hatten. Dafür kam sie mit ihrer Forschung weiter. Und unsere Kampfkraft gegen die kommende Welle war wieder ein wenig gestiegen.

»Ich lasse meine Monster aber hart arbeiten. Genauso wie meine Sklaven. Dich eingeschlossen.«

»Unter Menschen wie Subhumanoiden gibt es Sklaven. Wenn ich Euch leidtäte und Ihr mich deswegen bevorteilt, wäre das auch Diskriminierung.«

Hm ... Diskriminierung durch Bevorteilung? Interessanter Gedanke. Auch in meiner Welt gab es in Übersee wohl Frauen, die es beim Kampf um die Gleichberechtigung gar nicht mochten, wenn man es ihnen irgendwie leichter machte. Wer wahre Gleichberechtigung wollte, dem waren Dinge wie Bahnwagen nur für Frauen, wie es sie in Japans Stadtzentren gab, wohl ein Dorn im Auge. Rato schien ganz ähnlich zu empfinden.

»Ich mag die Denkweise gar nicht, nur einen Teil der Lebewesen zu schützen und die anderen zu missachten.«

»Hm ...«

»Die Hypothese, dass die Monster aus den Wellen hervorgegangen sein sollen, lehne ich ab. Ob Monster oder Held: Alle sollten gegen die Wellen kämpfen können!«

Die Talprinzessin starrte sie verschnupft an. Ihr war wohl gerade aufgegangen, dass Rato zwar auch eine Monsterliebhaberin war, aber doch etwas anders tickte als sie selbst.

»Ich verstehe, was du vorhast. Du willst eine Truppe aus Monstern, die ebenfalls gegen die Wellen kämpfen.«

»Ja!«

»Na ja, in dem Fall ...«

Ich warf einen Bio-Plant-Samen vor ihr aus.

»Das ist ein Pflanzensamen, aber je nachdem, wie man ihn modifiziert, kann auch ein Monster daraus entstehen. Meinst du, es wäre möglich, ihn so zu verändern, dass man nützliche Arzneien damit herstellen kann?«

»Für mich wäre das überhaupt kein Problem.«

Hm ... Sie schien in eine ganz ähnliche Richtung zu denken wie ich.

»Herr Naofumi? Willst du diese Frau tatsächlich aufnehmen?«

Raphtalia wirkte skeptisch. Nun, es war ja auch alles verdächtig. Aber sie zeigte enormen Einsatz und scheute kein Mittel, um mein Vertrauen zu erlangen.

»Wir machen eben 'ne Probezeit und gucken, wie es läuft.«

Experten gab es im Dorf ohnehin zu wenige. Außerdem gab es schon S'ynes Präzedenzfall. Es wäre eigenartig, wenn wir die eine akzeptierten, die andere aber nicht. Ich schüttelte Rato die Hand.

»Auf gute Zusammenarbeit«, sagte sie.

»Entschuldigt«, sagte Eclair plötzlich, »aber wenn das geklärt wäre, gäbe es noch etwas, was Ihr Euch unbedingt ansehen solltet.«

»Was, noch was? Wir sind noch nicht durch mit dem Gespräch?«

»Stimmt ja! Schildheld, es gibt noch ein Problem!«

Da kam die Talprinzessin ein weiteres Mal angelaufen, um mir etwas zu berichten. Die schon wieder.

»Als du weg warst, haben wir was gefunden«, sagte Ren.

Hatte man hier denn nie seine Ruhe? Ich ließ mich von Eclair und den Sklaven wegschleifen und folgte ihnen aus dem Dorf heraus.

Rato kam ebenfalls mit, den Kopf nachdenklich zur Seite geneigt. Und die Talprinzessin hängte sich auch einfach mit dran.

Kapitel 3: Filolials und Drachen

Vor dem Dorf türmten sich berghoch Holzkisten auf. Was war das denn? Am vorherigen Tag waren die noch nicht dagewesen.

»Seht bitte erst einmal hinein.«

Ich öffnete eine der Kisten und riskierte einen Blick. Es lagen alle möglichen Waffen, Rüstungen, Waren und Monstereier darin.

»Was ist das? Habt ihr mit dem Geld, das ich euch anvertraut hab, einfach irgendwelche Sachen bestellt? Oder sind das deine Raubgüter, Ren?«

Bis vor Kurzem war er immerhin noch ein Räuberhauptmann gewesen. Aber er schüttelte den Kopf.

»Nein, ich kann mich nicht erinnern, das Zeug beschafft zu haben.«

Hm ... Ren hatte also auch keinen Schimmer. Ging das auf Motoyasus Konto? Vielleicht hatte er Filo Geschenke machen wollen. Das schien möglich.

»Lest dies.«

»Was?«

Ich musterte den Deckel der geöffneten Kiste. Dann sah ich, dass auch alle anderen Kisten beschriftet waren. In merkwürdig unbeholfenen, großen Buchstaben stand dort: »Für den Schildhelden. Bitte schenkt es den benachteiligten Sklaven.«

»Was soll das?«

»Scheint, als hätte uns jemand Güter gestiftet. Unter den Waffen und Rüstungen sind auch ziemlich wertvolle Sachen. Außerdem gibt es seltene Kräuter und Erze, und Bauholz ist ebenfalls dabei.«

»Wer war das bloß? Wer macht denn so was?«

»Bestimmt jemand aus Schildwelt oder Schildfrieden. Die krakelige Schrift und die Qualität der Tinte sehen stark danach aus.«

»Sollen wir's annehmen?«

»Es wäre mühselig, die Herkunft zu bestimmen. Sie sind sogar auf Nummer sicher gegangen und haben alle Inschriften weggekratzt. Selbst wenn wir die Täter fänden, wäre es schwer, sie zu bestrafen.«

Ich hatte so ein Gefühl, als könnte es mit den Sklavenjägern zusammenhängen, die ich nach Schildwelt geschickt hatte. Auf dem Sklavenmarkt in Zeltoble hatten wir ähnliche Vorgänge beobachtet. Wollten die sich mit dieser Spende bei mir einschleimen? Dann sollten sie aber lieber keine Kompensation erwarten.

»Wer Herrn Naofumi Schwierigkeiten macht«, sagte Atla, »sollte tausend Tode sterben. Ziehen wir sofort los, um sie zu richten!«

»Das wäre wohl etwas extrem. Es kommt mir ja nicht ungelegen oder so.«

Ich würde einfach so tun, als wäre nichts, und die Sachen annehmen.

»Jetzt müssen wir uns damit rumschlagen«, sagte Ren.

»Stimmt wohl. Und was für Eier sind das überhaupt? Rato, weißt du das?«

»Da ist Verschiedenes dabei, von Pillenhasen bis hin zu selteneren Sachen. Außerdem …«

Oha, das hatte sie auf einen Blick gesehen?

»Das Problem ist aber das da.«

In einer Kiste lag ein Ei, das eine Nummer größer war als die anderen. Was für eins das wohl war? Womöglich ein Ungeheuer vom Kaliber der Geisterschildkröte?

»Was ist das?«

»Das Ei eines Flugdrachen. Die sind überaus wertvoll, mächtig und selten.«

Also, damit machten die anonymen Lieferanten uns nun doch ein paar Schwierigkeiten.

»Ein Drache, hm?«, sagte Ren. »Cool.«

»Oh, allerdi… Aaah!«

Die Talprinzessin hatte ihm beipflichten wollen, doch dann schrie sie plötzlich auf, wurde mit einem Mal ernst und wandte sich ab. Was war da los? Aber im Nu strahlte sie sofort wieder. Rato hingegen sah aus, als hätte sie schlechte Laune. Mochte sie keine Drachen?

»Toll, dass wir jetzt einen Drachen im Dorf haben!«

»Tja, Rato, anders als du scheint die Talprinzessin Drachen zu mögen.«

»Talprinzessin?!«

»Hier zeigt sich wieder einmal Herrn Naofumis große Namengebungskunst. Beneidenswert!«

Was für dummes Zeug Atla wieder redete. Am besten beachtete ich sie nicht weiter. Und hatte ich ihr nicht gesagt, sie soll still sein? Jetzt plapperte sie doch wieder.

Die mit Talprinzessin Angesprochene blickte mich an. »Was soll das bitte?«

»Na, ich weiß doch nicht, wie du heißt!«

»Den Namen hast du bestimmt aus 'nem Anime.«

»Treffer, versenkt.«

Den Namen hatte ich ihr gegeben, weil sie so hartnäckig behauptet hatte, dass da kein drittes Raupenmonster sei. Eigentlich sollte sie mir dankbar sein.

»Wenn du ihm nicht deinen echten Namen verrätst, nennt er dich für immer so«, erklärte Raphtalia eilig. »Schnell, sag ihm, wie du heißt!«

»Wyndia.«

»Aha. Talprinzessin ist aber auch okay, oder?«

»Nein!«

»Das geht gar nicht, Naofumi«, sagte Ren entrüstet. »Tut sie dir nicht leid?«

Die Talprinzessin, besser bekannt als Wyndia, funkelte ihn böse an, obwohl er sie gerade in Schutz genommen hatte.

»Meinetwegen …«

»Wenn man nicht dafür sorgt, dass alle sich richtig vorstellen, dann lässt sich nie vorhersagen, wie Herr Naofumi sie nennen wird!«

»Du bist ja wachsam.« Auch wenn ich nicht wusste, was an Spitznamen so schlimm sein sollte. »Aber wir sind abgeschweift. Zurück zum Thema.«

»Nimm dich lieber in Acht«, sagte Raphtalia noch. Dann sah sie mich besorgt an. »Ja genau, was machen wir damit?«

Ein Drache also … Die mochte Filo nun überhaupt nicht. Diese Sachen hier waren nicht bloß eine kleine Nettigkeit. Und wenn ich sie annahm, bestand die Möglichkeit, dass bei uns ein Tumult ausbrach. Wertvolle Geschenke brachten Sorgen mit sich. Zurückgeben konnten wir sie jedoch nicht, und sie wegzuwerfen, wäre Verschwendung, daher blieb uns gar nichts anderes übrig, als sie zu akzeptieren.

»Nehmen wir das Zeug erst mal an. Wenn sich irgendwer beklagt, stellen wir uns dumm. Wie sieht's bei Drachen eigentlich mit Monstersiegeln aus?«

»Für die braucht man ein hochklassiges Siegel. Netterweise liegt sogar alles dabei, was man für das Ritual braucht. Wenn der Graf es wünscht, kann ich es machen …«

»Ja, bitte. Warum hasst du Drachen eigentlich?«

Rato druckste ein wenig herum, dann antwortete sie: »Wenn bei hochrangigen Drachen einmal der Trieb erwacht, gehen alle Prinzipien über Bord.«

»Äh, wie bitte?«

»Wisst Ihr das nicht? Gegenden, in denen viele Drachen leben, werden verpestet. Diese Monster sind auf verschiedene Weise gefährlich.«

»Tatsächlich?«

Die einzigen mir bekannten Gegenden, in denen Drachen lebten, waren die um das Dorf im Osten, wo Ren einen erschlagen hatte, und das Gebirge, in dem wir vor Kurzem auf Räuberjagd gewesen waren. Im ersteren Fall hatte der Drachenkadaver Krankheitserreger verbreitet. Da leuchtete mir ein, von einer verpesteten Gegend zu sprechen.

»Drachen kennen keine Treue zu ihrer Art. Deswegen vermehren sich in solchen Gegenden leicht Mischwesen aus Drachen und anderen Monstern.«

»Das klingt ja ziemlich gefährlich.«

In irgendwelchen Fantasy-Games würden in so einem Fall Halbdrachen oder Unterarten mit Drachenattributen auftauchen. Und das stellte also ein Problem dar?

»Nun, wenn sie ein Revier haben, verlassen sie es in der Regel nicht. Aber sie bringen sehr leicht ein Ökosystem durcheinander, weswegen ich Drachen überhaupt nicht leiden kann. Flugdrachen sind offen gesagt auch Kreuzungen zwischen Drachen und schwächeren Monstern.«

Hm ... Vielleicht war das in etwa so, wie wenn in Japan fremde Arten eingeschleppt wurden und sich in einem Ökosystem breit machten. Zum Beispiel der Forellenbarsch, der in Japan ausgesetzt worden war und die einheimischen Fischarten an den Rand der Ausrottung getrieben hatte. Oder andere Fälle, wo durch Vermischung beheimatete Arten ausgerottet oder vertrieben wurden.

»Richtig lästig sind die Reinrassigen, die sich Drachenkaiser nennen. In Wahrheit paaren sie sich wahllos mit allen Arten und fallen sogar Menschen an.«

Dann waren das ja höchst problematische Wesen.

Hm? Wyndia sah plötzlich eingeschnappt aus.

»Drachen haben ja wohl Klasse!«

Jetzt wollte sie auch noch über Drachen Bescheid wissen? Wenn es um Monster ging, war sie ja eine richtige Nervensäge.

»Auch bei den Subhumanoiden haben sie sich schon etabliert. Die Aotatsu* sind zum Beispiel berühmt.«

Aotatsu ... Waren das etwa Subhumanoide, die sich in blaue Drachen verwandeln konnten? Es gab ja auch die Hakuko, weiße Tiger. Unmöglich war es also nicht. Die hatte doch bestimmt irgendein Held so benannt.

»Wenn die Reinrassigen gerade nicht in der Brunst sind, sind das würdevolle, ruhige Geschöpfe.«

»Und darum stößt dir das Ganze sauer auf? Weil es das Ei eines solchen Drachen ist?«

»Ihr werdet jedenfalls ein hochrangiges Monstersiegel für den Drachen benötigen, mit dem ihr das Fortpflanzungsverhalten einschränken könnt. Das müsst Ihr unbedingt aktivieren, sonst werden die Monster in diesem Dorf kontaminiert!«

Also, das war ja schon ein wenig ... Ich hatte ja in Hunting-Games schon viele Drachenpaare gejagt. Es war mir ein Rätsel, dass diese Wesen mit ihrem Geschlechtstrieb noch nicht die Menschen und Subhumanoiden verdrängt hatten.

»Das würde ein Drachenkaiser nie verzeihen!«, schimpfte Wyndia.

*Das Wort wird mit den Schriftzeichen für »blau« und »Drache« geschrieben.

Drachenkaiser. Diese Bezeichnung hatte ich schon oft gehört. Zuerst bei Fitoria, aber auch in Kizunas Welt war sie mir zu Ohren gekommen.

»Jaja. Die legendären Könige der Drachen. Es heißt, er habe mal gegen die Königin der Filolials gekämpft.«

»Ich hab in einer anderen Welt davon gehört. Hier gibt's den also auch?«

»Das ist bloß eine Legende. Die Existenz solcher Wesen wird gemeinhin angezweifelt ... Ah, Moment! Hat diese Königin nicht den Vormarsch der Geisterschildkröte gestoppt?«

Offenbar gab es eine Überlieferung von einem Drachen, der den Lebensraum der Menschen oder der Subhumanoiden bedroht hatte – und dann war die Königin der Filolials gekommen, um ihm den Garaus zu machen.

»Aber wenn die ein derartiges Verhalten zeigen, wieso ist mir dann noch nie einer begegnet, abgesehen vom Tyrant Dragon Rex?«

»Ja, das war schlimm, nicht?«, sagte Raphtalia. »Und im Kolosseum haben wir auch gegen einen gekämpft.«

Ah, das hatte ich schon wieder vergessen, weil es in Sekundenschnelle vorbei gewesen war.

»Gegenden, in denen sich Drachen aufhalten, werden von Menschen praktisch nicht betreten. Wart Ihr schon einmal an so einem Ort, Herr Graf?«

Ich kannte nur die Wege, die ich auf meinen Verkaufstouren abgefahren war. In den Bergen oder Höhlen war ich kaum unterwegs. Nur einmal waren wir auf Jagd gegangen, kurz bevor wir Ren gefasst hatten. Da waren wir tatsächlich Monstern mit Drachenattributen begegnet.

»Ren ... Du hast das schon erlebt.«

»Ja … Ich hab einen Drachen besiegt, wie ich's aus Games kannte, und dabei hab ich schlimmen Schaden angerichtet. Ich weiß nicht, wie ich das je wieder gutmachen soll …«

Er ließ den Kopf hängen, als bereute er es aufrichtig. An Verantwortungsgefühl mangelte es ihm nicht.

»Natürlich indem du dich aufrichtig bemühst, die Welt zu retten.«

»Ja, schon klar, aber trotzdem …«

»Wenn du stirbst, machst du dadurch auch nichts ungeschehen. Das ist dir doch klar, oder?«

Starb einer der vier Helden, dann hätte ich bei der nächsten Welle eine noch größere Bürde zu tragen. Schon Fitoria hatte es mir prophezeit, und in Kizunas Welt war es mir noch etwas klarer geworden. Ich durfte Ren nicht sterben lassen.

Wyndia durchbohrte ihn gerade ohne Unterlass mit Blicken.

»Nun, sie haben ihre Reviere, die sie nicht verlassen. Wenn man nicht gezielt dorthin geht, begegnet man ihnen auch nicht.«

»Verstehe. Ich folge aber dem Grundsatz, von allem Gebrauch zu machen, was sich benutzen lässt. Daher würde ich den Drachen schon gern ausbrüten und aufziehen.«

»Je weiter der Wiederaufbau voranschreitet, desto fremder wird mir mein Dorf!«, rief Raphtalia.

Wenn ich mir vorstellte, wie wir uns auf unserem Land um die ganzen Pflanzen und Monster kümmerten, konnte ich mir als Verwalterin eigentlich niemand anderen als Rato vorstellen. Sie würde das alles regeln. Bald würde man die Bio Plants abernten können, und die Monster würden irgendeinen Profit abwerfen. Das alles erinnerte mich an ein friedliches Farming-Game, das ich kannte.

»Es ist schwer, einen Drachen aufzuziehen«, sagte Eclair. »Ich weiß um die Mühen der Drachenritter.«

»Ah, von denen waren auch welche beim Kampf gegen die Geisterschildkröte dabei! So stark waren die allerdings nicht.«

Ich sah noch deutlich vor mir, wie sie schreiend zu Boden gestürzt waren, als sie die Attacken der Gehilfenmonster eingesteckt hatten.

»Man weiß nicht, was passiert, wenn Ihr einen Drachen aufzieht, Herr Graf. Seht zum Beispiel Euren Filolial.«

»Hm ... Stimmt. Wir sollten wachsam sein.«

So war also beschlossen, dass wir das Drachenei ausbrüten würden. Bis die Zeremonie abgeschlossen und der Drache geschlüpft war, würde allerdings etwas Zeit vergehen. Den letzten Schliff würde angeblich ich selbst vornehmen müssen. Rato stimmte widerwillig zu, sich um alles zu kümmern. Doch dann ...

»Warum muss ich das Ei schleppen?« Aus irgendeinem Grund war es an mir hängengeblieben, es warmzuhalten. Ich funkelte Ren an. »Du könntest das ebenso gut machen!«

»Nee ... Wenn ich es anfasse, vergammelt es bloß.«

Da hatte er natürlich recht. Auf ihm lastete noch der Fluch, das hatte ich nicht vergessen. Alles, was er anfasste, wurde in seinem Wert gemindert. Daher gab er sich Mühe, so wenig wie möglich zu berühren.

»Das geht nicht!«, rief Wyndia. »Der Schwertheld darf es auf keinen Fall machen. Dann schon lieber der Schildheld!«

Aus irgendeinem Grund beharrte Wyndia darauf, dass bloß Ren es nicht machte. Ich überlegte, sie zu fragen, warum sie ihm gegenüber so feindselig war ... Aber es würde ja ohnehin nichts ändern. Das hier gehörte wohl einfach zu den Strapazen, die man auf sich nehmen musste, um einen hochwertigen Drachen aufzuziehen.

»Wo ist überhaupt Raphi?«

»Wie kommst du jetzt plötzlich auf Raphi?«, beschwerte sich Raphtalia.

»Ich würde sie gern streicheln, um Stress abzubauen.«

In solchen Momenten war Raphi eben einfach die Beste. Warum war sie nur nicht bei mir?! Irgendwo im Dorf machte sie gerade ihr Mittagsschläfchen.

»Ha ha ha ha! Bruder, voll witzig!«

Kiru zeigte auf mich und brüllte vor Lachen.

»Du kannst mich mal! Ach, ich lass es doch bleiben – die Registrierung muss ja wohl reichen!«

»Wenn Ihr das Ei nicht tragt, könnt Ihr Euch nicht als sein Halter registrieren lassen«, sagte Rato genervt. »Wer diese Vorarbeit nicht ordentlich macht, dem gehorcht der Drache oft später nicht. Ihr müsst durchhalten!«

Waren Flugdrachen wirklich so mühselig? Ich hatte Lust, das Ganze abzublasen.

»So was gibt's?«

»Aber ja! Wenn ich als Forscherin das sage, dürft Ihr es mir ruhig glauben.«

»Wenn du das sagst, glaub ich's eher nicht …«

»Was soll das denn heißen?«

»Jaja. Schon gut.«

Mann, wie nervig.

In dem Moment kam Filo zurück, Melty im Schlepptau. Das war ja ein ganz blödes Timing – wie wenn ein Klassenkamerad, den man nicht leiden konnte, einen bei etwas Peinlichem erwischte.

»Aha ha ha ha ha ha ha ha ha! Naofumi, was wird das denn?!«

»Klappe, zweite Prinzessin!«

»Du hast versprochen, mich nicht mehr so zu nennen!«

»Dann lach halt nicht, Dummbatz.«

»Dummbatz?! Du nennst mich also dumm?!«

»Nun, weißt du …«

Raphtalia schien um Worte verlegen. Ihr seltsam mitleidiger Blick schmerzte am meisten.

Dann quatschte Atla von der Seite rein: »Ich weiß zwar nicht, was das hier zu bedeuten hat, aber wenn es Euch unangenehm ist, sollten wir es zerstören.«

»Nichts da! Diese Eier sind sauteuer!«

Also wirklich … Wie war es nur wieder so weit gekommen?

»Sagt, Herr Graf, was für ein Geschlecht soll der Drache haben?«

»Hä?«

»Man kann einiges beeinflussen, indem man die Temperatur des Eis reguliert. Ihr könnt euch das Geschlecht daher aussuchen.«

Stimmt, ich hatte gehört, dass sich bei manchen Reptilien über die Temperatur des Eis entschied, welches Geschlecht es wurde. Drachen teilten also diese Eigenschaft?

»Wenn ich mir Euch so ansehe … Vielleicht ein Weibchen? Es könnte nämlich sein, dass der Drache Menschengestalt annehmen kann wie eure Filolial-Abart.«

»Wie kommst du darauf? Willst du sagen, dass ich mich nur mit Frauen umgebe? Das musste ich mir ja schon mal von Kiru anhören.«

Langsam blickte ich in Filos Richtung.

»Waaas?«

Was, wenn das Drachenweibchen sich auf spezielle Weise entwickelte, weil ich es aufzog? Wenn es wie Filo eine Menschengestalt annehmen konnte und der Trieb erwachte? Dann hätte ich einen Haufen Ärger am Hals. Das musste ich wohl beachten, wenn ich Schwierigkeiten aus dem Weg gehen wollte.

»Mach lieber ein Männchen.«

»Ich wüsste ja wirklich gern«, sagte Melty verstimmt, »wieso du das entschieden hast, nachdem du Filo angesehen hast.«

Das war doch wohl klar. Ich wollte die Wahrscheinlichkeit erhöhen, dass mir nichts passierte.

»Verstanden. Dann werde ich dafür sorgen, dass es ein Männchen wird. Tragt das Ei beruhigt weiter. Zwei, drei Tage noch, dann dürfte es schlüpfen.«

»Jaja. Scheißdreck! Das ist nicht zum Lachen!«

»Dann auf gute Zusammenarbeit, Herr Graf!«

Und so ließ sich die Alchemistin also bei uns im Dorf nieder. Heute war alles etwas anders abgelaufen als gewöhnlich. Normalerweise wäre ich tagsüber noch auf die Jagd gegangen. Heute aber hatte ich in der Schlossstadt vorbeigeschaut, und dann waren ja Rato und die Geschenke gekommen, da war einfach keine Zeit geblieben.

Als es Abend wurde, machte ich Essen und teilte es an die Dorfbewohner aus.

»Bruder, Bruder! Ich will noch was!«

»Wenn was übrig bleibt.«

»Das klappt doch nie! Mach mehr!«

Es war eine ganz schöne Knochenarbeit, Kiru und die ganzen anderen Fresssäcke während ihrer Wachstumsphase satt zu bekommen. Als alle aufgegessen hatten, war es draußen stockdunkel.

»Ah, Bruder ... Lass mich doch bitte los!«

»Das geht nicht.«

»Wo wir gerade dabei sind: Fohl, ich überlasse dir Atla. Pass auf, dass sie dir heute mal nicht entwischt.«

»G... Gut ...«

Fohl kam gerade vom Training, also konnte er sich jetzt um sie kümmern.

»Herr Naofumiii! Bruder, ich entkomme dir, du wirst schon sehen!«

»Ich lass dich nicht weg!«

Bei diesen Geschwistern war schwer zu sagen, ob sie sich mochten oder nicht ... Als die beiden weg waren, kam Sadina zu mir, Raphi auf der Schulter.

»Kleiner Naofuuumi! Hier bin ich, lass uns Spaß haben!«

»Und da ist die Säuferin.«

»Guten Abend, Sadina.«

»Herrje, Raphtalia, ist für dich nicht langsam Schlafenszeit?«

»Hm, stimmt schon. Die Kinder sollten wohl langsam ins Bett.«

»Hört auf, mich wie ein Kind zu behandeln!«

Es kam mir so vor, als führten wir dieses Gespräch jeden Abend. Die beiden hatten noch ihre Aufgabe zu erledigen: bei den Sklaven zu bleiben, die abends Angst hatten, bis sie eingeschlafen waren.

»Und wenn wir sicher sind, dass die Kinderchen schlafen, dann vergnügen wir beide uns, kleiner Naofumi!«

»Von wegen!«

»Komm schoooon ...«

Sadina machte schon Anstalten, ihre Weste auszuziehen. Raphtalia, Mordlust in den Augen, packte sie an der Schulter.

»Sadina?!«

»Du liebe Güte.« Sadina kicherte. Konnte sie es nicht endlich aufgeben? »Schade. Aber ich bin jederzeit für dich da ...«

»Geh schlafen!«

Oh Mann ... Sadina hatte übrigens fleißig gelevelt und war schon bei 62 angekommen. Sie kämpfte anscheinend noch effizienter als Filo mit ihrem Power-Leveling. Fohls Level hatten wir am selben Tag zurückgesetzt, und er war erst bei 39.

»Komm, Sadina. Gehen wir.«

»Na guuut. Wir sehen uns, kleiner Naofumi.«

»Jaja.«

Heute waren wir ziemlich beschäftigt gewesen, angefangen mit der Monsterpflege früh am Morgen. Es war nicht einmal Zeit zum Leveln geblieben. Vielleicht hieße es, dem Teufel seine Seele zu verkaufen, aber ich fragte mich, ob ich Sadina, die so wahnsinnig schnell aufstieg, auf die Jagd begleiten solle. Ren konnte zwar nicht schwimmen, aber ich überlegte, ob ich ihn nicht trotzdem der Gefahr aussetzen und das nächste Mal mitschicken sollte.

Ich dachte gerade daran, selbst schlafen zu gehen, da klopfte es an die Tür.

»Naofumi, bist du da?«

Ren und die Mädchen gaben sich praktisch die Klinke in die Hand.

»Was gibt's?«

»Also, nach der Sache heute Mittag bin ich mit Eclair und den Sklaven losgegangen und hab dabei was über den Völlereifluch rausgekriegt.«

»Hm? Was denn?«

Über den Status allein hatte er nicht viel darüber herausbekommen, was es mit dem Fluch auf sich hatte. Er hatte ein paar Möglichkeiten der Reihe nach durchprobiert, und die Ergründung hatte viel Zeit verschlungen.

»Wie's aussieht, kriege ich wegen des Völlereifluchs … keine Erfahrungspunkte.«

»Autsch …«

Aber etwas in der Art hatte ich mir schon gedacht. Er hatte Erfahrungspunkte geopfert, und nun würde er eine Weile lang auch keine einfahren können.

»Und das lag nicht daran, dass ich in der Nähe war?«

»Nee.«

In der anderen Welt hatten Kizuna und ich genauer untersucht, wie man bestraft wurde, wenn man mit anderen Heiligen zusammen kämpfte. Das Phänomen, dass Helden keine Erfahrung bekamen, wenn sie nahe beieinander waren, trat bis zu einem Radius von etwa einem Kilometer auf. Nicht nah, aber auch nicht allzu weit. Kämpfte man in diesem Bereich, so bekam man jedenfalls keine Erfahrung. Wenn Ren ihn also verlassen und dennoch keine EXP erhalten hatte, dann lag das höchstwahrscheinlich an seinem Fluch.

Was musste er auch ausgerechnet Flüche auf sich ziehen, die ihn in seiner Entwicklung beeinträchtigten! Ehe der Fluch nicht nachließ, würde er nicht ernsthaft stärker werden können. Er konnte praktisch bloß Däumchen drehen.

»Und du bist hier, um mir das zu berichten?«

»Bei der Gelegenheit könntest du auch gleich meine Schreibübungen benoten …«

Uns stand ja noch einiges bevor. Daher hatte ich beschlossen, Ren die Schrift dieser Welt beizubringen. Dann könnte er nämlich Grimoires lesen und Zaubern lernen. Der Haken war, dass nur ich ihn prüfen konnte, weil sonst niemand Japanisch sprach. Konnte ich es vielleicht Rishia beibringen? Sie hatte ja auch die Sprache der anderen Welt recht schnell gelernt.

»Wir müssen morgen wieder früh raus, also sollten wir langsam schlafen gehen. Den Test kann ich mir morgen immer noch ansehen, oder?«

»Klar. Du bist wohl auch müde? Du musst dich mal ausschlafen.«

Ich seufzte. Auf Cal Mira gab es heiße Quellen, die lindernd auf Flüche wirkten. Sollte ich jemanden mit ihm hinschicken? Raphtalias, Filos und mein Fluch ließ sich dadurch nicht heilen, aber Ren hatte seine Waffe ja noch nicht so hochgerüstet, also brachte es womöglich etwas. Ich konnte unseren Zeitplan darauf ausrichten und Eclair oder jemand anderen verdonnern, mit ihm nach Cal Mira zu gehen. Die Aktivierungsphase musste vorbei sein, daher würde man sich wohl auch dorthin teleportieren können. Falls nicht, könnte ich Raphtalia den Unterwassertempel registrieren lassen. Dann kämen sie mit der Rückkehr zum Drachenpuls in die Nähe.

»Und du geh demnächst mit Eclair und der alten Schachtel nach Cal Mira und guck, ob die Heilquellen helfen.«

Mit dem Schiff dauerte es etwa ein Tag. Wenn er mit Eclair und der alten Schachtel ging, wäre die Zeit nicht verschwendet: Sie konnten unterwegs üben. Was den Spracherwerb und das Erlernen der Zauberei anging, würde ein Tag mehr oder weniger keine große Rolle spielen. Er hatte ja mich als Lehrer. Wenn es gut lief, würde er vielleicht sogar weniger Zeit brauchen als ich.

»Okay, wenn du meinst, dann mach ich das.«

»Wenn du die Hochrüstmethoden ordentlich umsetzt, müsstest du zumindest kämpfen können.«

Ren übte gerade nicht nur mit der alten Schachtel, er setzte nebenher auch in die Praxis um, was ich ihm übers Hochpowern erklärt hatte. Der Effekt des Fluchs hatte nicht direkt etwas mit dem Kämpfen zu tun. Angenommen es tauchte jemand auf, der es auf sein Leben abgesehen hatte, würde er sich schon zur Wehr setzen können … hoffte ich zumindest. Mit der alten Schachtel und Eclair als Geleitschutz würde es schon reichen.

»Ich schick euch dann die Tage los. Halte dich bereit.«

»Bis dann, Naofumi.«

Als er weg war, ging ich ins Bett.

Das war einer meiner Tage im Dorf gewesen. Jeder Tag sah etwas anders aus, aber im Großen und Ganzen hatten wir immer so viel zu tun wie heute. Ach, Mensch ... Ich musste wirklich so langsam Leveln gehen. Und mit dem Ei auf dem Rücken ließ sich furchtbar schlecht schlafen.

Auf diese Weise vergingen zwei Tage, und es war mal wieder Mittag.

»Herr Naofumi.«

Raphtalia kam auf mich zu und sah ein klein wenig vorwurfsvoll aus. Hatte ich den Bogen nun vielleicht doch etwas überspannt?

»Wird doch so langsam«, sagte ich an Rato gewandt.

»Ja, oder?«, antwortete sie. »In nur zwei Tagen hab ich so viel geschafft – ich bin eben doch ein Genie.«

Wir beschäftigten uns gerade mit der Modifikation der Bio Plants, und die Ergebnisse waren verblüffend. Es war doch ganz gut gewesen, eine Spezialistin mit ins Boot zu holen. Außerdem war Rato bereits meine Sklavin geworden. Sorgsam überprüfte ich, dass sie mir keine Lügen erzählte.

Ich hatte ein hochwertiges Siegel für sie verwendet. Eine Flucht war unmöglich, und wenn sie mich hinterging, würde sie sterben. Trotzdem blieb ich ihr gegenüber wachsam. Im Augenblick ging sie jedoch ganz in ihrer Forschung auf und schien mit unserer Übereinkunft zufrieden zu sein.

Aber zurück zum Thema. Bei den diesmaligen Experimenten versuchten wir, mithilfe der Bio Plants einfache Behausungen hervorzubringen.

Im Hinblick auf neu hinzukommende Sklaven wollte ich lieber anbauen, und da hatte ich mich gefragt, ob sich dafür nicht diese Wunderpflanze nutzen ließ. Die Experimente waren ein voller Erfolg. Wir hatten eine Bio Plant kreiert, die auf Anweisung hin die Form eines Hauses annahm.

Bei dem Namen – Camping Plant – verspürte man gleich den Impuls, ein paar Bemerkungen fallen zu lassen. Aber die Pflanze wurde ihrem Namen gerecht, das ließ sich nicht leugnen. Per Photosynthese speicherte sie tagsüber Magie, und wenn es Abend wurde, leuchteten die Blüten. Die Sklaven waren zum Glück anpassungsfähig und bezogen anstandslos die auf den ersten Blick gefährlich aussehenden Pflanzenhütten. Ein Vorteil war, dass man dieses Haus bei Bedarf jederzeit mithilfe von Pestiziden verwelken lassen konnte. Kurz gesagt war es uns also gelungen, eine überaus praktische, einfache Wohnumwelt zu schaffen. Nun war das Dorf jedoch von grünen Häusern überschwemmt – und deswegen wollte sich Raphtalia jetzt wohl bei mir beschweren.

»Tut mir leid.«

»Was denn?«

»Du bist bestimmt sauer, weil dein Dorf sich immer mehr in ein Feenreich verwandelt?«

»Nun ja ... Es ist eben nicht zu ändern, das weiß ich doch.«

Aber genug von Raphtalia. Rato schien großen Gefallen daran zu finden, meine Bio Plants zu modifizieren. Sie nannte es eine bahnbrechende Methode. Das lag allerdings bloß daran, dass die Kräfte meines Schilds die Modifikation übernahmen. Der Schild übte einen starken Einfluss aus. Ich sagte grob, nach welchen Verhältnissen die Pflanzen modifiziert werden sollten, und Rato übernahm dann die Feinarbeit.

Ich hatte sie damit beauftragt, Bio Plants zu kreieren, die Heilkräuter hervorbrachten. Gern hätte ich welche gehabt, die direkt Arzneien hervorbrachten, aber das sei zu schwierig.

Natürlich hatten wir auch Fehlschläge erlebt, seit sie zu uns gestoßen war. So hatte sich unser erster Versuch als Menschenfresserhaus entpuppt. Rato hatte beharrlich davon abgeraten, es zu betreten, es sei zu gefährlich. Dennoch hatten wir plötzlich einen hohen Schrei gehört: Wyndia hatte das Haus mit funkelnden Augen angesehen und war mit Filo hineingegangen. Natürlich hatte es sie verschlungen. Mit Raphtalia und den anderen hatte ich die Pflanze dann zerstört, und die beiden waren unversehrt davongekommen. Da hatten die Dorfbewohner aber schon komische Gesichter gemacht.

Anschließend hatte ich Rato die Monstereier begutachten lassen. Sie hatte sofort bemerkt, wie gut meine Monster sich entwickelten, und mich dazu befragt. Als ich ihr dann von den Wachstumsanpassungen des Monster User Shields erzählt hatte, hatte sie sich voller Begeisterung darauf gestürzt und ihn unter die Lupe genommen.

»Ach sooo ... Ich hatte ja schon gehört, dass die Monster, die Ihr aufzieht, hohe Werte haben. Das ist also der Grund?«

»Wahrscheinlich. Haben die anderen Helden ähnliche Fähigkeiten?«

Ren war ja bei uns, also hatte ich ihn einmal nachschauen lassen. Es hatte sich herausgestellt, dass er über eine vergleichbare Waffe verfügte.

»Mit dem Helden, den ich kenne, hab ich noch nicht über so was gesprochen«, sagte sie.

»Ach so?«

Wahrscheinlich weil sie kein gutes Verhältnis zu ihm hatte.

Ihr zufolge war der Sternheld aus Faubrey ein richtiger Spießer. Angeblich verabscheute er Forschung, die vom orthodoxen Weg abwich, Monstermodifikation und Ähnliches – also genau die Alchemie, auf die Rato sich spezialisiert hatte. Genaueres wollte sie nicht erzählen, daher hatte ich sie noch nicht gefragt, was für ein Mensch er war. Ich hatte das Gefühl, dass er ohnehin bald hier aufkreuzen würde, da ich den Sternhelden mitgeteilt hatte, dass ich mit ihnen sprechen möchte.

Aktuell lief weitere Bio-Plant-Forschung in Bezug auf unsere Lebensmittelversorgung. Der Geschmack der Früchte war einwandfrei. Rato war bestimmt in der Lage, weitere Varianten zu produzieren.

Die Aufzucht der Monster überließ ich den Sklaven, und bald schon würden auch unsere Handelstouren richtig in Fahrt kommen.

»Ich konnte mir ganz simpel ein Labor bauen lassen. Bei dieser Art stimmt einfach alles!«

Ratos Labor war ein großes Gebäude aus Camping Plants. Sie kam von irgendwoher mit einem großen Reagenzglas zurück und stellte es in ihrem Forschungszimmer auf. Es blubberte, und irgendein Monster schwamm darin, bei dem ich an ein Ungeheuer aus einem Science-Fiction-Film denken musste. Als ich das sah, kamen mir leise Zweifel an meiner Entscheidung, sie bei uns aufzunehmen.

Und das waren nur die Ereignisse zweier Tage. Der Wandel ging überaus schnell vonstatten. In der kurzen Zeit war ein ganzes Labor aus dem Boden gewachsen …

Übrigens waren Wyndia und Rato Rivalinnen, wenn es um Monster ging. Wyndia wollte sie vor allem durchs Kämpfen stärker werden lassen, Rato hingegen, indem sie sie modifizierte.

So prallten Ansichten aufeinander. Da jedoch beide nach Wegen suchten, sie stärker zu machen, konnten sie einander doch nicht hassen und steckten immer mal wieder die Köpfe zusammen. Wyndia war allerdings nicht sonderlich gelehrsam; Rato schien die meiste Zeit nur mit ihr zu spielen.

»Dann lasst mich die Bio Plant erforschen, bis ich genug davon habe. Wenn Euch was einfällt, womit ich Euch helfen kann, sagt Bescheid.«

»Ja, ich würde auch gern die Monster modifizieren.«

Für mich war essenziell, dass meine Untergebenen so stark wie möglich wurden. Es war einfach nötig. Bei Kämpfen wie dem gegen die Geisterschildkröte konnte man gar nicht zu viele Gefährten haben. Wenn wir außerdem noch stärkere Monster hatten, umso besser.

Plötzlich knirschte und knackte es. Das Geräusch kam von meinem Rücken. Anscheinend schlüpfte jetzt das Drachenjunge.

»Ich spüre, dass sich da etwas Lebendiges regt«, sagte Atla.

»Ah. Klar, dass du so was spürst.«

Ich setzte das Ei ab und warf selbst einen Blick auf das Geschehen.

»Schlüpft es?«, fragte Raphtalia.

»Sieht so aus.«

Im Gegensatz zu Filos Ei damals war das hier ziemlich groß. Es zeigten sich Risse, und dann arbeitete sich ganz allmählich ein Drachenjunges aus dem Ei heraus.

»Was fressen Drachen überhaupt?«

»Bestimmt Fleisch, oder?«

»Haben wir welches?«

Es wäre schön gewesen, wenn wir im Dorflager noch Räucher- oder Trockenfleisch gehabt hätten …

»Es hängt von der Art ab, aber der hier ist ein Allesfresser.«

Da war ich froh. In letzter Zeit ernteten wir zu viele Bio-Plant-Früchte, sodass sie auf unseren Touren mittlerweile schon unser Hauptverkaufsartikel waren. Den Überschuss konnte ich wunderbar an den Drachen verfüttern.

»Kyuaaaa!«

Das Drachenjunge streckte den Kopf aus dem Ei und krähte. Ein schlüpfendes Monster … Das weckte Erinnerungen. Filo war damals auch so gewesen – wenn auch lebhafter. Das Drachenjunge war etwa so groß wie mein Kopf, deutlich größer als Filo damals.

»Der hat aber eine komische Körperform.«

Er war dicklich, wie ein Flaschenkürbis geformt, und aus seinem Rücken wuchsen erbärmlich winzige Flügelchen. Zudem hatte er einen dicken Schwanz und zwei Hörner. Schuppen hatte er noch nicht. Als ich ihn aufhob, spürte ich, wie warm er war.

»Kyua!«

Er blinzelte, und dann trafen sich unsere Blicke.

»Kyuaa!«

Er schien mich begrüßen zu wollen, hob sogar eine Pfote. Ach ja, genau: Ich sollte meinem Schild wohl die Eierschale geben! Und genau das tat ich dann auch.

Huch, was war das denn? Aus meinem Schild waren Funken geschlagen! Ich erinnerte mich, dass er in Kizunas Welt eine ähnliche Reaktion gezeigt hatte, als ich den Demon Dragon Shield bekommen hatte. Es war wieder das gleiche Phänomen.

»Hi hi … Der ist aber niedlich«, sagte Raphtalia. »Weißt du noch damals, als Filo ein Küken war?«

Sie pikte den kleinen Drachen mit dem Finger. Der schnappte ihn und knabberte sanft daran.

Würde dieses Wesen wirklich zur Verkörperung des Sexualtriebs heranwachsen?

»Das ist also ein Drache«, sagte Atla. »Ich spüre seinen erstaunlich warmen Lebenspuls.«

Atla war dem Drachenjungen offenbar auch zugeneigt. Ich hätte erwartet, dass weiße Tiger und Drachen kein besonders gutes Verhältnis zueinander hatten. Aber es schien keine Schwierigkeiten zu geben.

»Na, dann will ich ihn erst mal untersuchen.« Rato beäugte den Drachen und tastete ihn vorsichtig ab. »Ja, er ist hinreichend gesund, da sollten wir keine speziellen Probleme haben. Und es scheint ein Männchen zu sein. Es hat also alles geklappt, was?«

»Da bin ich froh.«

Selbst wenn es komisch heranwuchs und wie Filo eine Menschenform annahm, hätte ich bei einem Männchen keine Probleme. Wobei das wohl an sich schon schwierig wäre, wenn er das könnte.

Als Rato ihn losließ, sprang er mich an und kletterte an mir hoch. Was wurde das denn jetzt?

»Mit der Aufzucht werdet Ihr wohl keine besonderen Schwierigkeiten haben, denke ich.«

»Meinst du?«

»Ich empfehle, so früh wie möglich mit ihm auf die Jagd zu gehen. Wenn Drachen anfangen zu wachsen, haben sie nämlich einen furchterregenden Appetit.

»Das musst du mir nicht sagen.«

»Stimmt. Ihr habt hier ja einen Haufen Kinder, die vom Appetit her einem Drachen sicher in nichts nachstehen!«

Rato gab sich geschlagen. Aber die Pointe hätte sie ruhig mir lassen können.

»Und was für eine Drachenart ist das?«

»Es ist ein Wyr. Diese Art gehört zu den hingebungsvollsten und loyalsten. Es sind Kreuzungen zwischen reinrassigen Drachen und Tyrellas.«

»Tyrellas?«

»Das sind große Echsenmonster. Sie können nicht fliegen, sind aber hervorragende Reittiere. Aber auch ziemlich selten.«

»Ui ...«

Die kannte ich nicht. War noch keinem begegnet. Auch Drachen an sich hatte ich bisher noch kaum welche gesehen.

»In Melromarc sind sie nicht verbreitet, deswegen kennt Ihr sie nicht. In der Gegend gibt es auch niemanden, der welche hält.«

»Ach?«

»Diese Monster sieht man eher in Faubrey, Schildwelt oder Schildfrieden.«

»Verstehe ...«

»Ist das das Drachenjunge aus dem Ei?!«

Wyndia kam angelaufen und näherte sich aufgeregt dem geschlüpften Drachen.

»Kyua!«

Das Junge war überhaupt nicht schüchtern und versprühte sogleich seinen Charme.

»Dann wäre es wohl am besten, ihn erst mal leveln zu schicken, oder?«

»Ja!«, stimmte Wyndia mir zu, während sie den Kleinen bei Laune hielt. »Aber Filo wird das gar nicht gefallen, glaub ich.«

Eins musste man ihr lassen: Wenn man ihr etwas sagte, dann tat sie es auch. Sie weigerte sich auch nicht, Monster zu töten, weil sie ihr leidtaten. Vielmehr folgte sie dem Prinzip Fressen oder gefressen werden und stürzte sich motiviert in den Kampf.

Ich verstand nicht so recht, was sie wollte.

Würde Filo tatsächlich eine Abneigung gegen das Drachenjunge haben? Nun, die beiden Arten waren alte Feinde; womöglich konnte sie gar nicht anders.

»Ab jetzt heißt du Gaelion«, sagte Wyndia.

»Hey, wer hat gesagt, dass du den Namen aussuchen darfst?«

»Herr Naofumi«, sagte Raphtalia, »das haben die Dorfkinder gemeinsam entschieden.«

»Das stimmt«, sagte Rato. »Ich habe gehört, wie sie alle darüber gesprochen haben.«

»Ach so? Na dann ... Meinetwegen.«

Es war mir eh zu mühsam, mir Namen auszudenken. Ich hätte ihn vielleicht bloß Drachi oder so genannt. So gesehen war Gaelion wohl der bessere Name.

»Ich geh ihn allen zeigen!«

Und so kam es, dass ich mit den Dorfbewohnern zum Leveln aufbrach, wobei Wyndia für Gaelion zuständig war. Er sollte schnell heranwachsen und uns im Kampf unterstützen.

»Ich vermisse Raphi ...«

Die letzten beiden Tage hatte sie oft auf Filos Kopf gesessen. Da schien es ihr so gut zu gefallen, dass sie nicht einmal kam, wenn ich sie rief. Ein bisschen traurig machte mich das schon.

»Ach, danach wollte ich Euch noch fragen«, sagte Rato. »Woher habt ihr eigentlich dieses Monster?«

Ich warf Raphtalia einen Seitenblick zu. Sie machte ein schrecklich mürrisches Gesicht. Was sollte ich tun? Wenn ich jetzt lang und breit von Raphi erzählte, gab das nur Stress ... Andererseits war Raphi mein Schatz. Ich wollte sie verbessern, sie stärker machen, damit sie mir nützlich war. Also beschloss ich, es Rato doch zu erklären.

»Raphi ist ein Shikigami und wurde in einer anderen Welt erschaffen. Deren Entsprechung in dieser Welt sind die Gehilfen. Wir haben Raphi mithilfe von Raphtalias Haar hervorgebracht.«

»Mehr fällt dir dazu wohl nicht ein?!«

Was auch sonst?

»Mein Schild bietet mir verschiedene Fertigkeiten, sie leistungsfähiger zu machen, nicht anders als bei der Bio Plant. Aber sie hochzupowern scheint alle möglichen Materialien zu erfordern, und es kostet Energie.«

Ich spielte ständig an Raphis Werten herum. Um sie stärker zu machen, brauchte ich Materialien, durch die ich sie ganz allmählich modifizieren konnte. Im Prinzip war sie meinem Schild nicht unähnlich.

»Ein Gehilfe ist das also. Ich dachte schon, das sei eine neue Monsterart.«

»Es ist mein Ziel, sie als neue Monsterart zu etablieren.«

»Das höre ich aber zum ersten Mal, Herr Naofumi! Was hat das zu bedeuten?«

Mist, jetzt hatte ich in Raphtalias Gegenwart meinen Wunsch ausgeplaudert.

»So etwas heckst du also aus!«

»Raphtalia, bei dieser Sache gebe ich nicht nach. Ich werde nicht zulassen, dass es nach Raphi einfach zu Ende ist.«

»Ich verstehe nicht, warum du so begeistert von ihr bist.«

So sehr wir einander auch vertrauten, es kam vor, dass wir uns einmal nicht verstanden. Das fand ich aber auch in Ordnung. An Raphi gefiel mir nicht nur, dass sie Raphtalia ähnelte, sondern vor allem, dass sie so enthusiastisch bei allem mitmachte.

»Raphtalia, was hast du daran auszusetzen?«, fragte Atla. »Wenn Herr Naofumi sich etwas wünscht, ist es die Aufgabe seines Gefolges, das zu akzeptieren.«

»Das hier ist aber unmöglich zu akzeptieren! Denk doch mal nach, Atla. Wie würde es dir gefallen, wenn aus deinem Haar ein Monster gemacht werden soll?«

»Wenn Herr Naofumi gut zu ihm ist, würde ich es ihm gern überlassen.«

Ein Shikigami beziehungsweise Gehilfe aus Atlas Haar? Vor dem geistigen Auge sah ich sofort einen kleinen weißen Tiger. Der wäre bestimmt sehr niedlich, aber so niedlich wie Raphi? Da hatte ich meine Zweifel.

»Herr Naofumi, ich sehe dir doch an, was in dir vorgeht. Warum bist du so besessen von Raphi? Es ist mir unbegreiflich!«

Verflixt – Raphtalia hatte meine Gedanken gelesen.

»Ich konnte Herrn Naofumis Gedanken nicht erraten«, sagte Atla. »Aber beim nächsten Mal schaffe ich es.«

Was für ein komischer Konkurrenzkampf war das denn? Wollte sie jetzt lernen, meine Miene zu lesen? Sie konnte doch nicht sehen!

»In dem Fall, Herr Graf, solltet Ihr vielleicht versuchen, im Wertemenü die Mutabilität anzuheben?«

»Nach dem, was ich mit der Bio Plant erlebt habe, würde ich das lieber vermeiden ...«

»Mutationen müssen nicht immer schlecht sein. Wenn der Herr Graf mir vertraut, ließe sich da vielleicht etwas probieren.«

Hm ... Sie hatte schon nicht ganz unrecht.

»Es gibt ja sogar eine Legende, dass ein Held die Filolials hervorgebracht haben soll. Vielleicht wird Euer kleiner Liebling ja schon bald zu einem zweiten Filolial?«

Eine wunderbare Idee. Es passte auch zu Ratos Plan, ein praktisches Monster wie einen Filolial zu erschaffen. Zwei Fliegen mit einer Klappe: Ich bekäme eine stärkere Raphi und Rato einen zweiten Filolial. Gut, dann wollte ich doch mal probieren, Raphis Mutabilität ein klein wenig anzuheben. Ich würde sie von einem Gehilfen zu einem Monster heranreifen lassen.

»Herr Naofumi, bitte tu das nicht.«

»Raphtalia, selbst du möchtest Raphi doch nicht die Zukunft verbauen, oder?«

»Ach, ich geb's auf …«

Raphtalia spürte, wie sehr ich es wollte, und konnte nichts mehr dagegen sagen.

»Aber mal ein anderes Thema: Wir müssen heute beim Waffenhändler vorbei.«

Vielleicht konnte ich sie so von der Sache ablenken? Mittlerweile müsste er mit dem Katana fertig sein, um das ich ihn gebeten hatte.

»Verstanden. Gehen wir zu ihm.«

Dass Raphtalia es irgendwann gut sein ließ, gehörte zu ihren Stärken. So verabschiedeten wir uns also von Rato und sprangen per Teleportationsskill zum Waffenladen.

Kapitel 4: Stardust Blade

»Da bist du ja, Jungchen«, hieß der Waffenhändler mich willkommen, als hätte er mich bereits erwartet.

Es schien noch immer Hochkonjunktur zu herrschen. Der Laden sah jedenfalls ziemlich geplündert aus. Aber mit den Gütern, die man vor zwei Tagen bei uns abgeladen hatte, waren wir ausrüstungsmäßig ohnehin erst einmal ausgestattet. Ich hatte keinen Grund, das Zeug auszuschlagen. Im schlimmsten Fall konnte ich alles einschmelzen und neue Sachen daraus schmieden lassen.

»Falls das Material nicht reicht oder so, sag aber was, ja? Ich kann die Dorfbewohner anweisen, dass sie dir unter die Arme greifen.«

»Tollys Familie lebt doch bei euch, oder? Das geht doch nicht.«

»Ich lasse sie ständig nur irgendwelche Feinarbeit machen. Hilft ihnen bestimmt beim Stressabbau, wenn sie mal ein paar Löcher buddeln dürfen.«

Imiya und die anderen Lumos wirkten wie stille Leute, bei denen sich alles anstaute. Sie brauchten irgendein Stressventil. In der Erde zu graben, schien ihnen Spaß zu machen, daher würden sie die Bergbauarbeit mit hoher Wahrscheinlichkeit als erfüllend empfinden.

»Wenn die Königin uns mit einem Bergwerk hilft, leisten sie sicher gute Arbeit für euch.«

»Danke für Eure Umsicht, werter Held des Schildes.«

Imiyas Onkel verneigte sich. Ah, dann lag ich wohl richtig und Bergbau würde ihnen tatsächlich beim Stressabbau helfen? Bestimmt würden sie das als spaßige Arbeit sehen.

»Aha? Nun, Jungchen, wenn du das meinst und Tolly das auch so sieht, kann ich euch ja vielleicht wirklich darum bitten.«

»Wenn ich mir unsere Bestände so ansehe«, meinte Tolly, »solltest du wohl tatsächlich bald eine Bestellung aufgeben.«

Also hatte ich recht gehabt? Dann musste ich später alles Nötige veranlassen.

»Ich gebe erst mal die Anweisung. Und später lass ich dann die Materialien vorbeibringen.«

Ich konnte einfach Filo oder ihren ersten Untertan mit der Lieferung beauftragen.

»Ich bin dir was schuldig, Jungchen. Dann schreib ich dir später eine Liste, welche Stoffe ich brauche.«

»Nicht der Rede wert. Ich bitte dich ja auch um alles Mögliche.«

»Ach ja, genau: Deine Bestellung ist fertig.«

Der Waffenhändler ging nach hinten und kam mit einem Katana zurück. Die Waffe wirkte ziemlich roh. Unten am Stichblatt sah die Klinge aus, als wäre es noch das schiere Meteorgestein. Hatte er sie absichtlich so gestaltet?

Der Alte bemerkte wohl meinen Blick und sagte: »Das ist der Teil, der die Kraft aus dem Siderit in die Klinge lenkt. Es mag ein bisschen eigenwillig sein, aber das ist nicht zu ändern.«

»Ach, tatsächlich?«

Das Katana sah missglückt aus.

»Ich hab mich nach langer Zeit mal wieder an einem versucht, aber an unseren Meister reiche ich nicht heran.«

»Mir scheint es ein ziemliches Meisterstück zu sein«, murmelte Raphtalia, den Blick auf das Katana geheftet.

Wie gut war die Waffe denn nun? Ich wandte meine eigene Begutachtungsfertigkeit darauf an.

Siderite Katana
Qualität: hervorragend

Die Qualität schien höher zu sein als bei dem Schild zuvor.

»Unser Meister hätte was noch Tolleres fertiggebracht.«

Hm ... Ich bemerkte eigentlich keinen besonderen Mangel.

»Ich bin nicht auf der Suche nach dem heiligen Gral. Und selbst wenn dein Meister hier wäre, würde ich lieber dich darum bitten.«

»Jungchen ... Stimmt, ich musste dir ja auch die verschiedensten Sachen bauen!«

»Dann muss ich mich auch ranhalten«, sagte Imiyas Onkel. »Es scheint hier ein paar neue Ansätze zu geben.«

»Ach ja? Mich holst du aber nicht ein.«

Imiyas Onkel und der Waffenhändler starrten einander an. Ich glaubte schon, hinter ihnen Flammen lodern zu sehen. Sie verstanden sich gut, schienen aber auch Rivalen zu sein.

»Atla, kannst du was über dieses Katana sagen?«

Die blinde Atla nahm Menschen ja über ihr Qi und Ähnliches wahr. Mich interessierte, ob sie darüber hinaus noch andere Dinge erfühlte.

»Nun ja, ich spüre, dass aus dieser Klinge Energie hervorkommt. Eine gewöhnliche Waffe scheint es nicht zu sein.«

Anscheinend nahm sie tatsächlich alles Mögliche wahr. Na ja, sie bewegte sich so sorglos im Dorf und anderswo herum, dass ich es mir schon gedacht hatte.

»Ich glaube, es ist ein sehr gutes Stück. Viel zu schade für Raphtalia.«

»Also, du ...«

Raphtalia ahnte wohl, dass ein Konter der Mühe nicht wert war, und ging nicht weiter darauf ein.

»Gut, dann soll Raphtalia es haben«, sagte ich.

»Schön!«, sagte der Alte. »Hauptsache, ihr feuert hier im Laden keine Techniken ab.«

»Schon klar.«

Damals hatte ich den Shooting Star Shield im Geschäft ausprobiert. Ich hatte ihn dem Alten zeigen wollen, hatte ihm damit aber Unannehmlichkeiten bereitet. Daran dachte er wohl gerade.

Raphtalia nahm das Katana in die Hand und startete die Kopierfunktion.

»Ah, ja. Ich konnte es kopieren.«

»Na, prächtig! Gibt's 'nen Skill?«

»Ja. Also, der Skill heißt ...«

Wahrscheinlich Shooting Star Katana oder so. Ren hatte doch, als er das Siderite Sword kopiert hatte, den Skill Shooting Star Sword bekommen, und auch ich und die anderen Helden verfügten über Skills mit ähnlichen Namen

»... Stardust Blade«, sagte sie.

»Was?«

Also nicht Shooting Star, sondern Stardust? Sternenstaub also, was von der Bedeutung ja doch ein klein wenig anders war ... Aber wenn ein Meteor auf die Erde stürzte, dann wurde er doch zu Sternenstaub, oder? Die Waffen waren allesamt aus Siderit hervorgegangen, also mussten sie einander ähneln.

Es erstaunte mich auch, dass es eine englische Bezeichnung war. Immerhin stammte Raphtalias Vasallenwaffe aus Kizunas Welt. Die Maßstäbe der Welten unterschieden sich, was wohl auch die Skills beeinflusste, die man lernen konnte. Ich fand es ein wenig schade.

»Der Skillname ist vom Stil her etwas anders, nicht?«, stellte nun auch Raphtalia fest.

Genau genommen hatte ich ja keine Ahnung, auf welcher Grundlage die Skills benannt wurden. Bei Kizuna, Glass und L'Arc hatten sie ein Japanfeeling vermittelt. Raphtalia hatte jetzt jedoch einen Skill mit englischem Namen bekommen.

»Und ich dachte, es wird was mit Shooting Star«, sagte ich. »Schade.«

»Warum ist das schade?«

In dem Fall hätte ich zu ihr sagen können, dass sie jetzt auch zu den Meteortrotteln gehörte. Wir hätten uns auch die Meteorgefährten nennen können.

»Du wirst seinen Erwartungen einfach nicht gerecht, oder?«, sagte Atla.

»Warum ist das meine Schuld? Das hat das Katana allein beschlossen!«

»Atla, du redest zu viel«, sagte ich. »Sieh dich vor.«

»Verstanden!«

Was genau wollte sie verstanden haben? Jetzt, da Raphtalia das Siderite Katana kopiert hatte, gab sie es dem Waffenhändler zurück.

»Na ja, es war eine gute Übung. Wenn mal wieder was ist, sagt Bescheid.«

»In Ordnung. Und du sag Bescheid, falls du nicht weiterkommst. Vielleicht kann man die Geisterschildkrötenmaterialien nur unter bestimmten Bedingungen bearbeiten.«

»Ah, das könnte sein. Verstanden. So, dann wollt ihr bestimmt die Kraft der neuen Waffe ausprobieren, was? Kommt später vorbei und erzählt mir davon.«

»Machen wir. Und ich bring dir nächstes Mal deine Erze und so mit.«

»Ich freu mich schon drauf.«

Anschließend kehrten wir rasch wieder ins Dorf zurück.

Übrigens unterschied sich Stardust Blade kaum von Rens Skill Shooting Star Sword – nur der Name war anders. Der Skill war vom SP-Verbrauch und von der Abkühlzeit gut ausbalanciert und leicht zu verwenden.

Es verging eine merkwürdig friedliche Woche. Ich widmete mich jeden Tag mit Atla meinen Übungen im Stil der Unvergleichlichen Veränderung. Wenn ich danach noch Zeit hatte, brach ich mit den Lumos ins Bergwerk auf und ließ sie nach Erzen schürfen, die wir dann dem Waffenhändler brachten. Ich hatte die Lumos richtig eingeschätzt: Frisch und munter gruben sie die Erze aus. Wie sie vergnügt mit ihren Klauen gruben, sahen sie ganz und gar wie Maulwürfe aus. Der Waffenhändler freute sich wahnsinnig, als er die Erze erhielt.

Über die Entwicklung unseres frisch geschlüpften Drachen Gaelion machten Wyndia und Rato sich fortlaufend Notizen. Da er regelmäßig mit den Sklaven leveln war, kam er ziemlich rasch voran. Auch Sadina half mit, und so erreichte Gaelion innerhalb einer Woche Level 38. Auch äußerlich war er jetzt schon ziemlich groß.

Eines Morgens entfuhr mir dann ein Stoßseufzer. Schon wieder?

Neuerdings kroch Atla immer irgendwann zu mir ins Bett. Sie war ja von Anfang an anhänglich gewesen, doch in letzter Zeit ging sie noch aggressiver vor. Ziemlich geschickt, wie sie in mein Haus eindrang, ohne dass ich es bemerkte. Beherrschte sie den Schleichgang der Ninjas oder so was? War das ihr Mittel gegen mein feines Gespür, was die Anwesenheit anderer anging?

Ich sagte jedes Mal Fohl Bescheid, aber Atla entwischte ihm immer wieder. Anfangs hatte er irrtümlich angenommen, sie schlafe noch. Gestern hatte ihn das Sandmännchen in den Tiefschlaf versetzt. Wir mutmaßten, dass Atla ihm einen Snack mit Schlafmittel untergejubelt hatte. Dazu hatte ihr womöglich Gaelion verholfen: Angeblich konnte er andere mit seinem Atem einschlafen lassen. Und davor hatte sie ihn physisch ins Traumland geschickt. Was war es wohl heute gewesen?

Plötzlich flog mit einem Knall die Tür auf.

»Entschuldige, Herr Naofumi! Ich bin gestern mit allen anderen zusammen eingeschlafen und konnte daher nicht heimko…«

Ausgerechnet Raphtalia musste es sein. Ganz schlechtes Timing. Wie vor den Kopf geschlagen starrte sie uns an.

»Es ist doch nichts passiert, oder?«

»Was sollte passieren?«

Dass Atla in mein Bett kroch, brachte mich wirklich in Verlegenheit. Da wurde die tugendhafte Raphtalia natürlich sauer. Sie glaubte aber doch wohl nicht ernsthaft, dass ich so etwas tun würde? Eher musste man vor Sadina Angst haben. Die kam abends auch immer mal wieder bei mir vorbei, wenn sie getrunken hatte. Und das, obwohl ich morgens früh raus musste. Abends war ich müde!

Raphtalia seufzte. »Stimmt. Ich weiß ja, wie du bist.«

»Was redest du? Sieh mal lieber nach Fohl – um den solltest du dir Sorgen machen!«

Es stellte sich heraus, dass Atla ihn diesmal in eine Matte gewickelt hatte. Er hatte wohl hilflos auf dem Bauch gelegen, unfähig, sich zu befreien.

»Herr Naofumi? Warum verbietest du ihr das nicht?«

»Ich hab ihr gesagt, dass sie abhauen soll. Dann hat sie draußen geschlafen. Davor hatte ich versucht, sie mit dem Sklavensiegel zu bestrafen, wenn sie ankam – vergeblich.«

»Ist sie ein Dämon?!«

Verscheuchte ich sie, schlief sie einfach vor der Tür. Und als sie noch krank gewesen war, hatte ihr ständig alles wehgetan; an Schmerzen war sie also gewöhnt. Wahrscheinlich zeigte das Sklavensiegel deswegen kaum eine Wirkung bei ihr. Sie hatte einfach darüber hinweggeschlafen. Da wollte man schon konsequent sein, und dann so was. Fohl war bereits schrecklich sauer deswegen. Was sollte ich nur tun?

»Ich weiß ja, wie du bist ...«

»Das sagst du heute schon zum zweiten Mal. Dann wiederhole ich mich eben auch: Wovon redest du?«

»Hmmm ... Was ist denn, Herr Naofumi?«

Atla war soeben aufgewacht. Was fragte sie so unschuldig? Sie war schließlich die, derentwegen wir uns den Kopf zerbrachen!

»Das sollte doch wohl klar sein!«

»Schlaft Ihr denn so ungern mit mir in einem Raum?«

»Es ist mir ehrlich unangenehm. Und hast du denn keine Schmerzen?«

»Nicht direkt ... Eher ist mir warm ums Herz. Warum darf ich nicht bei Euch schlafen?«

»Weil dann dein Bruder Stunk macht.«

»Atla! Warum läufst du immer wieder zu so einem?!«

»Da hast du's.«

»Lieber Bruder, mach dir keine Sorgen. Ich wünsche mir doch bloß, bei Herrn Naofumi zu sein.«

Ach, Mann, was man mit der immer für ein Theater hatte. Ihr Charakter hatte sich schon sehr verändert, seit sie nicht mehr krank war ... So gesehen gab es eigentlich nur eine Möglichkeit.

»Raphtalia, Fohl, hört mal beide zu.«

»Was denn?«

»Was?!«

»Es könnte sein, dass das eine Nebenwirkung des Yggdrasil-Elixiers ist.«

»Was?«, riefen sie im Chor.

Genau. Anders konnte ich es mir nicht erklären.

»Gehen wir mal bei der alten Schachtel vorbei. Die idolisiert mich doch auch als ›Heiligen‹, oder? Das ist bestimmt ein Effekt des Yggdrasil-Elixiers: Flößt man es jemandem ein, schlagen die Gefühle ins Extreme um oder so was. So wird dann vielleicht sogar das Sklavensiegel ausgehebelt.«

Ein allmächtiges Heilmittel musste ja auch eine Schwäche haben. Und hier sahen wir sie. Bei Atla war der Heileffekt ungeheuerlich gewesen, darum war wohl auch die Nebenwirkung so viel stärker als bei der alten Schachtel. Noch stärker durfte ich das Sklavensiegel nicht einstellen. Am Ende starb Atla noch.

»Jedenfalls müssen wir wachsam bleiben, bis die Nebenwirkung abklingt.«

»U… Unbedingt!«

»Hä?!«

Raphtalia schien meine Hypothese plausibel zu finden, aber Fohl klang völlig überrascht.

»Irgendwelche Einwände?«

»N… Nein! Das ist es! Nebenwirkung, auf jeden Fall! Die Medizin hat Atla komplett geheilt – das kann nur ’ne Nebenwirkung sein!«

»Ihr irrt Euch, Herr Naofumi! Ich fühle mich aus tiefstem Herzen mit Euch verbunden …«

»Komm, Atla, wir gehen grinden!«

»Ah, Herr Naofumiiiiii!«

Fohl zog Atla hinter sich her aus dem Haus. Nach dem Frühstück würden wir allerdings wieder miteinander üben müssen.

Ich hatte die Tür kaum geschlossen, da hörte ich es wieder klopfen.

»Ich komme ... Nanu?« Raphtalia hatte aufgemacht, aber draußen war niemand zu sehen. Sie blickte sich um. Dann machte sie die Tür mit einem Stirnrunzeln wieder zu. »Da war niemand.«

»Ach ja, es sieht so aus, als hätte in den letzten Tagen einer aus dem Dorf Gefallen an Streichen gefunden.«

Ob mitten in der Nacht oder am Morgen, wann immer ich zu Hause war, spielte mir anscheinend einer der Sklaven Klopfstreiche.

Sonst passierte es, wenn ich allein war. So gesehen war es ungewöhnlich, dass es sich jetzt ereignete, da Raphtalia bei mir war.

»Anfangs dachte ich, das Holz arbeitet bloß, aber das scheint's nicht zu sein.«

Ich hatte die Soldaten, die unsere Häuser ausgebessert hatten, beauftragt, das zu überprüfen, aber die hatten gemeint, so schlimm könne sich die Tür gar nicht verzogen haben. Am Vortag hatte ich hinter der Tür gelauert und sie sofort aufgerissen, als es geklopft hatte. Aber da war es bloß Kiru gewesen. Am Morgen war wieder das Gleiche passiert, pünktlich zu der Zeit, als Atla gekommen war.

Es waren Kiru und ein paar andere Sklaven gewesen, die fragen wollten, was heute auf dem Plan stand. Die waren daher wohl nicht die Übeltäter.

»Fragen wir beim Frühstück doch mal die Dorfbewohner.«

»Haben wir irgendein Kind hier, das dir diese Streiche spielt?«

»Muss wohl so sein – irgendwer muss es ja machen.«

»Hm ...«

Raphtalia wollte nicht schlecht von den anderen denken. Das konnte ich schon verstehen. Aber es ließ sich nun mal nicht leugnen, und Strafe musste sein.

»Na schön. Ich werde mal meiner Routine folgen und im Monsterstall vorbeigucken. Kommst du mit?«

»Ach so ... Ja, gern.«

So erledigten wir also diese tägliche Aufgabe und machten uns anschließend an die Vorbereitung fürs Frühstück.

Kapitel 5: Klopfstreiche

Als sich die Sklaven zum Frühstück versammelt hatten, setzte ich ein Häkchen im Sklavenmenü.

»In letzter Zeit spielt mir jemand Streiche, wenn ich zu Hause bin. Wer ist das? Er soll sich jetzt zu Wort melden.«

Niemand hob die Hand. Überdies wurde kein Sklavensiegel getriggert. War es etwa doch keiner der Sklaven? Der Reihe nach blickte ich zu den Soldaten, die sich im Dorf aufhielten, und zu Ren, aber sie alle schüttelten die Köpfe. Wer war es nur?

»Hm …«

»Meister, was ist looos?«

»Raph?«

Heute aß Filo mit uns. Raphi hockte weiterhin auf ihrem Kopf herum. Gefiel es ihr da so gut?

»Wenn ich zu Hause bin, klopft immer irgendjemand an meine Tür und läuft dann weg.«

Wenn ich aufmachte, war er schon wieder über alle Berge. Demnach musste er ziemlich schnell sein, selbst wenn er sich irgendwo versteckte. Ich konnte Raphtalia und Atla Wache halten lassen, aber der Übeltäter schien scharfsinnig zu sein und würde wohl nicht auftauchen, wenn ein Wachposten im Einsatz war. Das Schlimmste war, dass er auch mitten in der Nacht kam.

»Hmmm«, machte Filo. »Soll ich aufpassen?«

»Raph?«

»Wenn jemand Wache hält, kommt er eh nicht. Lassen wir ihm erst mal freien Lauf – aber ich werde ihn schon erwischen!«

Auf meine forschende Frage zuvor hatte sie keine Reaktion gezeigt. Sie war es also offenbar auch nicht gewesen.

»Na guuut.«

»Raphtalia, Atla. Ich will mir den Übeltäter heute während des Tages schnappen. Haltet euch also bitte nach dem Mittagessen eine Weile fern.«

»Verstanden«, sagte Raphtalia. »Ich wollte ohnehin die Meisterin etwas zur Anwendung des Qi fragen. Ich werde dann zu ihr gehen.«

»Ach, Herr Naofumi, ich möchte lieber bei Euch bleiben.«

»Hast du's nicht kapiert? Ich will den Täter hervorlocken! Von euch klopft also erst mal niemand bei mir. Ist das klar?«

»Jawohl!«, riefen sie.

Wenn der Schelm heute dann nicht aufkreuzte, stünden sie alle unter Verdacht. Und so ging ich also nach dem Vormittagstraining nach Hause und wartete, dass er sich hervorwagte.

Und dann hörte ich es klopfen. Ich hatte alle angewiesen, nicht zu mir zu kommen, also war dies zweifellos der Übeltäter. Heute würde ich ihn nicht entkommen lassen. Wer auch immer da vor der Tür stand, ich würde ihn mir schnappen!

»Shield Prison!«

Ich sperrte den Klopfer in einen Käfig aus Schilden und riss die Tür auf, um mir anzusehen, wer mir diese Streiche spielte. Der Käfig klapperte und rüttelte. Die Falle hatte zugeschnappt.

»Was ist denn hier los, Herr Graf?«

»Rato? Was machst du jetzt gerade hier?«

»Ich bin spazieren gegangen, um mir die Zeit zu vertreiben. Aber wollt Ihr mir nicht sagen, was das soll?«

»Ich hab doch heute Morgen erzählt, dass mir in letzter Zeit jemand Klopfstreiche spielt.«

»Stimmt. Und da habt Ihr ihn? Wer ist wohl der Schlingel?«

Ich wartete, bis der Käfig sich auflöste – und dann sah ich, wer darin steckte.

»Kyuaaaaa?!«

Ich glaube, Rato und ich waren gleichermaßen sprachlos. Und klar, wenn es von den Sklaven keiner gewesen war, musste ich als Nächstes die Monster verdächtigen. Dass Monster Streiche spielen würden, hatte ich allerdings nicht erwartet. Der Schelm namens Gaelion, nun wieder frei, schwang sich in den Himmel auf und flog davon. Ohne zu zögern, öffnete ich das Monstersiegelmenü und löste eine Strafe aus.

»Kyuaaaaaaa?!«

Gaelion stürzte ab und wälzte sich am Boden. Übrigens war er jetzt etwas länger als zwei Meter, den Schwanz eingerechnet. So langsam begann er, wie ein richtiger Drache auszusehen. Wenn sein Schwanz auch noch ein bisschen dick war.

Er hatte große Augen und war immer noch niedlich. Ein bisschen pummelig. Sein Wachstum hatte sich auch verlangsamt. Er war nicht so groß geworden wie erwartet.

Wyndia hatte seinen Schrei gehört und kam angerannt.

»Was ist mit Gaelion?!«

»Er ist der, der mir immer die Streiche spielt. Ich hab ihn auf frischer Tat ertappt.«

»Hä? Gaelion ist der Übeltäter?!«

Selbst Wyndia schien unsicher, ob sie ihn verteidigen sollte.

»Nimm ihn bloß nicht in Schutz! Wer unartig ist, muss bestraft werden.«

»Verstanden. Böser Gaelion! Du darfst doch keine Streiche spielen!«

»Kyuaa ...«

»Was ist los, Meister?«

Filo und Raphi hatten den Lärm auch gehört und kamen angelaufen. Hatten die nicht Melty besuchen wollen? Oder hatten sie sich wegen der Sache am Morgen Gedanken gemacht und waren im Dorf geblieben?

»Ah, er wird ausgeschimpft!« Filo tanzte demonstrativ vor ihm herum und freute sich. »Gaelion kriegt Schimpfe! Das geschieht ihm reeeecht! Meister darf nur auf mir reiten!«

»Kyuuuuuuuuuaaaaa!«

Es machte Gaelion sichtlich wütend, dass Filo sich über ihn lustig machte.

»Raph! Raph, Raph, Raph!«

Raphi trommelte mit Pfoten und Schwanz auf Filo herum, um sie zu schelten, aber die tanzte ungerührt weiter.

Ja – sie brauchte auch eine Strafe.

»Auaaaaaaaaa! W... Warum?«

»Hör auf zu lachen.«

»A... Aber du lachst bei so etwas auch immer ...«

Hm ... Das stimmte auch wieder. Ich deaktivierte das Monstersiegel.

»Warum gibst du plötzlich nach?«, beklagte sich Wyndia.

»Ich lache andere auch aus, wenn sie Mist bauen. Also hab ich kein Recht, was dazu zu sagen.«

»Raph«, pflichtete Raphi mir bei.

So war es. Es stand mir nicht zu, mich darüber zu beschweren. Ich konnte stolz auf mich sein.

»Also das ...«

Rato fasste sich an den Kopf, offenbar sprachlos. Beim Fiasko mit der Hexe und dem Drecksack hatte ich gelacht und auch, als Kizuna sauer auf Glass gewesen war. Deswegen hatte ein Tadel aus meinem Mund wenig Überzeugungskraft.

»Ähm«, setzte Rato an, »so etwas darfst du nicht tun, nur weil er dein Rivale ist.«

»Menno.«

»Du weißt, was passiert, wenn du mich wütend machst, oder?«, fragte ich.

»Oh neiiin!«

Was für eine Komödie.

»Aber mal ehrlich, warum spielst du solche Streiche?«, fragte Wyndia und streichelte Gaelion über den Kopf. Er winselte leise.

»Er sagt, er wollte nur, dass der Schildheld mit ihm spielt.«

»Hä?«

»Du unternimmst kaum was mit ihm. Aber um deinen Vogel kümmerst du dich.«

»Hmpf!«

Jetzt funkelten Filo und Wyndia einander an.

»Wartet mal ... Heißt das, wenn ich nicht mit ihm spiele, gehen die Streiche weiter?«

»Kyua!«

Jetzt nickte er auch noch! Er musste wohl immer im Mittelpunkt stehen, oder was? Oh Mann ... Ich sah Rato an.

»Nähe ist wichtig«, sagte sie. »Für ihn und Euch gleichermaßen.«

Ach, tatsächlich? Voll nervig! Raphi war doch auch nicht so eigensinnig.

»Okay, Filo und Gaelion. Dann reserviere ich ab jetzt jeden Tag ein bisschen Zeit, um abwechselnd mit euch zu spielen. Aber wer den anderen stört, muss aussetzen.«

»Hmpf!«

»Kyua!«

Beide starrten einander bockig an.

»Gut, dann spiel ich eben mit keinem von euch.«

»N... Na guuut.«

»Kyua, Kyua.«

Jetzt gaben sie doch beide nach und ließen sich auf meinen Plan ein. Raphi würde natürlich mehr Zuwendung kriegen. Mit ihr würde ich immer spielen, wenn sie wollte.

»Gut, dann fangen wir heute mit Gaelion an.«

»Kyua!«

»Waruuum?«

»Du bist die Ältere, oder?«

»Hm … Na gut. Dann drehe ich eine Runde. Wyndia, komm!«

»Mhm.«

Filo zog mit Wyndia los, um zu leveln.

»So, Gaelion, was willst du denn spielen? Aber nur, bis die Mittagspause vorbei ist.«

»Kyua!«

Freudig wedelte er wie ein Hund mit dem Schwanz. Er war reaktionsschnell. Sollten wir ein bisschen Frisbee spielen? Ich wählte den Frisbee Shield und warf ihn. Forsch machte sich Gaelion an die Verfolgung und flatterte mit den Flügeln. In Fantasy durfte man es mit den Naturgesetzen wohl nicht zu genau nehmen, aber es war schon erstaunlich, wie gut er flog. Als er die Frisbee fing, löste sie sich auf und kehrte zu mir zurück. Gut gelaunt kam er zurückgeflogen und schleckte mir übers Gesicht. Wie unschuldig er war – anders als ein gewisser plappernder Vogel.

So tollte ich also etwas mit Gaelion herum. Nach einer Weile kamen Raphtalia und Atla vorbei.

»Herr Naofumi, hast du den Schlingel gefasst?«

»Ja. Da seht ihr ihn.«

»Kyua!«

»Was? Gaelion war das?«

Ich nickte. »Er war wohl einsam, weil ich mich nicht mit ihm beschäftigt hab.«

»Nun, das stimmt schon. Du hast ihn ganz und gar Wyndia und Rato überlassen.«

»Ich kann ihn so gut verstehen!«

»Kyua!«

Atla und Gaelion schüttelten sich Hand und Pfote. Machten die jetzt einen auf Gleichgesinnte, oder was?

»Wenn ihr beide zurück seid, heißt das wohl, die Pause ist vorbei.«

»Kyua ...«

Gaelion klang schrecklich traurig, aber deswegen würde ich trotzdem nicht weiter mit ihm spielen. Raphtalia streichelte ihm über den Kopf.

»Er darf zwar nicht beim Training mitmachen, aber wir könnten ihm doch wenigstens erlauben zuzusehen, oder?«

»Wir dürfen ihn nicht zu sehr verhätscheln.«

»Da kann man wohl nichts machen«, sagte Atla. »Tschüss!«

»Kyua?!«

Gaelion sah Atla an, als hätte sie ihn verraten. Gerade hatte es noch so gewirkt, als würden sie sich verstehen. Was war denn jetzt damit?

»Musst du immer so extrem sein?« Raphtalia war es langsam leid, genau wie ich. Sie dachte eine Weile nach, dann sagte sie: »Du darfst gern zugucken, aber dafür musst du dir später beim Leveln richtig Mühe geben. Einverstanden?«

»Kyua!«

Gaelion nickte mehrmals. Hm ... Sprechen konnte er zwar nicht, aber er schien schlau zu sein. Raphi fand ich zwar niedlicher, aber dass er so folgsam war, musste man schon lobend anerkennen.

»Na ja, er soll leveln und wachsen. Wenn das Zugucken ihn motiviert, ist es vielleicht gar nicht so schlecht.«

»So sehe ich das auch«, sagte Atla.

»Was redest du da? Gerade wolltest du ihn noch wegschicken!«

»Da hat sie recht.«

»Kyua, Kyua!«

Also blieb Gaelion nachmittags in der Nähe und sah uns beim Training zu. Ich spielte ja nicht mit ihm, also verstieß ich auch nicht gegen die Abmachung mit Filo. Doch als Abend geworden war, wollte Gaelion immer noch nicht von meiner Seite weichen.

»Es ist schon spät ...«

Er hatte sich sogar hinter mir ins Haus gezwängt. Das war ungünstig; immerhin war er ziemlich groß. Seit seiner Geburt hatte ich ihn weitgehend sich selbst überlassen, daher musste ich es ihm wohl nachsehen. So langsam wurde es mir dennoch zu viel.

»Nun, vielleicht kommt Gaelion gerade recht, meinst du nicht?«

»Inwiefern?«

»Wegen des Problems mit Atla. Wenn sie sich wieder zu dir reinschleichen will, kann er sie verjagen.«

Also wie ein Wachhund? Das Gleiche hätte auch Filo machen können. Aber das war ja mal ein verwegener Vorschlag!

»Kleiner Naofuuumi!« Sadina streckte den Kopf zur Tür herein. »Ich komme Raphtalia abholen!«

»Ach, du bist's.«

»Huch, was ist denn hier los? Du lässt Gaelion ins Haus?«

»Der folgt mir überallhin. Raphtalia hat gerade vorgeschlagen, ihn als Wachhund gegen Atla einzusetzen.

»Gute Idee! Selbst die Kinder, die während der Sklaverei besonders schlimm gelitten haben, haben sich schon weitgehend erholt. Bald sind sie so weit, dass Raphtalia wieder hier schlafen kann. Bis dahin könnte man Atla mit dem Drachen ganz gut im Zaum halten, oder?«

»Aber wär's nicht besser, wenn wir Atla irgendwie gut zureden könnten?«

»Das hab ich schon versucht«, sagte Raphtalia. »Mit Sadina zusammen.«

»Das stimmt. Und dann hat Atla uns gestanden, dass sie deine Braut werden will. Da haben wir uns aber erschrocken!«

Ich seufzte. Atla machte ja ganz schön Druck. Was sollte man dazu noch sagen? Aber ihre Verwirrung sollte sich bald auflösen, und ich war ganz gewiss nicht so ein Scheusal, das ein Kind zur Frau nehmen würde.

»Ich hab ihr gesagt, dass du eine Trantüte bist und mit einer Braut gar nichts anzufangen wüsstest.«

»Trantü … Hey!«

Was fiel ihr ein, mich als Trantüte zu bezeichnen?

»›Herr Naofumi ist ein Ehrenmann‹, hat sie da gesagt. ›Er wird schon wissen, was er tut.‹ Das geht echt zu weit, oder?«

Woher hatte Atla nur dieses merkwürdige Vertrauen? Mann, ging mir das auf die Nerven! Am liebsten wäre ich einfach davongelaufen.

»Das Beste wäre wohl, wenn du sie klipp und klar abweist, kleiner Naofumi.«

»Hab ich doch längst!«

Nur wollte Atla einfach nicht aufgegeben. Sie hatte eben einen eisernen Willen. Sie entwickelte sich auch zu einer fähigen Kämpferin, und wenn ich ihr einen Befehl erteilte, führte sie ihn aus. Ihr guter Wille mir gegenüber ging nur einfach ins Extreme. Ja, schoben wir es am besten darauf.

»Dann kann ich wohl nur beten, dass Fohl sie schnell übertrumpft und davon abhält hierherzukommen.«

Ich hatte sogar schon daran gedacht, sie wieder zu verkaufen, aber wenn sie mental stark genug war, um sich dem Sklavensiegel zu widersetzen, dann käme sie höchstwahrscheinlich bald wieder angelaufen. Ich hatte sowieso keine Lust, so weit zu gehen. Irgendwie musste ich sie zum Einlenken bewegen.

Während ich mit Raphtalia und Sadina überlegte, wie Atla beizukommen war, durchstöberte Gaelion das Zimmer. Hatte er irgendetwas gerochen? Ich hörte ihn schnuppern. Plötzlich steckte er den Kopf in den Beutel mit den Materialien, aus denen ich neue Waffen und Rüstungen machen lassen wollte.

»Hey, Nase aus dem Sack!«

Gaelion war neugierig. Aber damit würde ich spielend zurechtkommen. Filo machte ja auch manchmal so etwas.

Das dachte ich zumindest in dem Moment. Ich hätte mir jedoch nicht träumen lassen, was er in dem Sack finden und was daraus erwachsen würde.

Kapitel 6: Der Level-Drain

»Kyua!«

Der Beutel fiel herunter, und der Inhalt ergoss sich auf den Boden. Erst Klopfstreiche, und jetzt plünderte er mir auch noch die Taschen. Aber auch Filo machte solche Sachen, bis heute. Einmal hatte sie irgendwelchen Müll gesammelt und behauptet, das seien ihre Schätze. Keinen Deut besser als Gaelion. Bestimmt fochten sie gerade einen Revierkampf darüber aus, wer in meinem Müll fischen durfte.

»Mann … Denk doch mal drüber nach, wer das aufräumen muss!«

Herausgekullert waren Monsterknochen, Erzbrocken und der Kernstein des Drachenkaisers, den ich für die Barbaroi Armor verwendet hatte. Gaelion hatte ihn bemerkt und folgte ihm mit den Blicken, während er über den Boden rollte. Dann fing er an, damit zu spielen, als wäre er eine Katze. Offenbar mochte er wie Filo glitzernde Dinge. Sie hatte den Kern des verwesten Drachen damals mit den gleichen Funkelaugen angesehen. Romina aus Kizunas Welt hatte den Stein dann in die Rüstung eingearbeitet. Da wurden Erinnerungen wach …

»Kyuaa?!«

Man entspannte sich gleich ein wenig, wenn man ihn so fröhlich spielen sah. Aber das hier war nicht der Moment dafür. Ich musste ihn ausschimpfen und dann aufräumen.

»Ist das der Kernstein eines Drachenkaisers?«, fragte Sadina. »Schnell, nimm ihm den weg!«

»Was?«

So angespannt sah man sie ja selten. Mit einem Mal hatte Gaelion den Stein im Maul.

»Hey, das gehört dir nicht. Gib's sofort zurück!«

Aber meine Mahnung schien ihn überhaupt nicht zu beeindrucken. Er ließ den Kernstein nach hinten rutschen – und dann hörte ich ihn schlucken.

»Spinnst du?! Würg ihn wieder hoch!«

Ich packte Gaelion und schüttelte ihn. Moment mal, hatte ich für so was nicht das Siegel? Ich öffnete das Menü, um es zu aktivieren, doch in dem Moment geschah etwas.

»Kyua?!«

Gaelion begann, sich krampfhaft zu bewegen, und er riss die Augen weit auf.

»Kyu ... Gya ... Gyuuu ...«

Ihm brach der kalte Schweiß aus. Er kniff die Augen zusammen und stöhnte, als versuchte er, irgendetwas zu unterdrücken. Und dann hörte ich so etwas wie ein Knirschen, das von seinem ganzen Körper auszugehen schien.

»H... Hey.«

»Aus ihm quillt unheilvolles Qi hervor!« Raphtalia starrte Gaelion an. »In gewaltiger Menge!«

»Unheilvolles Qi?«

»Ja! Bitte pass auf!«

Ich drehte mich wieder um und sah mit bloßem Auge, wie irgendetwas Schwarzviolettes freigesetzt wurde. Diese Farbe kam mir bekannt vor. Sie erinnerte an die Aura, die Filo immer umhüllte, wenn ich den Schild des Ingrimms angewählt hatte.

»Kleiner Naofumi, geh mal beiseite!«

Sadina richtete ihre Harpune auf Gaelion und stieß damit zu, als wollte sie sie in seinem Schwanz versenken. Doch Gaelion rollte blitzschnell den Schwanz ein und sprang zur Seite.

»Gyaoooooooo!«

Mit roten, blutunterlaufenen Augen brüllte er in die Höhe. Er stieß einen magischen Atem aus, und augenblicklich flog das Hausdach weg.

»Gya!«

Dann breitete er die Flügel aus und machte Anstalten, sich in die Lüfte zu schwingen. Super! Das Siegelmenü war offen. Jetzt würde ich ihn bestrafen und zu Fall bringen.

Ich aktivierte das Monstersiegel, doch es geschah nicht mehr, als dass sich kurz mein Sichtbereich verzerrte. Das Siegel sprang nicht an.

»Du hast einfach mein Dach weggepustet! Sei sofort wieder artig!«

Wenn das Siegel nicht funktionierte, blieb mir wohl keine Wahl! Ich stürzte mich auf ihn und versuchte, ihn festzuhalten.

»Gyaoooooo!«

»Uah!«

Er rammte mich mit vollem Körpereinsatz. Ich wurde einfach weggeschleudert und landete auf dem Hintern.

»Autsch …«

Moment mal. Er hatte mich zwar überrumpelt, aber wie hatte er mich einfach so wegfegen können? Wenn ich ihn mit meiner ungeheuren Verteidigungskraft nicht festhalten konnte, musste er ja eine ziemlich hohe Angriffskraft haben. Brauchte man dafür nicht mindestens Raphtalias oder Rens Stärke?

»Gyauuuuuu …«

Gaelion starrte mich aus blutunterlaufenen Augen an. Das war nicht mehr der leicht trottelige Blick von zuvor. Ich sah darin den Instinkt eines wilden Drachen aufblitzen. Es war so bedrohlich, dass es mir kalt über den Rücken lief. Ich hielt den Schild vor mich und starrte ihn an. Jetzt würde ich ernsthaft versuchen, ihn zu packen. Wenn er seinen Atem, mit dem er das Dach weggesprengt hatte, auf Sadina und Raphtalia richtete, könnte das sehr gefährlich werden.

»Gyaoooooooooooo!«

Doch er brüllte noch einmal und flog dann davon, wohin auch immer.

»Irgendetwas umgibt Gaelion«, hörte ich draußen Atla sagen. »Aber was ...?«

Ich stürzte aus dem Haus und blickte in die Richtung, in die Gaelion geflogen war.

»W... Was war das?«

Die Sklaven, die im Dorf geblieben waren, hatten den Lärm gehört und kamen angerannt.

»Was ist hier los?«

»Was ist denn passiert?«

»Was? Was geht hier vor sich?«

Rato und Wyndia blickten in dieselbe Richtung wie wir, Fohl und Atla ebenfalls.

»Also ...«

Ich erklärte ihnen, dass Gaelion den Kernstein verschluckt und sich deswegen so verändert hatte.

»Kernstein des Drachenkaisers ... Herr Graf, Ihr habt ja ungewöhnliche Dinge!«

»Hast du irgendeine Idee?«

»Die Lebensweise der Drachen gibt uns immer noch viele Rätsel auf. Dass Drachen die gefundenen Kernsteine anderer Drachen in ihren Besitz bringen wollen, habe ich schon mal gehört, aber dass sie dann so außer Kontrolle geraten ...«

»Kleiner Naofumi.« Sadina legte mir die Hand auf die Schulter. »Woher hast du denn diesen Kernstein?«

»Ursprünglich gehörte der einem Drachen, der in den Bergen in der Nähe des Dorfs im Osten gelebt hat, aber ...«

»Dann ist dieser Drachenkaiser höchstwahrscheinlich in Gaelions Ich eingedrungen.«

»Wie das?«

Sadina schien sich ja gut mit solchen Problemen auszukennen.

»Im Drachenkern soll sich das Ich des Drachenkaisers befinden. Ich habe gehört, dass Drachen solche Kerne verwenden, um ihre Fähigkeiten zu steigern und die Erinnerungen des Drachenkaisers zu übernehmen.«

»Das heißt also ... Gaelion hat die Erinnerungen des verwesten Drachen geerbt und ist jetzt durchgedreht?«

»Das kann doch nicht ...«

Ren schienen plötzlich die Worte zu fehlen, und er schwankte.

»Der Drache, den du damals erschlagen hast, ist doch hinterher zum Zombiedrachen geworden.«

»Wir müssen ihn unbedingt aufhalten!«

»Kann es sein, dass er aus Zorn, weil du ihn umgebracht hast, wieder zurückgekehrt ist?«

»In dem Fall ... können wir ihn vielleicht stoppen. Naofumi, du hast doch diesen Drachen aufgezogen!«

»Er war mir gegenüber zutraulich, aber aufgezogen haben ihn die Dorfbewohner. Und sie war für ihn verantwortlich.« Ich zeigte auf Wyndia.

Trotz allem hatte ich ihn liebgewonnen und wollte ihn nach Möglichkeit nicht aufgeben. Ich wusste nicht, wohin er geflohen war, aber wir mussten ihn suchen und wieder einfangen.

»Schwertheld, wie geht es dir damit, dass du einen Drachen umgebracht hast?«

Wyndia starrte Ren an, als wollte sie ihn ins Verhör nehmen.

Aber sicher wollte sie bloß nur nicht, dass er Drachen tötete, weil sie selbst so ein Drachenfan war.

»Wahrscheinlich dachtest du, das sei wie eine Quest in deinem Spiel, und der Drache sei ein schaffbarer Gegner?«

»J... Ja, genau ... Ich hab so vielen Leuten Schwierigkeiten gemacht. Ich hab gehört, die Gegend ist immer noch schlimm verseucht ... Es tut mir ehrlich leid. Ich kann mich gar nicht oft genug dafür entschuldigen ... Aber was soll ich tun?«

Wie gewöhnlich ließ Ren sich leicht deprimieren. Als er so kläglich den Kopf hängen ließ, verlor Wyndia anscheinend die Lust, ihm weiter zuzusetzen. Aber seine Einstellung machte mir Sorgen.

»Hör mal ...«

»Hm?«

»Ich sag das jetzt bloß, weil ich dich für einen ziemlich naiven Typen halte. Alle Monster, die du erschlagen hast, könnten eine Familie gehabt haben. Sie könnten ein glückliches Leben geführt haben. Ist dir das klar?«

Er wurde zusehends bleicher. Aha, der Gedanke war ihm also noch nicht gekommen.

»Willst du jetzt rumlaufen und zu allen Monstern sagen, du hast ihre Angehörigen umgebracht und willst dafür geradestehen? Wenn du aber einfach eine Linie ziehst und sagst, Monster sind Monster, was ist dann mit denen im Stall?«

»Äh ... Ah ... Öh ...«

Ich seufzte. Der Junge war in einem schwierigen Alter.

»Ob man Fleisch isst oder Gemüse, letztendlich muss man immer irgendetwas töten, um zu überleben. Irgendjemanden tritt man immer mit Füßen, darauf sollte man sich lieber einstellen.«

»Ist das kein Widerspruch?«

»Hm? Du als Held willst doch stärker werden, um die Welt zu retten, auch wenn du dabei zahllose Monster abschlachten musst. Was redest du also? Die Starken fressen die Schwachen, oder nicht?«

Ich hatte gehört, dass man in dieser Welt sogar Erfahrungspunkte bekam, wenn man Menschen umbrachte. Was für ein Blödsinn also zu behaupten, es gebe einen Unterschied zwischen Menschen und Monstern!

»Und deswegen, Ren, musst du dir bewusst sein, was du da tust, wenn du ein Monster umbringst. Vorausgesetzt, du willst die Welt retten.«

»V... Verstanden.«

Seine Miene ließ Zweifel daran aufkommen. Aber er verbrachte ja auch viel Zeit mit Eclair. Vielleicht war er einfach sehr idealistisch.

»Dennoch möchte ich mich ... entschuldigen und alle beschützen.«

»Soso.«

Das zeigte, wie schwach er immer noch war. Wenn er nicht bereit war, Zugeständnisse einzugehen, dann war gut möglich, dass er irgendwann wieder durchdrehte.

»Wir müssen ihm nach!«

Wyndia drängelte. Die ganze Zeit schon sah sie Ren kalt an. Kein Wunder, es ging hier ja auch um ihren geliebten Drachen. Mir war allerdings der Kern des Drachenkaisers wichtiger, den ich für meine Rüstung verwendet hatte. Um ihn zurückzubekommen, würde ich Gaelion im schlimmsten Fall auch töten.

»Ja, müssen wir. Uns bleibt nur, Filo zu rufen und aufzubrechen.«

Wir hätten uns auch einfach so auf die Verfolgungsjagd machen können, aber mit Filo waren wir weit schneller. Ehrlich mal, ich war auf dem Drachen noch nicht mal geritten, und jetzt musste ich schon darüber nachdenken, ihn vielleicht loszuwerden? Wie gemein war das bitte?

»Ich reite schnell in die Nachbarstadt ...«

Ich stieg gerade auf das Pferd, das mir einer der Soldaten bereitstellte, da sah ich, dass uns Eclair aus der Richtung entgegengeritten kam.

»Herr Iwatani!«

»Was ist los? Ich hab was zu erledigen.«

»Es ist dringend! Prinzessin Melty schickt nach Euch: Mit Filo geht etwas Merkwürdiges vor sich!«

»Was?!«

»W... Warum ist Filo ...«

»Nicht zu ändern. Raphtalia, Ren, bereitet ihr schon mal alles für den Aufbruch vor.«

»Okay!«

»In Ordnung. Übers Heilen weiß ich gar nichts. Ich mache, was du sagst, und treffe erst mal die Vorbereitungen.«

Ich überließ Ren und Raphtalia alles Weitere und ritt los.

Eclair führte mich zu einem Krankenhaus, das in der Stadt gebaut worden war. Als wir eintraten, kam uns Melty sofort entgegengelaufen. Sie sah aus, als könnte sie jeden Moment losweinen.

»Also ... Filo hat plötzlich Schmerzen bekommen. Naofumi, du musst ihr helfen!«

»Das sagt sich so einfach. Ich bin kein Arzt oder Heiler ... Aber ich werde sehen, was ich tun kann.«

»Das musst du!«

Tja, aber wenn sie ernsthaft krank war, würde mir womöglich nichts anderes übrig bleiben, als ein weiteres Mal aufs Yggdrasil-Elixier zu setzen.

»Zeig sie mir erst mal.«

»Mhm.«

Wir ließen uns von Melty und einem Heiler zu einem Krankenzimmer führen und traten ein. Da lag Filo, in ihrer Monsterform, schlaff und kraftlos.

»Uh ... Uuuh ...«

Von ihrem Bauch ging eine Veränderung aus, wie wenn ich meinen Schild des Ingrimms verwendete, und sie war dabei, auf den ganzen Körper überzugreifen. Schlimmer noch: Irgendetwas Unheilvolles stieg von ihr empor. Die Kronenfeder auf ihrem Kopf leuchtete, leistete offenbar Widerstand, aber es schien, als würde die eindringende Kraft den Sieg davontragen.

»Raph ...«

Raphi klopfte auf ihr herum, wohl in der Hoffnung, die Invasion irgendwie aufzuhalten, schien damit jedoch wenig auszurichten.

»Was passiert denn da? Soll ich sie mit dem Yggdrasil-Elixier heilen?«

»Es ist unklar«, sagte der Heiler betroffen. »Aber es hat etwas von einem Fluch, daher können wir uns wohl selbst vom Yggdrasil-Elixier keinen Heileffekt versprechen.«

»Meister ...«, stöhnte Filo, als sie mich sah, und streckte einen Flügel nach mir aus. Ich berührte sanft ihre Wange. Als ich ihr Vogelgesicht streichelte, schloss sie leicht ihre Augen. Trotz der Schmerzen schien es ihr angenehm zu sein.

Ich nutzte meine Statusmagie, um mir ihren Zustand anzusehen. Wenn es eine Vergiftung, Lähmung oder etwas in der Art war, würde ich das leicht erkennen können. Die Anzeige flimmerte heftig. Ich kam zu dem Schluss, dass hieran nichts Gewöhnliches war. Dann bemerkte ich etwas, das mir gar nicht gefiel:

Filos Level war niedriger, als ich es in Erinnerung hatte. Ihr Level sank? Was ging hier vor sich? Mehrere Möglichkeiten fielen mir ein, aber allein anhand dieser Situation konnte ich nicht abschließend bestimmen, welche von ihnen zutraf.

»Reite los und hol Rato und Sadina aus dem Dorf.«

»Verstanden.«

Kurze Zeit darauf kamen nicht nur Rato und Sadina, sondern auch Fohl, Atla und Wyndia.

»Filo?! Was ist passiert?«

Wyndia lief voller Sorge zu ihr. Verstanden die beiden sich so gut? Aber Wyndia mochte Monster, da war das vielleicht selbstverständlich.

»Rato, Sadina. Was meint ihr?«

»Ich kann auch nicht mehr sagen, als dass sie von irgendeinem Fluch heimgesucht wird. Darf ich sie mir genauer ansehen?«

Rato las sich den Untersuchungsbericht des Heilers durch. Dann tastete sie Filo ab.

»In ihrem Status ist zu sehen, dass ihr Level allmählich sinkt«, sagte ich.

»Das klingt, als gäbe es einen Zusammenhang zu Gaelions Zustand, oder?«

Sadina war offenbar meiner Ansicht.

»Aber warum ist denn auch Filo davon betroffen?«, fragte Wyndia sie.

»Warum sinkt ihr Level? Es scheint ein ziemlich mächtiger Fluch zu sein. Aber so etwas habe ich noch nie gesehen.«

»Rato, was denkst du?«

»Ich denke, Sadina hat recht. Gibt es denn irgendeinen Berührungspunkt zwischen Gaelion und Filo? Ich weiß, sie verstehen sich nicht gut, aber abgesehen davon?«

»Angenommen, die Ursache liegt nicht beim Kern des Drachenkaisers, sondern beim Kern des verwesten Drachen, dann schon.«

»Was soll das heißen?«

»Als wir ihn besiegt hatten, hat Filo seinen Kern gefressen. Ich hab bloß den einen Splitter gekriegt.«

Indem sie seinen Kern gefressen hatte, hatte sie ihm vermutlich den Rest gegeben. Das würde jedenfalls den Zusammenhang erklären.

»Verstehe. Wenn Gaelion durchdreht, wird auch Filo davon beeinflusst, weil sie einen Teil des Kerns gefressen hat.«

»Scheint so.«

»Dann solltet Ihr Gaelion überprüfen. Ich habe aber das Gefühl, dass hier noch mehr im Busch ist.«

Ich sah mir Gaelions Status an. Wie bei Filo sah ich bloß Schnee. Es war nicht vernünftig zu lesen. Jedoch ...

»Sein Level steigt rapide.«

Eigentlich war er erst bis Level 36 aufgestiegen, doch jetzt war er schon bei Level 45. Die Klassenaufstiegsgrenze hatte er bereits durchstoßen.

»Ähm ... Ich spüre, dass aus Filo eine unheilvolle Energie strömt.«

»Das sieht man mit bloßen Augen.«

»Nein, das meine ich nicht.«

Atla zeigte auf irgendetwas. Dabei war da überhaupt nichts.

»Atla spürt Dinge, die man mit dem Auge nicht sieht«, sagte Sadina. »So können wir vielleicht herausfinden, wohin die entweichende Energie strömt.«

»Hm ...«

Die Möglichkeit bestand durchaus. Ihre Fähigkeit erwies sich als überraschend nützlich.

Es galt herauszufinden, wohin die Energie verschwand, die da aus Filo herausfloss. Und tatsächlich strömte sie in die gleiche Richtung, in die Gaelion geflogen war.

»Können wir Filo dazu bringen, den Kern auszuspucken?«

»Ich glaube kaum. Teile des Kerns zirkulieren überall in ihrem Körper.«

Ich sah mir Filos Status an. Wenn ihr Level in dem Tempo weitersank, würde es keine zwei Tage dauern, bis Filo wieder bei Level 1 wäre – wenn es nicht noch schneller ging. Und wenn es dann aufhörte, konnten wir ja noch von Glück sagen. Im schlimmsten Fall konnte es sie das Leben kosten.

»Außerdem strömt Energie aus Euch heraus, Herr Naofumi.«

»Was?«

Ich warf einen prüfenden Blick in meinen eigenen Status, konnte aber nichts erkennen.

»Also, im Augenblick geht es von Eurem linken Arm aus.«

Genau dort trug ich meinen Schild. Also wurde auch ihm Energie entzogen. Ach, hatte ich ihn nicht etwas von dem Kern absorbieren lassen? Wurde mein Schild dann etwa auch schwächer? Ich sah ihn mir noch einmal genauer an, konnte aber nichts Ungewöhnliches feststellen.

»Mir kommt es so vor als ... würde durch das Ausströmen der Energie irgendetwas verstärkt.«

»Verstärkt? Und was?«

Ich wusste nicht, wovon Atla sprach, aber ich musste erhöhte Wachsamkeit an den Tag legen, so viel war klar.

»Wo ist die Oma? In so einem Moment könnte sie bestimmt helfen.«

»Die Meisterin ist mit Rishia, den Dorfkindern und den Soldaten zu einer Expedition aufgebrochen!«, rief Eclair.

»Die könnten ruhig endlich mal ein Dôjô* in der Stadt aufmachen oder so!«

Was sollte das denn, zu so einer Zeit irgendwelche Ausflüge zu machen?

»Und S'yne?«

»Sie wollte nach Zeltoble, um Geld zu verdienen!«

»Ach, Mann! Wie nervig ist das denn!«

Aber sobald S'yne spürte, was los war, würde sie mit hoher Wahrscheinlichkeit kommen. Notfalls würde ich sie herbeirufen.

»Dann soll irgendwer die Oma ausfindig machen und ihr sagen, dass sie hier gebraucht wird. Wir müssen jetzt erst mal schnell Gaelion hinterher!«

Andernfalls würde die Zeit nicht mehr reichen. Doch da meldete sich Atla zu Wort, als hätte sie irgendeinen Entschluss gefasst. »Herr Naofumi, ich würde gern einmal etwas mit Filo versuchen.«

»Was?«

»Atla, was hast du vor?«

»Ich möchte versuchen, das Abfließen aufzuhalten, so gut ich kann.«

Sie legte Filo erst die rechte Hand auf die Brust und dann ganz sanft auch die linke.

»Gnnn ... Ah ...«

Filo stöhnte, als hätte sie Schmerzen. Doch schließlich öffnete sie die Augen und setzte sich langsam auf.

»Jetzt sollte es ein bisschen besser sein.«

»Filo!«, rief Melty und lief zu ihr.

»Raph!«, freute sich Raphi.

»Ich glaube, so gewinnen wir etwas Zeit «, sagte Atla.

»Okay, dann holen wir die Kutsche und ...«

*Trainingsraum für verschiedene japanische Kampfkünste

Verflucht, wir hatten niemanden mehr, der uns schnell vorwärts ziehen konnte! Filos ersten Untertan hatte ich auf eine Verkaufstour geschickt. Mir blieb wohl nichts anderes übrig, als mir in der Stadt einen Filolial zu leihen.

»Auf die Verfolgungsjagd begleiten mich Raphtalia, Fohl, Atla und Sadina. Oh, und Ren und Eclair kommen auch mit. Ähm … und dann noch die Talprin… Äh, also du, Wyndia und Rato …«

»Meister …« Filo hatte Atla auf den Rücken genommen und blickte mich entschlossen an. »Ich zieh deine Kutsche!«

»Das geht nicht, Filo!«, rief Melty. »Du musst ruhig liegenbleiben …«

»Genau. Du hast Bettruhe.«

Doch Filo schüttelte den Kopf. »Nein … Ich will mit!«

Sie war ganz offensichtlich nicht fit. Dennoch machte sie einen Schritt nach vorn. Offenbar wollte sie unbedingt mitkommen, koste es, was es wolle. Wenn ich sie zurückließ, würde sie uns bloß nachlaufen. Sie war schließlich ziemlich stur.

»Wenn irgendwas ist, geb ich dich aber im Krankenhaus ab, und die Kutsche zieht ein anderer Filolial.«

»Herr Naofumi?!«

»Atla, kannst du das Abfließen weiterhin unterdrücken?«

»J… Ja!«

»Super.«

Melty schien den Tränen nah, beherrschte sich aber und rief: »Ich komme auch mit!«

Nun, ihre beste Freundin steckte in der Klemme. Sicher würde auch sie uns gegen meinen Willen folgen, wenn es sein musste. Ohne sich darum zu scheren, dass sie eine Prinzessin war.

»Du darfst nicht leichtsinnig sein. Immerhin bist du die Prinzessin!«

»In erster Linie bin ich Filos Freundin!«

»Ach ja?«

Zuvor hatte Filo immer trotzig darauf bestanden, Melty zu beschützen. In ihr hatte Filo aber eine gute Freundin gefunden.

»Dann machen wir uns jetzt auf die Suche. Und die Soldaten sollen schnell losziehen und die alte Schachtel informieren.«

»Jawohl!«, riefen alle.

Und so fuhren wir mit einer Kutsche – die dann doch die bockige Filo zog –, ins Dorf, sammelten Ren, Raphtalia und die anderen ein und brachen auf.

Seit der Abfahrt waren vier Stunden vergangen. Atla gelang es mit Müh und Not, dem Absinken von Filos Werten Einhalt zu gebieten. Dennoch entströmten ihr nach und nach die Erfahrungspunkte. Das Level sank nun langsamer, aber die Lage blieb ernst. Gaelion schien wie vermutet auf dem Weg zu jenem Dorf im Norden zu sein, bei dem wir gegen den verwesten Drachen gekämpft hatten. Filo zog uns keuchend weiter vorwärts.

»Filo ...«

Atla saß auf ihrem Rücken. Die Kontrolle über die Kutsche hatte ich Melty überlassen. Rato und Wyndia versuchten, sich Klarheit über die Situation zu verschaffen. Sadina passte hinten auf. Ren und Eclair hielten sich kampfbereit.

Filo war bereits ziemlich erschöpft. Wir mussten uns beeilen, sonst würde es heikel. Motoyasus geliebte Filo war in größter Not. Wo steckte er zu so einer Zeit? Wenn er zu ihrer Rettung herbeieilen wollte, wäre jetzt der richtige Moment. Also wirklich, sonst wurde man ihn nicht los, aber wenn man ihn mal gut gebrauchen konnte, ließ er sich nicht blicken.

»Im schlimmsten Fall werden wir Gaelion erlegen müssen«, sagte ich zu Wyndia. »Das ist dir klar, oder?«

Sie hatte ihn ja von allen am meisten ins Herz geschlossen. Es war zwar mein Drache, aber ich fand schon, dass Wyndia hier ein gewisses Mitspracherecht hatte. Sie hatte sich die ganze Zeit um ihn gekümmert, da konnte ich wenigstens mit ihr darüber reden.

»Ja ...«

»Du zeigst dich sehr einsichtig. Ich hätte mehr Protest erwartet.«

»Noch hast du ihn aber nicht aufgegeben, oder?«

»Na ja, das nicht ...«

»Ihr könnt nichts dafür, so viel weiß ich. Aber ... Hm, falls es so weit kommt, werde ich wohl Einspruch einlegen.«

»Aha? Ich würde mich aber nicht davon abbringen lassen.«

»Ja, ich weiß! Aber es wäre doch wohl der letzte Ausweg!«

Sie wollte wohl selbst objektiv bleiben, brachte es aber nicht fertig. Gaelion war der Grund, dass Filo litt, und das wusste sie auch. Aber sie hatte ihn eben lieb. Natürlich wäre es das letzte Mittel, Gaelion zu töten. Wenn es ging, wollte ich es gern vermeiden.

»Ich hasse Helden ...« Plötzlich kullerten ihr Tränen über die Wangen.

»Ich bin daran gewöhnt, dass man mich hasst.«

Anscheinend war ihr von anderen Helden schon einmal irgendetwas angetan worden. Ren wirkte auch irgendwie unruhig. Vielleicht wusste er ja etwas darüber?

»Und was soll Schwesterchen machen?«

Sadina passte hinten auf. Es folgte uns zwar niemand, aber wenn man abends unterwegs war, stieg die Wahrscheinlichkeit, auf Monster zu stoßen. Tatsächlich sah ich auch schon mehrere, die unserer Kutsche hinterherliefen. Sadina schlug sie mit Magie und ihrer Harpune in die Flucht. Atla und Melty kümmerten sich um die, die von vorn angriffen. Filo konnte praktisch nicht kämpfen. Selbst die Kutsche zu ziehen fiel ihr schwer. Sie durfte sich nicht übernehmen.

»Sehr schön, ganz toll machst du das!«

»Raph!«

Offenbar brachte Atla Raphi gerade bei, wie man verhinderte, dass die Kraft aus Filo herausfloss. Und tatsächlich schien sich das Tempo, in dem Filos Level sank, noch ein wenig verringert zu haben.

»Ich überlege gerade, wie wir Gaelion wieder zur Besinnung bringen. Sadina, achte du weiter auf die Umgebung.«

»Wird gemacht.«

Dann schaltete sich Rato ein, die bisher geschwiegen hatte. »Wenn wir Gaelion retten wollen, sollten wir ihn dazu bringen, den Kern auszuspucken, und zwar so schnell wie möglich.

»Wohl wahr ...«

»Wir werden ihn wahrscheinlich mit Gewalt festhalten und ihm die Hand ins Maul stecken müssen. Normalerweise bräuchten wir ein Werkzeug, damit niemandem die Hand abgebissen wird.«

»Das wird schon gehen. Unterschätze mal nicht meine Verteidigungskraft.«

»Nun, um den Herrn Grafen mache ich mir keine Sorgen.«

»Rato, kann man Gaelion nicht mit irgendeiner Arznei unter Kontrolle bringen?«

Rato zeigte mir eine gefüllte Spritze. »Das ist ein Betäubungsmittel. Stark genug, um selbst einen Drachen eine Weile bewegungsunfähig zu machen.«

»Ach ja? Na, du weißt schon, was du tust.«

Gaelions Level stieg allmählich, und dank der Unterstützung meines Schildes waren auch seine Werte hoch. Zu allem Überfluss schlachtete er außerdem noch Filos Status aus. Mir war, als zögen wir gegen eine Filo in Drachengestalt in den Kampf. Zum Glück waren Raphtalia und Ren dabei. Kampfkraft hatten wir reichlich.

»Zuerst müssen wir uns eine Strategie überlegen. Rato, es wäre schon schön, wenn wir ihn ein bisschen schwächen könnten.«

»Auf jeden Fall ... Wenn es denn geht.«

»Sadina, wenn du an ihn rankommst, schwäche ihn. Danach verpassen ihm Raphtalia und Ren mit ihren Skills ein paar harte Treffer. So machen wir ihn bewegungsunfähig.«

»Und ich?«, fragte Wyndia zitternd.

»Du kannst nicht kämpfen, oder?«

»Doch. Wenn ihr Gaelion auf Teufel komm raus verwunden wollt, dann kümmere ich mich lieber selbst darum!«

Daran erkannte man ihr starkes Verantwortungsgefühl.

»Aber was kannst du überhaupt ausrichten?«

»Magie ist doch Wyndias Stärke, stimmt's?«, steuerte Sadina bei.

»Genau!«

Oho ... Dann war sie also fürs Zaubern zuständig?

»Darüber hinaus ist sie eine Anwenderin der Drachenpuls-magie«.«

»Was?!«

Hatte sie gerade Drachenpulsmagie gesagt?!

»Was für eine Magie ist das genau? Rede!«

»Also, man kann der Umgebung die ihr innewohnende Kraft entziehen und dafür sorgen, dass sie sich manifestiert. Man könnte wohl auch sagen, dass man sich bei dieser Magieform Energie vom Drachenpuls borgt. Wenn man sie beherrscht, kann man auch Kollektivzauber und Obstruktionsmagie anwenden.«

Ähnliche Magie hatte doch Ost damals angewandt. Ich hatte geglaubt, das sei ihre ureigene Kraft gewesen, aber offenbar hatte ich mich geirrt.

»Ich glaub, Ihr werdet es verstehen, sobald ihr es seht. Besprechen wir erst mal alles, ja?«

»Alles klar. Dann zähl ich auf deine Kampfkraft.«

Klasse! Auf diese Weise hatten wir sogar halbwegs gute Aussichten. Man musste sich ja schon Sorgen machen, dass Raphtalia und Ren Gaelion umbrachten.

Es vergingen mehrere Stunden, bis wir bei dem Dorf im Osten ankamen. Die Sonne begann bereits aufzugehen. Filo war ja schon schnell, aber Gaelions Flugtempo war enorm. Mir war, als hingen über den Bergen beim östlichen Dorf dunkle Wolken.

»Ah, Heiliger!«

»Nein, er ist doch der Held des Schildes!

Die Leute aus dem Dorf hatten uns gesehen und kamen näher. Wyndia warf sich aus irgendeinem Grund ein Laken über und versteckte sich komplett darunter. Ren fiel es wohl auch schwer, sich hier zu zeigen. Ich wies ihn an, sich in der Kutsche zu verstecken. Er wäre wohl auch mit ausgestiegen, aber ich konnte mir gut vorstellen, dass das zu einer lästigen Auseinandersetzung führen würde. Aber ehrlich gesagt hatten sich die Leute das alles selbst eingebrockt. Statt über Ren zu meckern, hätten sie lieber selbst losziehen und den Drachenkadaver beseitigen sollen.

»Heute Morgen war plötzlich Drachengebrüll zu hören, und als wir aus unseren Häusern kamen, sah der Gebirgszug so aus.«

»Ach ja? Ich habe gesehen, wie ein Drache hierher geflogen ist, und bin ihm gefolgt.«

»Oh!«, riefen sie alle.

Ich sagte nicht, dass er uns gehörte. Da hätte mein Ansehen sicher Schaden genommen. Die anderen schalteten und verschwiegen es ebenfalls.

»So, Filo, du hast genug gearbeitet. Ruh dich zusammen mit Atla und Raphi aus.«

»M... Meister ...«

»Jetzt ist es nicht mehr weit. Da hinten in den Bergen ist er, direkt vor unserer Nase. Du darfst dich nicht überanstrengen.«

»Aber ich will mit ...«

»Das geht nicht. Wenn du dich jetzt übernimmst, haben wir es nur noch schwerer. Du bist jetzt schon an deiner Grenze, also nehme ich dich ganz bestimmt nicht weiter mit.«

»I... Ich will aber!«

Jetzt fing sie an zu bocken. Wie sollte ich sie besänftigen? Wenn ich nichts unternahm, würde sie uns höchstwahrscheinlich einfach folgen. Ich könnte sie per Teleport nach Zeltoble oder so schicken. Da hinge sie dann fest. Aber ... Hmmm.

»Filo«, sagte Sadina. »Der kleine Naofumi denkt nur an dein Wohlergehen, das weißt du doch?«

»Aber ich ...«

»Wir machen uns alle Sorgen um dich. Das weißt du auch, stimmt's?«

»B... Buhuhuuu ...«

Plötzlich hielt sie sich beide Flügel vors Gesicht und fing aus lauter Hilflosigkeit an zu weinen. Selbst in Kizunas Welt, als man sie zum Ausstellungstück gemacht hatte, hatte sie nicht so schlimm geweint. So viel hatte sie offenbar gerade zu ertragen.

»Warte hier auf uns, Filo«, sagte Melty. »Wir sorgen auch ganz bestimmt dafür, dass du nicht mehr leiden musst!«

Das schien den Ausschlag gegeben zu haben. Sie fasste sich wieder und setzte sich hin.

»Ganz ruhig«, sagte ich. »Wir bringen das schon wieder in Ordnung.«

»Raph!«

»Ich bleibe auch bei dir.«

»Genau, Atla und Raphi, ich überlasse Filo euch beiden.«

»Wir kümmern uns gut um sie!«

Atla und Raphi sahen mich zuversichtlich an.

»Alles klar, dann holen wir mal schnell diesen Streiche-Spieler zurück!«

Und so nahmen wir Kurs zu dem Ort in den Bergen, über dem diese dunklen Wolken hingen.

Kapitel 7: Das verseuchte Land

»Hier irgendwo müsste es gewesen sein … Ren, du erinnerst dich bestimmt auch?«

»J… Ja …«

Als wir die Berge hinaufstiegen, sahen wir, dass das Ökosystem noch immer gestört war. Man spürte, dass hier irgendetwas mit der Magie nicht stimmte, als wäre das Land verseucht. Ich hatte auch nicht im Traum damit gerechnet, dass ich noch einmal hierherkommen würde.

Wyndia wandte sich immer wieder zum Dorf um und starrte böse in die Richtung. Was hatte das eigentlich zu bedeuten?

Beim letzten Mal hatte Filo alle Monster auf dem Weg weggetreten, sodass wir zum Glück kaum hatten kämpfen müssen. Diesmal sah es jedoch anders aus. Das Kämpfen kostete uns unnötig Zeit. Außerdem tauchten sehr häufig Monster auf.

»Ich rufe die Macht der Erde, werde Gestalt. Puls der Erde, leihe mir deine Kraft! – Dark Fire Palette!«

Wyndia ließ mit ihrer Magie schwarzes Feuer erscheinen, das die Monster zu Asche verbrannte. Das schien sich doch ein wenig von den Zaubern zu unterscheiden, die Ost gewirkt hatte, aber das Feeling war ähnlich. Das war also Drachenpulsmagie?

»Wirklich merkwürdige Magie.«

»Ja … Ich hab mir noch keine besonders schwierigen Zauber beibringen lassen. Jedenfalls borgt man sich für diese Magie die Energie der Umgebung.

»Verstehe …«

»Mein Vater konnte schwierigere Zauber.«

Was für ein Magier er wohl gewesen war?

»Dann wollen wir dir jetzt mal was beibringen, was ein bisschen schwieriger ist!« Sadina wirbelte ihre Harpune herum und streckte den neu auftauchenden Monstern die Wasserflasche entgegen, die sie im Dorf gekauft hatte.

»Ich, Sadina, rufe die Kraft dieses heiligen Wassers, auf dass sie Gestalt annehme. Drachenpuls vernichte meine Feinde! – Saint Aqua Blast!«

Mit einer ähnlichen Beschwörung wie Wyndia ließ Sadina einen leuchtenden Wasserball entstehen und schleuderte ihn auf ein Monster, das sofort starb.

»Verstehst du? Sich die Kraft aus der Umgebung zu borgen kann schwierig sein, wenn der Ort nicht mit einem harmoniert. Bei solchen Gelegenheiten kann man stattdessen auch eigenen Besitz verwenden.«

Sadina überreichte Wyndia ihre Wasserflasche.

»Darin ist Weihwasser. Das wirkt gut gegen die Monster in dieser Gegend. Aber du musst vorsichtig sein und darfst es nicht zu oft verwenden, sonst sinkt die Wirkung.«

»G… Gut.«

»D… Das ist ja großartig«, sagte Melty, verblüfft von dieser noch nie gesehenen Magie.

»Ah, mit dir könne ich möglicherweise Kollektivzauber wirken.«

»Was?!«

Filo hatte sie es angeblich schon gezeigt. Unmöglich war es also nicht.

»Das schaffst du schon, Melty! Bei dir erkennt man die Veranlagung doch schon an der Haarfarbe, oder? Ich glaub an dich!«

»Nein, das geht nicht, das kann ich auf keinen Fall!«

Melty schüttelte entschieden den Kopf. War diese Magie doch zu schwierig für sie? Vielleicht war es einfach eine Besonderheit, dass Sadina und Filo das so selbstverständlich konnten. Aber was redete Sadina da überhaupt? An der Haarfarbe ließ sich die magische Veranlagung erkennen?

»Du hast ein herausragendes Talent. Streng dich an, Melty!«

»Uh ...«

Meltys Level war allerdings nicht besonders hoch. Davon durfte man sich nicht allzu viel versprechen.

»Sprechen wir beim Gehen ein wenig darüber. Damit du im Zweifelsfall gewappnet bist.«

Wir stiegen weiter den Berg hinauf und kamen schließlich drei Stunden später bei der Stelle an, wo damals der Drachenkadaver gelegen hatte. Hier wuchs rein gar nichts. Offenbar war die Verseuchung noch immer schlimm.

Ren stand still da und blickte zu der Stelle hin, wo er den Kadaver des erschlagenen Drachen hatte liegen lassen. Es war zwar schön, dass er sich seiner eigenen Schuld stellte, aber ...

»Ren, jetzt heißt's, sich zusammenzureißen.«

»Ich weiß ... Mir ist bewusst, dass ich mit dem leben muss, was ich getan habe. Deswegen kämpfe ich.«

Warum starrte Wyndia ihn jetzt plötzlich an? Ihre Miene spiegelte widersprüchliche Gefühle. War sie wütend? Traurig? Resigniert? Irgendeine Verbindung musste es zwischen den beiden geben.

»Und wo ist jetzt Gaelion?«

»Wahrscheinlich ... da drüben.«

Wyndia zeigte tiefer in die Berge hinein. Und wie als Antwort darauf begann dort schwarzer Nebel aufzusteigen.

»Herrje ... Das sieht irgendwie gefährlich aus, oder?«

»Uns bleibt keine Wahl. Wyndia, kennst du dich hier aus?«

»Ja ... Dort entlang.«

Hatte sie früher hier gelebt? Stammte sie womöglich aus einem versteckten Subhumanoiden-Dorf, das Drachen verehrte, oder so etwas? Ihre Form der Magie mochte eine Besonderheit dieses Dorfs sein. Als der Drache dann umgebracht worden war, war ihre Heimat verseucht und zerstört worden. Und dann hatte man sie versklavt. Es hatte ja noch andere ähnliche Beispiele gegeben, wie etwa Raphtalia. Durchaus denkbar also, dass es ungefähr so abgelaufen war.

»Da ist es!«

Wyndia drehte sich zu uns um und deutete mit dem Finger.

Wir waren weitere zwei Stunden gegangen und hatten dabei natürlich die ganze Zeit gegen Monster gekämpft. Filo blieb kaum noch Zeit, und wir mussten uns mit so etwas herumschlagen ...

Vor einem Höhleneingang lag Gaelion. Schlief er? Er regte sich jedenfalls überhaupt nicht. Wir näherten uns, wobei wir uns in den Schatten hielten.

Bei unserer Besprechung hatten wir beschlossen, dass wir im Fall einer erfolgreichen Annäherung Shield Prison anwendeten, um ihn bewegungsunfähig zu machen. In dem Augenblick, da der Käfig sich auflöste, wollten wir ihn mit Zaubern schwächen und mit Ratos Betäubungsmittel lähmen. Sollte das fehlschlagen, mussten Raphtalia und Ren ihn festhalten; ich würde dem bewegungsunfähigen Gaelion den Kern entreißen, und dann wäre es vorbei. Vorausgesetzt, es klappte. Die Reichweite von Shield Prison betrug fünf Meter, und bis zu Gaelion waren es noch zehn. Wir mussten näher ran.

Der Statusmagie zufolge war er Level 55. Hatte er Filo etwa zwanzig Level abgesogen? Und der Raub ging unaufhörlich weiter.

»Gyaoo!«

Gaelion hatte plötzlich die Augen aufgerissen. Jetzt floh er in die Höhle.

»Verdammt!«

War es schiefgegangen? Andererseits würden wir uns in der Höhle leichter annähern können.

Ich drückte mich an die Felswand und spähte hinein. Gaelion blickte sich in der Finsternis um, suchte offenbar nach irgendetwas.

»Was macht er da wohl?«

»Ich glaube, er sucht einen Schatz«, sagte Wyndia. »Etwas, das die Dorfbewohner ihm weggenommen haben.«

»Der Stein, der Gaelion kontrolliert, trauert diesem Schatz wohl immer noch nach, oder?«

»Und alles nur, weil ich ... ihn umgebracht hab ...«

»Du nervst mit deiner Grübelei!«, schimpfte Wyndia. »Jetzt komm endlich drüber hinweg, wie der Schildheld gesagt hat!«

»Du hast ja recht. Aber ...«

»Oh Mann! Jetzt gehen wir schon! Los!«

Wyndia schleifte Ren mit. Na ja, immerhin besser, als dabei zuzusehen, wie er unentschlossen herumstand.

»Okay, los jetzt.«

Doch gerade, als wir uns nähern wollten ...

»Gyaoooooo!«

... stieß Gaelion ein Brüllen aus. Im selben Moment spritzte aus seinem ganzen Körper schwarzer Schleim hervor.

Ein dumpfer Schlag ging durch meinen Schild. Offenbar reagierte er auf das Gebrüll, und jetzt begann es darin zu pochen. W... Was war das?! Als Gaelion zum ersten Mal gebrüllt hatte, war doch auch nichts passiert!

»Herr Naofumi ...«

»Raph!«

Als ich hinter mir die Stimmen hörte, drehte ich mich um und sah Filo, die Atla und Raphi hinter sich herschleifte. Ihre Augen hatten jeden Ausdruck verloren.

»Atla?!«, rief Fohl erschrocken. »Wieso bist du hier?«

»Kurz nachdem ihr alle mit Herrn Naofumi aufgebrochen seid, hat Filo plötzlich Schmerzen bekommen. Sie hat nicht mehr auf uns gehört und ist einfach losgerannt.«

»Raph! Raph, Raph!«

Raphi schlug Filo mehrmals kräftig ins Gesicht, um sie wieder zu sich zu bringen. Doch Filo blieb benommen und zeigte keine Reaktion.

»Hin und wieder kam sie zu sich und wollte kehrtmachen, aber dann schien jedes Mal eine Kraft in sie zu strömen, als wollte sie sie zu sich ziehen, und bald war sie so, wie Ihr sie jetzt seht.«

»Und was habt ihr mit den Monstern auf dem Weg gemacht?«

»Die haben sich ferngehalten, als würden sie vor uns fliehen. Deswegen mussten wir nicht kämpfen.«

Verdammt ... Das lag sicher daran, dass in Filos Körper der Kernstein zirkulierte.

In dieser verseuchten Gegend würde ich meinen Teleport nicht benutzen können ... Scheiße, ich hätte Filo vorhin doch nach Lurolona zurückspringen lassen sollen.

Mein Schild pulsierte so komisch, Gaelion war direkt vor uns und jetzt war auch noch die geschwächte Filo hier. Was sollte ich bloß tun?

»Uh ...«

»Filo, erkennst du mich?«

»M... Meister ... Melty ...«

»Genau. Halt dich lieber von mir fern. Ich weiß nämlich nicht, was passiert, wenn du hier bist.«

»Filo!«

»Uh ... Ich ... hab Angst. Irgendwas in mir ... Uh ... Nein, uuuuuuh!«

Filo fasste sich an die Brust, litt offensichtlich Schmerzen. Dann spritzte der gleiche schwarze Schleim aus ihr hervor wie zuvor aus Gaelion.

»Uah!«

»Ah!«

»Raph?!«

Atla und Raphi, die Filo festgehalten hatten, wurden weggeschleudert. Dann regte sich der schwarze Schleim, der Filo umhüllte, und wand sich mit beträchtlicher Geschwindigkeit auf Gaelion zu.

»Schnell, haltet den Schleim auf!«

Alles deutete darauf hin, dass etwas ganz Böses passieren würde, das auch Filo betraf.

»A... Aber Filo steckt da mit drin!«, rief Raphtalia.

»Ja, genau!«, rief Ren.

Die beiden zögerten, und mir ging es nicht anders. Wenn wir diesen Schleim angriffen, würden wir womöglich auch Filo verletzen. Gab es keinen anderen Weg, ihn aufzuhalten?

»Sadina! Schock ihn mit deiner Blitzmagie!«

»Ich versuch's!«

Rasch begann sie mit einer Beschwörung, die Harpune auf den Schleim gerichtet, der Filo einhüllte.

»Thunder Bolt, Stufe zwei!«

Ihr Zauber traf den Schleim. Er zitterte jedoch nur ein klein wenig und wand sich weiter vorwärts. Sie zauberte ein weiteres Mal, jetzt mithilfe des Weihwassers in ihrer Flasche. Diesmal versuchte sie es also mit Drachenpulsmagie.

»Ich, Sadina, rufe die Kraft dieses heiligen Wassers, auf dass sie Gestalt annehme. Drachenpuls, vernichte meinen Feind! – Saint Aqua Blast!«

Zwischen Sadinas Händen bildete sich ein magischer Wasserball. Dann schoss er los und traf den Schleim.

»…!«

Oh, das schien etwas zu bringen!

»Das hab ich mir gedacht: Das Ding basiert auf einem Fluch. Mit gewöhnlichen Attacken werden wir das nicht los.«

»Was sollen wir tun?«

»Filo ist das Medium. Angenommen wir würden sie …«

»Aber …«

»Kommt gar nicht infrage!«

»Dann bleibt uns nur, ihn mit heiliger Magie anzugreifen.«

Eclair trat einen Schritt vor und hielt eine Hand über ihr Kurzschwert, um es zu einem magischen Schwert zu machen. »In dem Fall will ich es tun! Haaa!«

Stimmt, Eclairs magische Veranlagung war ja Licht.

»Ich versuche es auch!«

Raphtalias Neigung war Illusionsmagie, die sich aus Licht und Dunkelheit zusammensetzte. Sie konnte also ebenfalls Lichtmagie anwenden, wenn auch nicht in dem Maß wie Eclair.

»Light Stardust Blade!«

Eclairs rascher Stoß und die Lichtsterne aus Raphtalias Katana trafen den Schleim. Unter Eclairs Hieb spritzte ein klein wenig davon, unter Raphtalias Attacke eine Menge.

»…?!«

Raphtalia schwang ihr Katana jedoch nicht bis zuletzt durch.

»Wenn ich weitermache, töte ich Filo vielleicht. Als der Schleim weggespritzt ist, habe ich sie kurz gesehen: Jeder Treffer scheint ihr wehzutun.«

Ich sah mir Filos Status an. Es herrschte noch immer Schneegestöber, aber ich sah, dass Filos Lebenskraft massiv gesunken war. Verflucht, und ich hatte gehofft, wir würden diesen Schleim irgendwie stoppen können.

»Wir müssen ihn trotzdem aufhalten.«

»Naofumi! Da, bei Gaelion!«

Ich wandte den Blick und sah, dass der Schleim, der Gaelion umgeben hatte, nun mit hoher Geschwindigkeit auf den Schleim eindrang, der Filo umhüllte. Verflucht ... Wir hatten es nicht stoppen können! Wabernd wurden die beiden Schleime zu einem, vermischten sich und schwollen immer weiter an.

»Das sieht gefährlich aus«, sagte Sadina. »Gehen wir ein bisschen auf Abstand.«

»Gaelion!«, rief Wyndia. »Hör doch! Hey!«

»Zurück! Willst du sterben, oder was?«

Das Pulsieren in meinem Schild wurde stärker, und etwas Schwarzes trat daraus hervor, um Gaelion einzuhüllen. Dann begann er auch noch, die vergiftete Atmosphäre ringsum aufzusaugen. Ein Knirschen war zu hören, während Gaelion immer größer wurde.

»Das kommt mir ziemlich gefährlich vor. Rato, weißt du nicht irgendwas?«

»Woher denn? Es ist doch Euer Schild, der sich hier ungebeten einmischt!«

»Scheint so ... Ich spüre so einen komischen Puls in meinem Schild.«

Der Schleim folgte uns Fliehenden und kroch aus der Höhle hervor. Dann nahm er eine klare Gestalt an, und mit einem Mal ragte ein zwanzig Meter hoher ausgewachsener Drache in der Umgebung auf. Seine Augen waren finster, die Miene nicht zu deuten. Ich erkannte nichts mehr, was auf Gaelion hinwies. Und Filo ... Wo war sie? Verdammt ... Hoffentlich lebte sie noch.

»Guruuuuuuuuu ...«

Gaelion holte tief Luft. Diese Bewegung kannte ich. Jetzt käme eine seiner Atemattacken.

»Los, alle zurückziehen! Shooting Star Shield!«

Ich ließ meine Barriere entstehen, um uns vor seinem Atem zu schützen. Die anderen versammelten sich hinter mir und wappneten sich gegen den Angriff.

Sadina holte eine zweite Wasserflasche hervor und begann zu zaubern.

»Ich, Sadina, rufe die Kraft dieses heiligen Wassers, auf dass sie Gestalt annehme. Drachenpuls, beschütze uns! – Saint Aqua Seal!«

Sadinas Zauber schloss mich ein.

»Kleiner Naofumi, ich hab dir vorsichtshalber eine Feuer- und Fluchresistenz verschafft.«

»Danke.«

Wenn wir die erste Attacke aushielten, hatten wir eine Chance. Er konnte ja kaum so stark sein wie die Geisterschildkröte.

Doch als Gaelion uns schwarzes Feuer entgegenspuckte, löste sich der Shooting Star Shield sofort auf. W... Was?! Dabei hatte er sogar eine Weile standgehalten, als die Geisterschildkröte darauf herumgetrampelt war. Und jetzt verpuffte er innerhalb von einer Sekunde?!

Nun schoss das schwarze Feuer auf mich zu. In Windeseile benutzte ich Air Strike Shield, Second Shield, Third Shield und

E Float Shield. Dennoch traf mich mit einem Mal ein Schmerz, als würde ich verbrennen, und mir wurde schwarz vor Augen. Von der Leistung her war die Attacke dem Blitzstrahl der Geisterschildkröte ebenbürtig!

»Herr Naofumi!«

»Argh ... Wieso ist er so mächtig ...?«

»Es zehrt mein Saint Aqua Seal auf ... Wie ungeheuer stark dieser Atem und Fluch sind!«

Mit knapper Not hatte ich den Angriff ausgehalten. Während ich Heilmagie sprach, starrte ich zu Gaelion hoch. Das war doch ... Ja, es bestand kein Zweifel. Das war das Feuer von Dark Curse Burning S. Wahrscheinlich hatte dieses Ungeheuer in Gaelions Gestalt die gleichen Kräfte wie mein Schild des Ingrimms. Rechnete man Filo noch dazu, dann war dieser Gegner womöglich schwerer zu besiegen als die Geisterschildkröte. Wir mussten über Flucht nachdenken.

»Rato, können wir ihn schwächen und den Kern und Filo aus seinem Bauch holen?«

»Dann werden wir gefressen!«

»Stimmt. Es ginge schneller, wenn irgendwer Gaelion den Bauch aufschneidet.«

Wyndia rief ihm verzweifelt weiter zu, aber es schien keinen Effekt zu haben. In einem Anime hätte es sicher irgendetwas gebracht.

»Wir dürfen uns nicht länger zurückhalten! Raphtalia, Ren und alle anderen: Attackiert ihn gleichzeitig, um ihn zu schwächen!«

»Okay!«, rief Raphtalia.

»Alles klar«, sagte Ren. »Ich werde mein Bestes geben, um Filo und Gaelion zu retten!«

»Natürlich!«, rief auch Eclair.

»W… Was für ein Ungeheuer!« Fohl schien plötzlich der Mut zu verlassen. »Können wir gegen so was überhaupt gewinnen?«

»Was redest du, Bruder? Hier geht es um Herrn Naofumis Leben! Als seine Untergebenen haben wir die Pflicht, die Mission zu erfüllen, und wenn wir uns dabei opfern.«

»Das lasse ich dich nicht tun!«

Die beiden wieder … Das war wohl kaum der richtige Moment, um irgendwelche Sketche aufzuführen.

»Ob wir ihn mit der Injektion aufhalten können?«, fragte Sadina.

»Eher halten wir ihn mit deinen Blitzzaubern in Schach.«

»Meinst du? Na, dann gibt sich Schwesterchen Mühe!«

Jetzt aber genug mit der guten Laune – sie sollte sich lieber schnell am Angriff beteiligen! Wobei ich mir nicht vorstellen konnte, dass irgendjemand Raphtalias oder Rens großer Kampfkraft gewachsen war, wie stark er auch sein mochte. In der Hinsicht half es schon, dass er jetzt bei uns mitkämpfte.

»Attacke!«

Auf mein Signal hin gingen Raphtalia und Ren tief in die Hocke und sprangen dann los, um ihre jeweiligen Waffenskills abzufeuern. Im Kampf schien Ren durch den Fluch tatsächlich nicht eingeschränkt zu sein. Nachdem er sich vernünftig hochgepowert hatte, war nun er der Schnellere der beiden.

»Stardust Blade!«

»Shooting Star Sword!«

Die beiden nahmen Gaelion mit ihren praktisch identischen Skills ins Kreuzfeuer. Immer mehr Meteore prasselten auf den Drachen ein. Natürlich schlugen sie nach seiner Schulterregion. Rens Klinge drang in die Schuppen, Raphtalias sogar bis zum Fleisch, doch dann flogen Funken. Waren die Attacken etwa …

abgeprallt?! Raphtalia hatte immerhin etwas tiefer geschnitten. Etwas schwarzer Schleim spritzte umher.

»Was?!«

»I… Ist der gut gepanzert!«

»M… Meine Hand …«

Ren und Raphtalia zitterten die Hände. Sie wichen der Pranke aus, die Gaelion in weitem Bogen nach ihnen schwang, und kamen zu uns zurückgerannt.

»Moment mal …«

Ren und Raphtalia waren doch immerhin Helden. Noch dazu hatten sie sich mit ihren Attacken nicht zurückgehalten. Dennoch waren sie mit ihren Waffen nicht durchgedrungen. Wie konnte das sein?

»Blitzharpune!«

Sadina tat einen mächtigen Satz und schleuderte ihre Harpune nach Gaelions Bauch. Im selben Moment traf ihn ein Blitz und blendete ihn. Die Harpune war mit der Geschwindigkeit eines Blitzes geflogen, hatte Gaelion jedoch nicht durchbohrt, sondern war mit einem Klirren abgeprallt, wie wenn mein Schild getroffen wurde.

»Oh nein … Das war meine beste Technik, und ich konnte ihn nicht mal piksen.«

Im Landen fing sie die Harpune und wich rückwärts zu uns zurück.

»Ren und Raphtalia sind schon nicht durchgedrungen! Klar ist es bei dir erst recht hoffnungslos! Fohl, Atla, zieht euch auch zurück!«

Das war komisch. Ren und Raphtalia litten zwar beide an Flüchen, aber konnte Gaelion wirklich derart robust sein? Gerade hielt er sich mit beiden Händen die Augen und stöhnte.

Wir konnten probieren, ob wir mit Magie irgendwie weiterkamen, aber allzu viel versprach ich mir nicht davon. Allerdings würde die Lage sich auch nicht zum Besseren wenden, wenn wir bloß mit verschränkten Armen dastanden.

»Ist der … schnell …«

Sein Tempo machte uns am meisten zu schaffen. Raphtalia, Ren und ich konnten nur mit knapper Not mithalten. Ich stand vorn und versuchte, Gaelions Klauen zu blocken … Verdammt! Sie gruben sich in meine Schulter. Der hatte ja ganz schön Durchschlagskraft. Wenigstens reichte es nicht, um mich tödlich zu verwunden. Und schon holte er tief Luft, um abermals seinen Atemangriff zu starten.

»Daraus wird nichts! Los, alle hinter mich!«

»Ja!«

Sie versammelten sich in meinem Windschatten. Ansonsten hätten sie wunderbare Ziele abgegeben. Bei diesem machtvollen Angriff, der mit dem Blitzstrahl der Geisterschildkröte mithalten konnte, wäre jeder andere als der Schildheld sofort verdampft. Wieder traf mich jenes Höllenfeuer und versuchte, mich zu verzehren.

»Herr Graf! Heal, Stufe zwei!«

Rato heilte meine Wunden. Es half sehr, noch jemanden zu haben, der Heilmagie beherrschte.

»Sadina! Können wir hier was mit Kollektivmagie machen?«

»Wenn du Magieunterstützung leistest, wer verteidigt uns dann?«

Da hatte sie recht. Beteiligte ich mich jetzt an einem Kollektivzauber, dann hätte ich keine Kapazitäten mehr, um Attacken abzuwehren. Gaelion war stark. Wenn ich anfing, mich auf Magie zu konzentrieren, würde er sich nicht mehr von mir stoppen lassen.

Und wenn stattdessen alle selbst auswichen, müsste ich mir um Melty und Rato Sorgen machen. Es wäre schön, wenn Ren die Verteidigung übernehmen könnte, aber das kam mir wenig zu riskant vor.

»Na dann, Melty und Wyndia«, sagte Sadina, »sprechen wir drei einen Kollektivzauber und setzen Gaelion außer Gefecht!«

»I… In Ordnung!«, rief Melty. »Ich werde Filo retten!«

»Naofumi!«, rief Ren. »Vorsicht!«

Gaelion war sichtlich unzufrieden damit, dass ich seine Pranke festhielt, und versuchte, mich zu beißen. Ich ließ seine Klaue mit einer Hand los und sperrte ihm mit einem Arm und einem Bein den Kiefer auf, sodass er nicht zuschnappen konnte.

»Wahnsinn …«, entfuhr es Ren bei dem Anblick.

»Hey, wenn du die Hände frei hast, mach was!«

»Okay!«

Ren sprang hinter mir hervor und schwang sein Schwert nach Gaelion.

»Dragon Buster!«

Aus dem Schwert brach Feuer hervor. Es nahm die Form eines Drachen an und schoss auf Gaelion zu. Den Skill sah ich zum ersten Mal. Bestimmt hatte der bei Drachen einen besonderen Effekt.

»Guruuuuuuuuuuuuuu!«

Jetzt nahm Gaelion Ren ins Visier. Ach nein, auf ihn hatte er es wohl von Anfang an abgesehen, oder? Ren hatte damals den Drachenkaiser getötet. Vielleicht wollte nun ein Splitter seines Bewusstseins Rache nehmen.

»Ren, wenn du nicht sicher bist, dass du ausweichen kannst, nutz mich als Schild.«

»Alles klar.«

Gaelion hasste ihn, und seine ganze Aufmerksamkeit galt jetzt ihm. Aber für Ren mit seiner geringen Verteidigungskraft würde es gefährlich, wenn ich nicht für ihn abwehrte. Ren leistete doch weniger, als ich mir erhofft hatte. Schnell mochte er ja sein, aber mehr als zwei Drittel meines Tempos schien er nicht zu erreichen. Er war immer einen Herzschlag hinter mir. Ich hatte keine Ahnung, ob das an dem Fluch lag oder an etwas anderem.

»Raph!«

Raphi wirkte Illusionsmagie, um uns zu helfen. Jetzt sah es so aus, als hätte Ren sich vervielfältigt, und die Aufmerksamkeit des Drachen zerstreute sich. Unter diesen Umständen war er beim Angreifen weniger gefährdet.

»Verfluchtes Land! Auf dass du den verfluchten Strom des Drachenpulses, das gestaute Blut ausstoßen mögest, werden wir nun ...«

Ich sah zu Melty, Sadina und Wyndia hinüber, die gemeinsam ihre Zauberformel sprachen. Licht wie von unzähligen Glühwürmchen begann sich um sie zu sammeln.

»Guruuuuuuuuu ...«

Gaelion schnappte nach Luft, um eine Atemattacke auszustoßen. Das könnte uns so passen, schien er ausdrücken zu wollen. Ich stellte mich vor die drei und hob meinen Schild. Da sprang Gaelion in die Höhe und öffnete sein Maul in unsere Richtung. Er wollte uns von oben attackieren!

»Shooting Star Shield! Air Strike Shield!«

Ich nutzte den Air Strike Shield als Standfläche, um Melty und die anderen von oben vor der Atemattacke abzuschirmen. Verdammt ... jetzt war ich vollkommen von Flammen eingeschlossen. Ich erlitt überall Verbrennungen. Das Fluchfeuer bereitete meinem ohnehin durch den Fluch geschwächten Körper weitere Schmerzen.

Gaelion schien nachsetzen zu wollen und stieß mit seinen Klauen zu. Jeden Moment würde er zuschnappen.

»Drachenpuls, erhöre unsere Bitte. Wir, als Quelle deiner Macht, bitten dich: Ergründe ein weiteres Mal die Wahrheit und gib uns die Kraft, das Unheil vor uns zu überwinden!«

Das Leuchten intensivierte sich, und ich spürte, wie die drei ihr Bewusstsein in meine Richtung lenkten.

»Anfangs ist es vielleicht erschreckend«, sagte Sadina, »aber bleib ruhig, Melty, das klappt schon. Vertraue auf Schwesterchen. Jetzt!«

»Kollektivzauber!«

»Weiter Ozean!«

»Wille der See!«, riefen sie alle zugleich.

Hatten alle etwas anderes gezaubert, oder kam mir das nur so vor? Plötzlich erschien um die drei herum Wasser, als wären sie in einem riesigen Aquarium. Gaelion strampelte panisch herum und versuchte zu entkommen.

Damals im Kolosseum hatte sich unsere Umgebung auf ähnliche Weise verändert. War es diesmal anders? Aus irgendeinem Grund ruderte jedenfalls auch Ren verzweifelt mit Armen und Beinen.

»Hmmmp! Hmmmp!«

Ach ja, der ging doch unter wie ein Stein! Er war Nichtschwimmer!

»Kleiner Ren, alles in Ordnung?«

Sadina zog den panischen Helden an sich und brachte ihn zu mir.

»Wer uns nicht feindlich gesinnt ist, auf den hat es keine Wirkung. Dir passiert nichts.«

»Hä? Ah ...«

Ach, dann konnte man seine Gegner ertrinken lassen?

»Ich … kann nicht mehr …«

»Ich auch nicht …«

Melty und Wyndia sanken zu Boden und rangen nach Luft. Ich ließ meinen Schild Magiewasser ausgeben und warf es den beiden zu.

»Kein Wunder … Dann muss Schwesterchen sich wohl besonders anstrengen!«

Sadina stieg in dem magischen Aquarium auf und schwamm zu Gaelion, der noch immer herumzappelte und zu entkommen versuchte. Wie schnell sie war! Gaelion hatte es aus dem Becken geschafft und wollte nun wieder sein Feuer spucken, doch dann schoss plötzlich Sadina durch die Oberfläche, eingehüllt in Wasser. Es bildete die Form eines aus Wasser erschaffenen fernöstlichen Drachen.

»Doppelklinge des zornigen Drachen!«

Mit einem Platschen fiel Gaelion wieder ins Aquarium zurück und ging unter. Aus seinem Bauch quoll Blut, offenbar hatte Sadina ihn verletzt.

»Gaelion …«, wisperte Wyndia. Dann stand sie auf und brüllte es hinaus. »Gaeliooon!«

»Und noch einmal! Orca-Attacke!«

Die Wasserströmung, die Sadina umgab, nahm die Form einer Walflosse an und schlug Gaelion in den Bauch.

»Kräftiges Kerlchen …«

»Wir machen auch mit!«, rief Raphtalia. »Dann haben du und Herr Naofumi Gelegenheit, den Zauber zu wirken.«

Raphtalia und Ren näherten sich Gaelion.

»Wird gemaaacht!«, rief Sadina.

»Gaelion!«, rief Wyndia immer wieder. »Bitte komm zurück!«

»Hey! Warte!«

Ich versuchte, sie zurückzuhalten, aber sie schüttelte mich ab und lief zu ihm. Ich verstand sie zwar, aber sie musste doch begreifen, in was für einer Lage wir gerade waren!

»Guruuuuuuuuuuuu …«

»Gaelion … Hör doch zu! Werde bitte wieder normal!«

Wyndias Worte hallten in der Umgebung wider, doch Gaelions Ohren erreichten sie nicht.

Ich stürmte sofort los, um Wyndia zu retten, aber Gaelion war schneller. Er öffnete weit sein Maul, um nach ihr zu schnappen.

»Air Strike …«

Doch in dem Moment …

»Vater!«, schrie Wyndia. »Hör schon auf!«

»Guru?!«

Bei Wyndias Worten erstarrte Gaelion.

Kapitel 8: Der Dämonendrache

»›Vater‹?«

»Was?«

»Etwas in der Art hatte ich mir zwar schon gedacht … Also stimmt es tatsächlich!«

Sadina und Atla schienen sich einen Reim auf die Sache gemacht zu haben. Sie tuschelten miteinander und nickten immer wieder.

»Ja«, sagte Wyndia, Gaelion zugewandt. »Mein Vater … war der Drache, dessen Revier das hier war.«

Wie bitte? Sollte das heißen, Wyndia war von einem Drachen aufgezogen worden? Dabei sah sie ganz und gar so aus, als gehörte sie wie Kiru zu einer Hundeart. Von einem Drachen hatte sie gar nichts. Gut, ihr Haar war ein bisschen eigenartig, das hatte ich schon manchmal gedacht. Vielleicht sah sie auch eher wie etwas zwischen Hund und Echse aus. Hatte sie dann etwa bei dem Zombiedrachen … Ach, nein. Das musste zu seinen Lebzeiten gewesen sein.

»Aber das … Also … Das alles tut mir so …« Ren starrte Wyndia an und brachte keinen vernünftigen Satz zustande.

»Jetzt reicht's aber! Halt endlich die Klappe!«

Ach, deswegen hatte sie ihn manchmal so angestarrt! Offenbar ärgerte sie sich über seine Selbstzerfleischung.

»Man erzählt sich, dass ganz selten wilde Monster ein Menschen oder Subhumanoiden-Kind aufziehen. Im Allgemeinen sind es Wölfe oder Drachen.«

»Klingt ja total nach Dschungelbuch …«

»Hör endlich auf … Vater. Hier ist nichts mehr. Du magst den Helden hassen, der dir alles geraubt hat. Deswegen darfst du aber nicht allen anderen das Leben schwer machen. Tu nichts, was sich nicht wieder gutmachen lässt!«

»Gu…«

Gaelion wich vor Wyndia zurück und stöhnte qualvoll. Er hielt sich die Ohren zu, als wollte er sie nicht hören.

»Ich hab das die ganze Zeit mitgeschleppt. Ich konnte dem Helden nicht vergeben, der mein Glück und das meines Vaters zerstört hat. Aber der Schildheld … ist anders. Alle im Dorf sind gut zu mir, ganz anders als die Menschen im Reich, die mich ausgepeitscht haben. Oder die Dorfbewohner, die deinen Schatz geraubt und dabei gelacht haben!«

Tränen liefen ihr übers Gesicht, während sie von ihren Erinnerungen erzählte, um den Drachen zu beschwichtigen. Hielt er sich darum die Ohren zu? Weil ihre Worte ihn erreichten?

Dass dieser Drache ein Subhumanoiden-Mädchen aufgezogen hatte … Hatte er sich an ihr vergehen wollen, sobald sie herangereift war? Oder hatten die Videospiele mich verdorben, und ich kam bloß deswegen auf solche Gedanken?

»Bitte gib dem Kleinen seinen Körper zurück … Er trägt deinen Namen … und noch ist er am Leben! Und gib auch Filo die geraubte Kraft zurück … Vater, du darfst hier nicht mehr sein!«

»Gyaoooooooooooooooo!«

Gaelion fing an, sich mit den Klauen über die Stirn zu kratzen. War sie etwa zu ihm durchgedrungen?! Doch ich hatte es kaum gedacht …

»Pass auf!«

Ren sprang vor und rettete sie vor Gaelions Klauen. Also hatten die schönen Worte nicht gefruchtet. Damit war wohl auch nicht zu rechnen gewesen. Auch Filo blieb in seinem Inneren gefangen.

»Das war wohl nichts … Wyndia, ich …«

»Lass mich los! Gaelion! Hör mich an! Ich bitte dich …«

Dann erstarrte sie plötzlich, als hätte sie gerade etwas Unfassbares gesehen.

»Wer … bist du? Du bist nicht Gaelion!«

»Was?«

Jetzt blickte sie mit verstärkter Feindseligkeit zu Gaelion auf.

»Gerade eben waren er und das, was von meinem Vater übrig ist, noch da. Was hast du mit ihnen gemacht?«

Noch gerade eben hatte sie ihn verzweifelt umstimmen wollen, doch jetzt war ihre Haltung in heftigen Zorn umgeschlagen.

Ich blickte zu dem gewaltigen Drachen auf, zu dem Gaelion geworden war. Nach und nach nahm sein schwarzer Körper eine violette Färbung an, und der schwarze Schleim, der überall aus ihm hervorgedrungen war, löste sich auf.

»Oho … Junges Mädchen, hast du mich etwa bemerkt?«

Als ich die Stimme hörte, starrte auch ich ihn an. Ich hatte geglaubt, Wyndia schimpfte mit ihrem ehemaligen Ziehvater, aber ein Blick in ihr Gesicht belehrte mich eines Besseren. In dem Fall mussten wir wohl erst einmal herausfinden, mit was für einem Feind wir es hier zu tun hatten.

Aber diese Stimme … hatte ich schon einmal gehört. Es war die Stimme, die mir damals zugeflüstert hatte, als ich All Sacrifice Aura gesprochen hatte.

»Wer bist du?«, fuhr ich ihn an.

Langsam nahm der gewaltige Drache eine stolze Haltung ein, warf einen Blick zu mir herunter und sagte kühl: »Hm … Dann sollte ich mich wohl vorstellen.«

Er legte sich eine Hand auf die Brust und verneigte sich affektiert.

»Ich war der Drachenkaiser einer anderen Welt – auch als ›Dämonendrache‹ bekannt –, und der Herrscher über alle Monster. Held des Schildes, du hast doch gewiss von mir gehört?«

Ich dachte an alles zurück, was wir in Kizunas Welt erlebt hatten. Sein Name kam doch auch in den Waffen vor, die Raphtalia und ich so gerne benutzten. Jetzt stand der Dämonendrache also leibhaftig vor mir. Im Grunde eine großartige Gelegenheit, ein paar Hinweise zu erhalten – sofern wir miteinander ins Gespräch kamen.

»Ah … Dann bist du der, der versucht hat, Kizunas Welt zu unterwerfen? Ich hab aber gehört, dass Kizuna und ihre Freunde dich erschlagen haben.«

Der Dämonendrache nickte. »Wie gut, dass du bereits im Bilde bist. So ist es. Meine Ambitionen wurden von der Heldin der Jagdwaffen und ihrer Gruppe zerschlagen.«

»Und was hast du nun hier bei uns zu suchen?«

»Schildheld, willst du etwa behaupten, du hast keine Ahnung?«

Mir schwante Böses. Romina hatte mir erzählt, sie habe bei der Barbaroi Armor, die sie für mich angefertigt hatte, den Kern unseres Drachenkaisers mit dem Kern des Dämonendrachen kombiniert. Zudem hatten Rato und Wyndia aus Gaelions Zustand geschlossen, dass der Drachenkaiser seinen Geist infiltriert hatte. Gut möglich also, dass auf diesem Weg – über die Bruchstücke der Kernsteine – der Dämonendrache den außer Kontrolle geratenen Gaelion besetzt hatte.

»Heißt das, du hast mithilfe des Kernsteins, der für meine Ausrüstung verwendet wurde, Gaelion übernommen?«

»Es ist hilfreich, dass du so schnell begreifst, Held des Schildes.«

»Dann wirst du wohl nicht so freundlich sein, meinen durchgeknallten Drachen zur Räson zu bringen, was?«

»Du hast es erfasst. Endlich habe ich einen Leib, den ich nach Belieben lenken kann. Erwartest du, dass ich ihn widerstandslos aufgebe?«

Nein, freundlich war er uns nicht gesinnt. Was bedeutete, dass uns etwas weit Unangenehmeres bevorstand als bloß der Kampf gegen einen außer Kontrolle geratenen Jungdrachen.

»Was hast du mit Filo gemacht?«, rief Melty. »Gib sie zurück!«

»Ach, sprichst du von diesem Monster, das in dieser Welt Filolial genannt wird?«

Knarrend klaffte die Brust des Drachen auf, und etwas kam darin zum Vorschein. Ich sah Filo, umschlungen von Tentakeln. Sie fesselten ihre Arme und Beine und leuchteten und pulsierten, als entzögen sie ihr Energie. Es sah ganz so aus, als wäre Filo Teil seines Körpers geworden, fest an sein schlagendes Herz gebunden. Und mit jedem Pulsschlag stöhnte sie vor Schmerz.

»Aah ... Aaah ...«

»Filo!«

Doch ehe Melty einen Schritt nach vorn machen konnte, feuerte der Dämonendrache ihr einen schwarzen Lichtstrahl vor die Füße, ganz ohne Beschwörung.

»Pass auf!«

Rasch riss ich sie zurück. Es hatte nicht so ausgesehen, als wollte der Drache sie treffen, aber so impulsiv, wie sie hatte losrennen wollen, war es dennoch gefährlich gewesen.

»Naofumi! Lass mich los! Filo ist ...«

»Beruhige dich! Wenn du blindlings losstürmst, gibt er sie dir auch nicht zurück.«

Der Dämonendrache legte sich eine Hand auf die Brust, als wollte er mir beipflichten.

»Uh ... Mel, Meister ... Es tut so weh ...«

Filo blickte aus halb geöffneten Augen zu uns herunter. Doch der Drache lächelte nur schwach. Er war ganz gewiss nicht daran interessiert, sie gehen zu lassen.

»So ist es. Diese Opfergabe, aus der ich Kraft beziehe, werde ich gewiss nicht einfach zurückgeben.«

»Neiiin ... Uh ...«

Es knarrte, und Filo verschwand wieder in seiner Brust.

»Filo!«

Vergeblich streckte Melty die Hand nach ihr aus. Ich hielt sie fest und starrte zu dem Drachen hoch.

»Und du glaubst wohl, wir machen jetzt brav 'nen Rückzieher?«

»Selbst wenn: Ich würde euch nicht gehen lassen. Aber dürfte ich dir einen Handel vorschlagen?«

»Was willst du?«

Bei einer Verhandlung in dieser Situation würde er uns ganz bestimmt kein faires Angebot machen. Bestimmt kam jetzt so etwas wie das Versprechen eines gewissen Drachenlords, einem die halbe Welt zu überlassen, wenn man sich auf seine Seite schlägt. Und wenn wir uns darauf einließen, würde es kein gutes Ende nehmen. Aber vielleicht ließ er ja doch mit sich reden. Wir mussten ihn wenigstens anhören.

»Mein Ehrgeiz richtet sich darauf, diese Welt zu unterwerfen. Warum auch sollten die schwächlichen, unverständigen und selbstgefälligen Menschen diese Welt lenken?

»Was du für Phrasen drischst. Als Nächstes sagst du noch, die Menschen seien nicht die Herren dieser Welt!«

Wie vorhersehbar. Ich hatte diese Klischees so satt.

»Siehst du denn nicht selbst den Hochmut derer, die dich eigennützig beschworen und dich dann in Bedrängnis gebracht haben, als du ihnen nicht gefallen hast?«

Mir fiel keine Antwort ein. Er hatte die Ungerechtigkeiten, die ich bis jetzt erlebt hatte, gut zusammengefasst.

»Und ebendiese Menschen regieren nun die Welt, als ob sie ihnen gehört. Insgeheim erscheint es dir als unverzeihliche Barbarei. Das ist mir in deinem Schild klar geworden.«

»Na ja, das kann ich nicht abstreiten.«

In meinen Augen war das hier eine egoistische, verdorbene Welt, die all ihre Schwierigkeiten auf die Helden abwälzte. Dürfte ich mir etwas wünschen, wäre ich so gern meine Aufgabe los. Ich wollte wieder in meine eigene Welt, und alles sollte bloß ein Traum gewesen sein.

»Natürlich will ich meinerseits Maßnahmen gegen die Wellen ergreifen, denn geht die Welt unter, über die ich herrschen will, so betrifft es auch mich.«

So weit klang das eigentlich noch ganz okay. Aber die Sache hatte bestimmt einen Haken. Er bezeichnete Filo als Opfergabe, entzog ihr die Energie und hielt Gaelions Körper besetzt. Das alles war Beweis genug.

»Herr Naofumi ...«

Raphtalia war damit beschäftigt, Melty zu beschwichtigen. Sie legte mir eine Hand auf die Schulter. Aber ich wusste Bescheid. Ja, es mochte eine verdorbene Welt sein, doch selbst hier waren Menschen zu finden, die sich die größte Mühe gaben, das Richtige zu tun. Wer mir schaden wollte, konnte meinetwegen ruhig draufgehen, aber mir war vollkommen klar, dass es hier auch schutzbedürftige Leute gab.

»Wie hochmütig!«, rief Fohl. »Sollen wir ihn erschlagen?«

»Bruder, das dürfen wir nicht.«

Atla stupste ihm in den Bauch, als er loslaufen wollte.

»Au ... Was soll das, Atla?«

»Diesem Gegner sind wir in unserer jetzigen Verfassung nicht gewachsen. Wir müssen auf die richtige Gelegenheit warten. Lass uns auf Herr Naofumis Anweisung befolgen. Ich werde bis dahin Kraft sammeln, so gut es geht.«

Und sogleich begann sie, sich zu fokussieren.

»A... Atla?«

Ihre Konzentrationsfähigkeit war nicht zu verachten. Reglos stand sie da, als hörte sie Fohl überhaupt nicht. Sie stand etwa zwei Meter hinter mir.

»Dann werde mal langsam fertig mit deiner Vorrede und nenn uns deine Bedingungen!«

Auch wenn die Verhandlungen am Ende scheiterten und wir den Kampf fortsetzten, wäre es besser, erst einmal zuzuhören. Dieser Gegner war zu mächtig, um diese Chance zu verschmähen. Ren und Raphtalia hatten mit ihren Attacken nichts erreicht, so mächtig war er. Aber irgendeinen Weg musste es geben. Wenn er sich in ein Gespräch verwickeln ließ, würden wir es vielleicht herausbekommen.

»Gut, kommen wir zur Sache. Der Handel besteht hierin: Alle außer dem Schildhelden schwören mir die Treue und unterwerfen sich mir. Und dann werden wir der Heldin der Jagdwaffen und ihren Mitstreitern, die meine Pläne durchkreuzt haben, ein Ende setzen!«

Das kam ja überhaupt nicht infrage. Doch nach der langen Vorrede verlangte er einfach nur, dass wir ihm gehorchten? Das war ja zum Schießen. Als Drache mochte er ja glänzen, aber diplomatisches Talent fehlte ihm gänzlich. Und warum sollten überhaupt alle außer mir ihm die Treue schwören?

»Glaubst du ernsthaft, die hier Anwesenden würden dem zustimmen? Und alle außer mir? Was hat das zu bedeuten?«

Meine Gefährten starrten zu dem Dämonendrachen empor und pflichteten mir durch ein Nicken bei. Normalerweise erwartete man in einer solchen Situation, dass er mich als Anführer die Treue schwören ließ. Der Drache musterte mich jedoch mit einem Blick, der zwar nicht geringschätzig war, bei dem mir jedoch ein kalter Schauer über den Rücken lief. Mir war, als würde ich einem ausgehungerten Ungeheuer in die Augen sehen.

»Deinen Schwur benötige ich nicht. Du wirst wie dein Filolial ein Teil von mir, ein ewiger Quell meiner Energie. Dafür werde ich für uns beide an der verdorbenen Menschenbande Rache üben.«

»W… Was?!«

Erst klaute er Filo, und jetzt wollte er mir auch noch die Energie aussaugen!

»Dachtest du etwa, der Filolial sei mein einziger Kraftquell? Begreifst du denn nicht, dass auch dein Zorn mir Kraft spendet?«

»Herr Naofumi, hat Atla nicht gesagt, dir entströmt Energie, die irgendetwas verstärkt?«

»Und darum ist der Drache …«

Ratos Blick zeigte Verärgerung. Auch Wyndia starrte zu mir herüber.

Ich hielt die Hand über meinen Schild und sah mir den Abschnitt über den Schild des Ingrimms genauer an. Wieder nur Schnee. Der Atem, den er uns entgegengespuckt hatte, ehe er zum Dämonendrachen geworden war, teilte wahrscheinlich Eigenschaften mit dem Schild des Ingrimms. Dann diente also selbst ich dem Drachen als Medium für seine enorme Kraft. Ich war die Wurzel, und nun wollte er mich wie Filo verschlingen und mir die Energie entziehen.

»Du spinnst wohl! Wer lässt sich denn auf so einen Deal ein?«

»Mir war von Anfang an klar, dass du dich widersetzen würdest. Dies ist jedoch keine Verhandlung, sondern die Ausbeutung der Schwachen durch die Starken.«

Der Dämonendrache stieß einen Kampfschrei aus und ließ ein Trommelfeuer aus Zaubern auf uns niedergehen.

»Du glaubst, wir lassen uns Naofumi klauen?«, knurrte Ren. »Shooting Star Sword!«

»Aber daraus wird nichts!«, rief Eclair. »Es geht nicht, dass Herr Iwatani solch törichten Ambitionen zum Opfer fällt!«

Ren fing die Zauber mit seinem Skill ab, und Eclair wirkte Magie, die eine Barriere aus Licht um mich entstehen ließ, um ein wenig zu meiner Verteidigung beizutragen.

»Das werden wir dich keinesfalls tun lassen!«

Auch Raphtalia schlug mit ihrem Skill Light Stardust Blade Zauber aus der Luft.

»Gib uns Filo zurück!«

Melty entfesselte im Angesicht dieses Feuersturms ebenfalls eine ungeheure Kraft und sprach in rascher Folge Zauber.

»Selbst wenn unsere Attacken treffen, sprühen bloß Funken!«, knurrte Ren.

Seine Kampfkraft überstieg wohl die des Drachen, daher konnte er die Zauber abfangen. Doch um den Panzer zu durchschlagen, reichte es nicht.

»Herr Naofumi, bitte kümmere dich um alle! Ren, wir gehen in den Nahkampf!«

»Okay!«

Raphtalia ging in einen tiefen Stand und schnellte los.

»Haaaaaaaa!«

Es war ein scharf geführter Stoß. Ren lief koordiniert mit ihr los und schwang in weitem Bogen sein Schwert.

»Thunder Sword!«

Die Blitze, die er mit seinem Schwert hervorbrachte, gingen zwar auf den Dämonendrachen nieder, drangen jedoch nicht durch seine Schuppen. Dann hörte ich ein Schlitzgeräusch – Raphtalia musste irgendetwas durchtrennt haben. Ich kniff die Augen zusammen: Anscheinend hatte sie durch den schwarzen Gifthauch geschnitten, der ihn umgab.

»Dann sollte ich mich wohl an einem Gegenangriff versuchen!«, grollte der Dämonendrache. »Gebt Acht, dass ihr ihm nicht zum Opfer fallt. Ich möchte gern erproben, wie weit meine Kraft reicht.«

Was war denn mit ihm los? Er hatte keine Verletzung erlitten, und trotzdem hörte ich ihn stöhnen. Was genau hatte Raphtalia da getroffen? Ich wusste es nicht, aber es zeigte anscheinend Wirkung.

Machtvoll erhob sich der Dämonendrache in die Lüfte und ließ sein schwarzes Feuer auf uns niedergehen, während er wie die Sonne erstrahlte!

»Raphtalia, Ren! Zieht euch zurück!«

Rasch nutzte ich Air Strike Shield und Second Shield, um die beiden zu beschützen. Wie geheißen wichen sie zurück – gut so.

»Nun sollt ihr meinen Zorn spüren! Höllenfeuer! Prominence Dark Nova!«

Der Dämonendrache öffnete sein Maul. In seiner Brust entbrannte eine schwarze Sonne und ließ Feuer auf uns niedergehen. Ich richtete den Schild nach oben und benutzte E Float Shield, Shooting Star Shield und Third Shield.

»Melty, Sadina, egal wer: Sprecht so viele Verteidigungszauber wie möglich!«

»I... In Ordnung!«

Melty und die anderen nickten.

Ringsherum loderte das sengend heiße Feuer der schwarzen Sonne. Der Angriff war noch mächtiger als der Ritualzauber »Gericht«, den ich in der Vergangenheit abgewehrt hatte, und wurde außerdem durch einen Fluch verstärkt. Meine Haut wurde versengt, und einen Moment später ereilte mich der Schmerz.

»Kleiner Naofumi! Halte durch! Saint Aqua Seal!«

Sadina setzte ihr Weihwasser ein, und ich nahm weniger Schaden. Ach ja, genau! Ich wusste ja, dass dieses Feuer die Heilung verzögerte. Wenn es auf meinem Schild des Ingrimms basierte, konnte es nur so sein. Die hohe Wirkung des Weihwassers gegen Flüche war unbestreitbar. Fiel die Verzögerungswirkung des Fluchs weg, kam die Heilung wieder rechtzeitig. Dankenswerterweise sprach Rato ein wenig Heilmagie auf mich.

Als das Feuer sich schließlich zerstreute, hatte sich alles vor mir in eine verbrannte Ebene verwandelt.

»Hm, wenn ich dich umbringe, verliere ich auch meine Energiequelle. Dieser Angriff taugt wohl nicht, um die Entscheidung herbeizuführen.«

Ich knirschte mit den Zähnen. Nun sprach auch ich Heilzauber auf mich und überlegte, wie es weitergehen sollte. Sicher wollte er mich schwächen, um mich dann einzufangen.

»Naofumi, er hat's auf dich abgesehen! Du darfst auf keinen Fall nach vorn gehen!«

»Herr Naofumi, der Schwertheld hat recht! Du musst vorsichtig sein! Das Ziel des Drachen ist zweifellos, dich zu schwächen!«

Der Dämonendrache war nach seinem großen Angriff kurz schutzlos, und Raphtalia und Ren nutzten die Chance, um mehrmals anzugreifen. Als sie zuvor gemeinsam attackiert hatten, war es ihnen ja gelungen, den Schuppen einen geringen Schaden zuzufügen.

Konnte ich denn nicht irgendetwas tun? Sadina und ich könnten den Kollektivzauber Herabkunft des Donnergottes einsetzen, um Raphtalia und Ren zu stärken. Sadina schien meine Absicht erkannt zu haben. Sie nickte und ergriff meine Hand. Dennoch ging mir weiter die Frage durch den Kopf, ob ich nicht noch mehr tun konnte. Der Schild wehrte Angriffe ab und schuf den Kameraden Gelegenheiten zum Angriff. Hatte ich die Hände frei, konnte ich meine Gefährten unterstützen und sie beschützen, sodass sie nicht starben. Das hatte ich bis jetzt wie selbstverständlich getan. Sonst wusste ich nichts.

»Hm ... Die Kraft reicht wohl noch nicht«, grollte der Dämonendrache. »Muss es also sein?«

Er begann, sich zu konzentrieren. Automatisch wurden seine Bewegungen schwerfälliger, doch Raphtalia und Ren brachten dennoch keine entscheidenden Treffer durch.

Wenn er auch meine Energie anzapfte ... Hm? Ach ja, genau, er bezog ja Kräfte von mir! Demnach musste er auch mit den Fähigkeiten ausgestattet sein, die mein Schild des Ingrimms mit sich brachte.

Ren hatte sich redlich bemüht und die Hochrüstungsmethoden in die Praxis umgesetzt. Dennoch drangen seine Attacken nicht durch. Wer außer mir hatte denn bitte noch die entsprechende Verteidigungskraft?

Mein Schild des Ingrimms war für den Drachen ein Medium. Das hatte er selbst gesagt. Was also, wenn ich dafür sorgte, dass dieser Schild seine Boni verlor?

»Ich lass mal kurz die Power-ups des Schildes flöten gehen, den er als Kraftquelle nutzt.«

Ren wandte sich zu mir um. »Ach, das geht? Okay, dann versuch das unbedingt!«

»W… Was soll das heißen?«

»Beim Hochpowern ist die Möglichkeit des Scheiterns mit eingebaut. Wenn ich das absichtlich mache, wird der Schild des Ingrimms schwächer – ebender Schild, den er als Kraftquelle nutzt. Und das bedeutet?«

»Dass der Drache auch geschwächt wird!«

»Genau. Wenn er seine Verteidigungskraft von meinem Schild bezieht und wir den schwächen, dann müssten eure Attacken eigentlich treffen!«

Ich wollte gerade zur Tat schreiten, da rief der Dämonendrache: »Und du glaubst ernsthaft, damit hätte ich nicht gerechnet?«

Kapitel 9: Erzwungenes Hochrüsten

»Was?!«

Der Dämonendrache wirkte einen Zauber, und um meinen Schild erschienen magische Symbole. Vor meinen Augen öffnete sich von selbst der Hochrüstbildschirm des Schildes.

Schild des Ingrimms + 7 auf + 8 erhöhen?

Was? Moment mal! Ich machte doch überhaupt nichts! Es wurde einfach »Ja« angewählt, und der Schild wurde hochgepowert.

»Was hast du gemacht?«

»Ho ho ... So dumm bist du nicht, dass du nicht begreifst, was hier vor sich geht. Warum sollte nicht auch ich mich einmal an diesem Glücksspiel versuchen?«

Warnung: Im Fall eines Fehlschlags wird der Hochrüstwert auf 0 ge...

Die Meldung wurde sofort weggeklickt, und wieder wurde »Ja« ausgewählt. Mit einem Läuten erschien die Anzeige, dass das Power-up geglückt war.

Hochrüstung auf + 8 erfolgt!

Verdammt! Ausgerechnet jetzt musste das klappen! Was sollte ich jetzt tun?

Ich hörte ein Knirschen. Furchtsam blickte ich auf.

»Mu ha ha ha! Auch ich weiß gelegentlich ein wenig Nervenkitzel zu schätzen. So, Helden, nun werdet ihr meine wahre Macht zu spüren bekommen!«

Der Drache peitschte nun noch schneller mit dem Schwanz und erzeugte mit seinem Flügelschlag einen starken Wind. Ich biss die Zähne zusammen und stemmte mich dagegen.

Scheiße! Jetzt würde er uns noch mehr Schwierigkeiten machen! Ich konnte nicht mehr tun, als Unterstützungsmagie auf Raphtalia und die anderen zu wirken.

»Aura, Stufe zwei!«

Ich boostete Raphtalia und Ren, damit sie mit dem gestärkten Dämonendrachen mithalten konnten.

»Air Strike Shield! Second Shield! Raphtalia, Ren, nutzt die als Sprungbretter oder um euch zu schützen!«

»Okay!«

»Danke!«

Die Schuppen des Drachen strahlten jetzt. In MMOs* sah man solche Effekte bei Waffen, wenn sie einen hohen Grad der Vervollkommnung erreichten ...

»H... Herr Graf? Ist er etwa gerade ... stärker geworden?«

»Ja, er pfuscht an meinem Schild rum ... Glaub nicht, dass ich das einfach hinnehme!«

Was er konnte, konnte ich schon lange.

»Nun, das kann ich leider nicht zulassen. Es handelt sich hier um mein Medium.«

Zugriff blockiert.

Der Schriftzug tauchte auf, als ich an die Hochrüstfunktion wollte. Verflucht noch mal! Jetzt konnte ich nicht mal mehr auf meinen eigenen Schild zugreifen? Was war hier denn los?

*Massively Multiplayer Online (Game)

In MMOs konnte der eigene Account gehackt werden. Dann übernahm jemand anderes die Kontrolle darüber. Genau so fühlte sich das hier an!

Ohne zu zögern, befahl der Dämonendrache ein weiteres Power-up. Wieder blinkte »Ja« auf.

Hochrüstung auf + 9 erfolgt!

Ich konnte nur noch starren.

»Uah!«

Ren konnte nicht mehr ausweichen und wurde gegen eine Felswand geschleudert.

»Ren!«

»A… Alles in Ordnung!«

Er und Raphtalia schienen nun jedoch auf die Attacken des Drachen immer etwas zu spät zu reagieren.

»Herr Graf?!«

Dieser verflixte Schild … Wollte er uns umbringen?! Konnte er sich in so einem Moment nicht widersetzen, den Power-up scheitern lassen und den Drachen schwächen?

Wenn das noch einmal klappte, würde es heikel. Und schon wieder wählte er Hochrüsten an.

Hochrüstung auf + 10 …

Sofort sprang ich vor, um Raphtalia und Ren zu verteidigen. Der Drache traf mich mit dem Schwanz, und ich wurde durch die Luft gewirbelt.

»Ugh …!«

Alles drehte sich rasend schnell. Dann, wie um sicher zu

gehen, schlug der Drache mich mit einem weiteren Schwanzhieb aus der Luft.

»Herr Naofumi!«

»Naofumi?!«

Er hatte mich einfach weggeschleudert! Dieses Kunststück war nicht einmal der Geisterschildkröte oder Kyo gelungen. Die Schuppen des Drachen gleißten nun geradezu. Oder sah ich bloß Sterne von den Schlägen? So langsam erreichte der Dämonendrache ein Niveau, auf dem wir nichts mehr gegen ihn ausrichten konnten.

Das Hochrüsten war jedoch ein zweischneidiges Schwert. Sollte er nur so weitermachen! Früher oder später käme der Fehlschlag, und der Entwicklungsstand würde zurückgesetzt. Außerdem ging langsam das Hochrüstmaterial zur Neige. Wenn der nächste Versuch schiefging, war es das.

»Hm. Das sollte wohl vorerst genügen.«

»Du drückst dich vor dem Hochpowern? Das ist aber schwach für einen Dämonendrachen, der die Welt beherrschen will.«

Ich wollte ihn reizen, damit er weitermachte und scheiterte. Er sah mich jedoch nur verächtlich an und antwortete mit geschwellter Brust: »Auf eine derart banale Provokation falle ich nicht herein. Ich kann es immer noch versuchen, nachdem ich dich in meinen Händen habe.«

Er hatte mich durchschaut!

»Herr Graf, alles in Ordnung?

»Sieht's danach aus?«

Hackte der einfach meinen Account und powerte meine Waffe auf ein irres Level! Ich befürchtete, dass auf diese Weise ein unglaublich rarer Schild entstanden war. Jetzt wollte ich ernsthaft die ganze Welt verfluchen.

»Heal, Stufe zwei«, rief Rato.

»Wieder ein Heilzauber?« Der Dämonendrache seufzte. »Und ihr glaubt, da schaue ich ruhig zu? Anti-Heal, Stufe zwei.«

Er hatte Ratos Heilzauber unschädlich gemacht.

»Naofumi!«

»Ich, als Quelle deiner Macht, befehle dir: Ergründe das Wesen der Dinge und erledige den dort mit dem Hieb eines Wasserschwerts! – Aqua Slash, Stufe drei!«

Melty hatte sich eine Weile konzentriert und feuerte nun einen Stufe-drei-Zauber ab. Beherrschte sie die nun also?

»Anti-Aqua-Slash, Stufe drei.«

Auch diesen Zauber negierte der Dämonendrache, so mühelos, dass ich ihn beinahe seufzen hörte. Seine magischen Fähigkeiten waren wahrlich dämonisch – er machte seinem Namen alle Ehre!

Mir ging auf, dass Kizuna und ihre Freunde erstaunlich wenig gezaubert hatten. Vielleicht beherrschten sie Magie, waren an den Dämonendrachen jedoch anders herangegangen. Man konnte ja auch keinen entscheidenden Treffer anbringen, wenn er jeden Zauber im Handumdrehen annullierte.

»Soll ich euch dann den Respekt erweisen, mit ganzer Kraft zu kämpfen?«

Der Drache führte seine Beschwörungen jetzt noch schneller aus.

»Wunderbar. Nun, da ich über die Kraft einer heiligen Waffe gebiete, ist für mich nichts unmöglich!«

Hochrüstung von SR nach SR + versuchen?

Er beachtete die Warnungen nicht einmal, steigerte einfach weiter! Ich hatte ein ganz mieses Gefühl.

»E… Er wird zu was noch Bösartigerem.«

»Scheißeeeeee!«

»Verflucht! Shooting Star Sword!«

Ren feuerte seinen Skill auf den Dämonendrachen ab, doch der blieb völlig ungerührt. Es sprühten nicht einmal Funken.

»Was? Ihr seht euch einem Gegner wie mir gegenüber und macht nicht ernst?«

»Dann muss ich wohl auch … extrem hochpowern!«, entgegnete Ren.

Er war jetzt offenbar ebenfalls in seinem Hochrüstmenü zugange, hatte jedoch etwas Wichtiges vergessen: Wegen des Fluchs war sein Glückswert gerade niedrig.

»Kacke … Das klappt überhaupt nicht!«

»Sei nicht leichtsinnig und hör auf, es zu versuchen! Wenn's jemand macht, dann Raphtalia!«

»O… Okay!«

Sollte Raphtalia hochrüsten und einen Fehlschlag riskieren, um ihre Werte ein klein wenig zu steigern? Hatte sie diese Möglichkeit überhaupt? Ich wusste es nicht. Wenn das mit dem Pech bei mir erst mal losging, dann lief wirklich alles schlecht. Warum hatte er nur einen Erfolg nach dem anderen? Ich hatte nicht mitverfolgt, wie lang die Serie schon andauerte. Wäre es doch nur der Soul Eater Shield gewesen, dann hätte ich es so viel leichter gehabt!

Als ich die Buchstaben LR oder so aufblitzen sah, stürmte ich ein weiteres Mal vor, um Raphtalia und Ren zu beschützen, wurde jedoch weggefegt. Es hatte schon wieder geklappt! Die Erfolgswahrscheinlichkeit musste doch noch geringer sein als bei + 11 oder so!

Hinter mir standen meine Gefährten, daher konnte ich auch nicht ausweichen, sondern musste die Attacken einstecken.

»Uff!«

Er hatte sich mit seinem raritätsgesteigerten Körper gegen mich geworfen. Tat das weh ... Ich wollte nur noch nach Hause. Er hatte schon Filos Werte aufgesogen, um seine Angriffskraft zu erhöhen, und jetzt powerte er auch noch die Rarität wie blöde hoch! Wie viel Pech ich doch hatte!

Das war nicht zum Spaßen. Jetzt musste er ganz schnell scheitern, damit er wieder schwächer wurde!

Hochrüstung auf AF erfolgt!

Wie machte der Scheißkerl das nur?

»Ha ha ha ha ha! Jetzt kann mir niemand mehr das Wasser reichen!«

Der bösartige Dämonendrache, der nun gänzlich in Licht gehüllt war, versperrte uns gelassen den Weg.

»Nun, da es so weit gekommen ist, könnt ihr mich nicht mehr aufhalten. Held des Schildes, du solltest dich opfern und mir deine Energie freiheraus überlassen.«

Verdammt ... Bis jetzt hatte ich mich bei Gefahr immer auf den Schild des Ingrimms verlassen. Bekam ich jetzt die Rechnung dafür?

Dieses Ungeheuer hatte die gleichen Fähigkeiten wie ich. Wenn wir ihn nicht besiegten, lag alles, was wir bisher aufgebaut hatten, in Scherben. Aber konnte ich überhaupt etwas gegen einen derart aufgerüsteten Gegner tun?

»Jetzt sollst du meine Macht spüren.«

Der Dämonendrache schlug seitwärts mit einer Klaue nach mir. Ich blockte den Hieb mit Shooting Star Shield, Air Strike Shield und weiteren Skills von der Sorte.

»Wie vorwitzig ... Pah!«

Sie zersprangen alle, selbst den Shooting Star Shield zerstörten die Klauen, und abermals flog ich davon. Keuchend blieb ich am Boden liegen.

»Herr Naofumi!«

»Alsdann …«

Der Dämonendrache verengte die Augen und begann mit einer Beschwörung.

»Kraft meines Kernsteins weit und breit, erhöre meine Bitte und …«

Vom Dämonendrachen drang eine Zauberformel zu uns herüber, wie wir sie noch nicht gehört hatten. Sie erinnerte mich allerdings an Thereses Magiestil.

»Daraus wird nichts!«

Um ihn beim Zaubern zu behindern, sprang Raphtalia los und hieb mit ihrem Katana nach ihm, dicht gefolgt von Ren. Der Dämonendrache ließ sich jedoch nicht in seiner Konzentration stören. Es war, als hätten ihre Attacken nun überhaupt keine Wirkung mehr auf ihn.

Dass sie ihn nicht trafen, lag zweifellos daran, dass er meine Verteidigungskraft an sich gerissen hatte. Es musste doch einen Weg geben … Irgendeinen! Angenommen ich müsste gegen mich selbst kämpfen, welcher Angriff wäre mir am unangenehmsten?

»Sadina, wir zaubern Herabkunft des Donnergottes. Schnell!«

»Verstanden.«

Gemeinsam begannen wir mit der Beschwörung.

»Naofumi, was hast du vor?«, rief Melty. »Wenn's so weitergeht, werden wir chancenlos niedergemacht.«

»Keine Sorge. Ren, Raphtalia, stellt euch vor, ihr müsstet gegen mich kämpfen. Nutzt Skills, die die Verteidigung aushebeln oder ausnutzen!«

»A… Alles klar! So was hatte ich doch irgendwo …«

»Verstanden!«

»… manifestiere dich«, setzte der Dämonendrache fort. »Ich bin der Drachenkaiser, der die Welt beherrscht. Bringe einen Schutzwall hervor, der sie fernhält! – Dämonendrache! Acht Spiegel!«

Nach meiner Anweisung hatte der Drache gezuckt und seine Beschwörung kurz unterbrochen.

»Qi-Katana: Zerstreuung der Verteidigung!«

»Eagle Blade!«

Raphtalia und Ren konzentrierten sich auf ihre Klingen und feuerten Skills ab. Die Attacken prallten an einer unsichtbaren Mauer ab.

»Mist … Eine Schutzbarriere!«

»Sie ist wie deine, Herr Naofumi!«

Mit einem Klirren zersprang die Barriere.

»Ha ha ha, glaubt ihr, darauf sei ich nicht vorbereitet?! Ihr Narren!«

Da hatte der verdammte Dämonendrache doch glatt Verteidigungsmagie gewirkt, statt anzugreifen! Raphtalia und Ren ließen andere Skills los, aber auch die prallten an unsichtbaren Hindernissen ab. Er schien mehrere Schutzwälle hintereinander errichtet zu haben.

»Raphtalia.«

»Ja? Was denn?«

Ich versuchte, ihr mit Blicken zu vermitteln, was ich vorhatte. Ich schaute mehrmals zwischen Raphis und Raphtalias Schwanz hin und her. Raphtalia schien zu begreifen, was ich von ihr wollte, und nickte. Dann blickte ich mich zu Wyndia und Melty um. Wyndia neigte fragend den Kopf, doch Melty seufzte und nickte. Auch sie schien die Anweisung verstanden zu haben.

»Zwei Kräfte, vereint euch, um zu stützen, und verleiht uns die Macht, das Schicksal der Niederlage abzuwenden und nach einer siegreichen Zukunft zu streben …«

»Dann bringen wir es nun zu einem Abschluss. Alle werden sterben, abgesehen vom Schildhelden.«

Nun, da der Drache seine Sicherheit gewährleistet hatte, begann er erneut mit seiner Beschwörung. Doch der Zeitaufwand verschaffte uns eine Chance. Nachlässigerweise hütete er sich nur vor Raphtalia und Ren. Auf den Zauber, den Sadina und ich gerade wirkten, achtete er überhaupt nicht. Sicher dachte er sich, wir wollten nur Raphtalia stärken, und damit komme er zurecht. So entging ihm aber etwas Wesentliches.

Die nicht voll entwickelte Eclair könnte wohl nicht einmal mit seinem Tempo mithalten. Rishia und die alte Schachtel waren auch nicht da, daher hatte er wohl den Eindruck, er müsse sich nicht besonders vorsehen.

»Oh Drachenpuls«, riefen wir. »Erhöre unser Ersuchen. Wir, als Quelle deiner Macht, bitten dich: Ergründe das Wesen der Dinge und gib uns die Kraft, das Hindernis vor uns zu überwinden! – Herabkunft des Donnergottes!«

Der Dämonendrache wirkte in aller Ruhe seinen Zauber und konzentrierte sich auf Raphtalia. Zweifellos hielt er sie für die größte Bedrohung. Bemerkte er denn nichts, obwohl er Zugang zu meinem Schild hatte? Es gab jemanden unter uns, deren Attacken für mich gefährlich waren, und sie konnte sie in rascher Folge loslassen. Und auch sie hatte sich die ganze Zeit konzentriert!

»Atlaaaaaaa!«

Ich schickte den Zauber in ihre Richtung. Sie profitierte von meinen Sklavenentwicklungsboni und hatte mittlerweile Level 45 erreicht. Zudem hatte sie die Essenz des Stils der

Unvergleichlichen Veränderung intuitiv erfasst, und die alte Schachtel hatte sich für ihre Meisterschaft verbürgt.

»Du bist dran!«, rief Sadina.

Blitze gingen auf Atla nieder, und sie wurde immer schneller.

»Ich ahme bloß nach, was Eclair, Rishia und die Meisterin vorgeführt haben, aber ich gebe mein Bestes!«

»Ich verlass mich auf dich!«

»Mu ha ha ha! Mit dem niedrigen Level möchtest du mich angreifen? Wie töricht!«

»Ach ja?«, rief Raphtalia. »Mirage, Stufe eins!«

»Raph!«

Raphtalia und Raphi wirkten einen Illusionszauber, und plötzlich sah es so aus, als gäbe es Atla mehrmals.

»Hmpf?! … manifestiere dich. Ich bin der Drachenkaiser, der die Welt beherrscht. Die Narren, die sich dem Kaiser widersetzen, sollen …«

Wie wild schlug der Dämonendrache mit seinem Schwanz, um Atla und ihre Trugbilder fortzufegen, aber solche Attacken waren bei Atla vergebliche Liebesmüh – sie wich ihnen spielend aus. Er schien sie nicht einmal zu streifen. Der Drache sollte lieber nicht vergessen, dass inmitten der Phantome auch die echte Atla war!

»Lästige Motten … Es nützt wohl nichts. Ich muss meine Beschwörung unterbrechen und mir Zeit verschaffen.«

Er unterbrach seinen Zauber mittendrin. Ich spürte, wie die Magie des unvollendeten Zaubers weiterhin in der Luft schwebte.

»Kraft meines Kernsteins weit und breit. Erhöre meine Bitte und manifestiere dich. Ich bin der Drachenkaiser, der die Welt beherrscht …«

Und schon wirkte er einen weiteren Zauber. Wahnsinn, dass er das konnte!

»Nimm das!«

Atla führte einen Stoß aus und ließ mit einem Schlag alle Barrieren des Drachenkaisers zerspringen.

»Das war noch nicht alles!«

Ich wusste nicht, wie sie die nötige Energie angespart hatte, aber ihre stürmischen Attacken wollten kein Ende nehmen.

»Dämonendrache: Sprengschock.«

Um den Dämonendrachen entfaltete sich eine ausgedehnte Explosion. Damit wollte er Atla wohl wegpusten!

»Vergiss es!«

Ich sprang vor und versuchte, sie zu beschützen, ohne zu wissen, welche die echte war.

»Wie schwach!«, sagte Atla. »Du glaubst doch wohl nicht, dass du mich damit aufhalten kannst?!«

Atla hielt einfach die Hand vor sich, und das reichte bereits: Es war, als drehte sich der Wind, und die Explosionswelle wurde abgelenkt. Der pure Wahnsinn.

»Da bist du also!«

Der Dämonendrache schwang eine Pranke nach mir, aber ich sprang einfach weg. Falls hinter mir die echte Atla war, würde sie bestimmt rechtzeitig reagieren können. Die Atla ließ sich jedoch von der Drachenklaue treffen … und löste sich dann auf.

»Das war wohl die Falsche«, spottete ich.

»Und glaube nicht, dass du die richtige Atla so einfach wegfegen kannst wie die Illusionen«, sagte Raphtalia. »Könnte man sie so einfach aufhalten, hätte ich ein leichteres Leben.«

Ich wollte sie fragen, was das denn bitte heißen solle, aber im übertragenen Sinn bedeutete es wohl, dass sie auf Atlas Fähigkeiten vertraute.

»Grrr … Hör auf, mich zu stören!«

»Wenn du glaubst, du könntest mich mit so ungezielten Schlägen aufhalten, dann hast du dich aber geschnitten.«

Schwanz und Klauen ausgestreckt, wirbelte der Drache einmal im Kreis herum, doch Atla passte geschickt den Moment ab und stand plötzlich breitbeinig auf der Spitze seines Schwanzes. Wahnsinn! Das war, wie wenn in Manga oder Animes ein Krieger dem Gegner mitten im Hieb auf die Klinge sprang.

»Eine wäre da noch!«

Sie attackierte nicht den Schwanz, sondern versetzte der letzten Barriere des Dämonendrachen mit der Handfläche einen Stoß. Klirrend zersprang die Schutzmauer. Atla hatte sie durchschlagen, ebenso wie Rishia damals Kyos Schutzschilde durchbrochen hatte.

»Und jetzt … dies!«

Wie eine Kugel schoss sie auf ihn zu und versetzte ihm einen Schlag gegen die Schulter. Sofort platzte die auf!

»Wa…« Einen Moment stutzte er, dann ereilte ihn der Schmerz. »Uaaaaaaaaaaaaaah!!«

»Ich bin noch nicht fertig!«

Die Attacken des Stils der Unvergleichlichen Veränderung, auch Atlas Nachahmungen, ließen sich in Reihe abfeuern – ein Kunststück, das Ren und Raphtalia unmöglich gewesen war.

»Los, Wyndia!«, rief Melty.

»Mhm! Gib uns Vater und Gaelion zurück!«

Jetzt bildete sich der Kollektivzauber, der sich gegen den schmerzgepeinigten Drachen richtete.

»Kollektivzauber: Saint Rain!«

Es begann zu regnen. Der Zauber machte Gebrauch von den Wolken, die Sadinas und mein Kollektivzauber hervorgebracht hatte, daher gingen Beschwörung und Auslösung schnell.

Wann immer Tropfen auf die Wunde des Drachen fielen, schoss schwarzer Qualm empor.

»Ihr waaaaaaaaaaaagt es!«

Der Drache war von seinem Sieg überzeugt gewesen. Nun starrte er mit hasserfüllter Miene auf uns herunter und ließ aus seinem ganzen Leib Flammen hervorschießen. Jetzt versuchte er es mit allen Tricks.

»So einfach kriegst du mich nicht!«

Doch Atla ließ sich nicht treffen, und weiterhin ging Meltys und Wyndias Regen auf ihn nieder.

»Also, Dämonendrache, während Atla, Melty und die anderen ihren Spaß mit dir haben ... Ist dir klar, was ich gemacht habe?«

Ich wob nach wie vor mit Sadina an unserem Zauber. Das Puzzle, das man lösen musste, um ihn hervorzubringen, war etwas mühsam, ließ sich jedoch nicht umgehen. Immerhin war ich mittlerweile so weit daran gewöhnt, dass ich nebenbei das Kampfgeschehen verfolgen konnte.

»Wa...?!«

»Los! Es ist Zeit für die zweite Salve! Eclair!«

»Ich bin an der Reihe? Überlasst das ruhig mir! Herr Iwatani, Atla, seht Euch die Essenz des Stils der Unvergleichlichen Veränderung genau an!«

Sadinas und meine Herabkunft des Donnergottes fuhr auf Eclair nieder, und im selben Moment sprang sie los. Davor hatte sie sich auf irgendetwas konzentriert.

»Ah, davon hat unsere Meisterin in einem Vortrag gesprochen: die Unvergleichliche Aktivierung. Das kann Eclair?«

Ren schlüpfte in die Rolle des Erklärers. Als würde mir das irgendwie weiterhelfen! Wieso machte er plötzlich einen auf Rishia?

Ich hatte bisher doch bloß mit Raphtalia und Atla trainiert. Was sollte ich mit seinen Ausführungen anfangen?

»Haaaaaaaaa!«

Oho, Eclair bewegte sich plötzlich rasend schnell! Womit sie jetzt etwa so schnell wie Ren war. Wenn Raphtalia und ich Ernst machten, wäre Eclair immer noch etwas hinterher. Doch auch sie schien zu wissen, wie man die Verteidigung des Gegners gegen ihn richtete: Mit jedem Hieb ließ sie Drachenschuppen zerspringen.

»Grrr, unterschätzt mich niiiiiiiicht! Ihr schwächlichen Menschen ... Aaaaaaaaaaaaaaaah!«

Der Dämonendrache verlor die Fassung und brach in wildes Zorngebrüll aus. Ein wenig beunruhigend war allerdings seine Regenerationskraft: Wann immer ihm Wunden geschlagen wurden, schlossen sie sich augenblicklich wieder.

»Was für Zauber das auch sein mögen, wenn ich sie aufhebe, bringen sie euch gar niiiiichts!«

Er begann mit einer Beschwörung. Wollte er etwa die Unterstützungsmagie unschädlich machen, die wir auf Atla und Eclair gesprochen hatten? Ich hatte es kaum gedacht, da verringerte sich auch schon die Wirkung ihrer Attacken. War der Effekt des Zaubers dahin? Besorgt warf ich einen Blick in Atlas Status: Die Wirkung bestand anscheinend weiter. Das hieß, er machte auf magischem Wege irgendwas ... Ah, bestimmt hatte er seine eigene Verteidigung gesenkt.

»So, Dämonendrache, jetzt machst du Bekanntschaft mit dem Dilemma des Schildhelden. Raphtalia, Ren – ihr seid dran!«

»Okay!«

»Bringt das denn was?«

Ich nickte nur.

»Aufblitzendes Katana: Nebelzeichen!«

»Shooting Star Sword!«

Rens Spezialität, Raphtalias Iaigiri ebenbürtig, schlitzte dem Dämonendrachen den Bauch auf.

Er keuchte. »Ihr glaubt wohl, ihr könnt mich …«

»Erhöhe deine Verteidigung, und wir nutzen sie gegen dich. Senke sie, und wir knüppeln dich mit unserer Angriffskraft nieder. Selbst deine Schutzschilde bringen dir nichts mehr, das ist dir sicher klar.«

Ich war schon einmal fast geliefert gewesen und hatte es nur mit knapper Not überstanden. Hätten L'Arc und die anderen mehrmals hintereinander attackieren können, wäre es mir damals genauso ergangen. Und nun erlebte der Dämonendrache, was mir die ganze Zeit solche Sorgen bereitete. Der schwarze Schleim hatte sich immer sofort regeneriert, aber jetzt fuhr Raphtalias Katana hindurch wie durch Tofu und ließ ihn verdampfen.

»H… He, lasst das! Ich habe euch in meiner Gewalt! Widerstand ist zwecklos …«

Dann wurden seine Bewegungen noch eigenartiger. Was war das jetzt für eine Reaktion?

»Grrr … Ich lasse euch nicht entkommen! Haltet still! Uaaaaaah!«

Der Dämonendrache begann zu zappeln, als würde irgendetwas in ihm sich widersetzen.

»Au … Argh …«

Irgendetwas schien in seiner Brustgegend zu wüten. Keuchend hielt er sich die Brust, und magisches Licht begann von ihm abzustrahlen.

»Los, bestürmt ihn! Das ist unsere Chance zum Angriff!«

»Schwächliche Menscheeeeen! Werdet nicht … übermütiiiiig!«

»Nanu? Sag bloß, du willst dich weiter mit uns befassen? Ich weiß zwar nicht, was da los ist, aber jetzt wissen wir immerhin, wo wir angreifen müssen.«

»Ich komme!«

»Ja, das sieht nach einem Schwachpunkt aus«, sagte Eclair. »Los, Ren!«

»Alles klar!«

»Und ich werde nicht hintanstehen!«

Auf meinen Befehl hin griffen Atla, Eclair, Ren und Raphtalia an und schlugen ihm den Arm ab, mit dem er sich die Brust hielt. Er brüllte und keuchte. Vor Schmerz geriet er ins Wanken. Der Arm schien sofort nachwachsen zu wollen.

Aber was war mit seiner Brust los? Nun, da er sie nicht mehr hielt, brach irgendetwas durch und kam zum Vorschein: Ein kleiner Babydrache – Gaelion – kam herausgesprungen, und er hielt Filo am Kragen gepackt.

»Gaelion!«

»Gyua …!«

Er sah wieder genauso aus wie nach der Geburt. Sein Wachstum war in der Gestalt seiner EXP aus ihm herausgesogen worden. Dennoch hatte er sich gewehrt, wohl weil er Wyndia und die anderen beschützen wollte. Dass er Filo mitgebracht hatte, schien der beste Beweis.

»Filo!«, rief Melty.

»Uh …«

Super! Filo lebte noch. Ich nahm sie entgegen und sprach Heilmagie auf sie. Der Dämonendrache war auf den Kampf gegen Raphtalia und die anderen fokussiert und hatte keine Zeit, uns zu beachten. Das Zaubern erforderte Konzentration. Seine Schmerzen dürften dies unmöglich machen, und nun, da seine

Kraftmedien Gaelion und Filo entkommen waren, musste er entsetzlich geschwächt sein. Nun färbte er sich noch schwärzer und blickte in unsere Richtung. Er starrte Wyndia an. Die kehrte zu Melty und Sadina zurück und holte tief Luft.

»Sadina … Ich will diesen Dämonendrachen erlegen!«

»Verstanden.«

»Es muss wohl sein, oder?«

Alle drei begannen zu murmeln.

Diesmal ging es ungeheuer schnell, als reagierte der Kollektivzauber auf Wyndias große Entschlossenheit. Der kleine Gaelion flatterte mit seinen winzigen Flügelchen über den dreien und half bei der Beschwörung.

»Grrr … Jetzt werde ich mich nicht mehr zurückhalteeeeeeeeeen! Gaaaaaaaaaaaaaaaaa!«

Die Gestalt des Dämonendrachen löste sich auf, und nun sah es wieder stärker nach schwarzem Schleim aus. In meinem Gesichtsfeld wechselte der Gegnername von Dämonendrache zu Drache des Ingrimms. Die Leistungsfähigkeit meines verstärkten Schildes des Ingrimms durchströmte nun diesen bösartig aussehenden Drachen. Mischte sie sich auch in Wyndias Vater hinein? Was für ein jammervoller Drache. Ich trat vor Wyndia und die anderen, um sie zu beschützen. Gaelion kam zu mir geflogen und klammerte sich an meiner Schulter fest.

»Das ist gefährlich. Zieh dich zurück.«

»Das geht nicht.«

»Wa…?!«

Gaelion hatte gesprochen. Ich hörte es jedoch nur als Widerhall in meinem Kopf, als wäre es Telepathie.

»Bewahrt die Fassung. Sonst merken der Schwertheld und Wyndia etwas.«

»Du …«

Sprach ich gerade mit Gaelion, dem Vater? Besetzte er jetzt etwa den kleinen Gaelion?

»Es freut mich zu sehen, wie gut meine Tochter sich entwickelt hat, Held des Schildes.«

Was kümmerten mich seine Gefühle? Ich würde ihn später ausquetschen müssen, was er in Gaelion zu suchen hatte. Das Problem schien keinesfalls gelöst zu sein.

»Ihr versteht es doch sicher? Euer Zorn verschmilzt mit dem Drachenkaiser aus der anderen Welt.«

»Hab ich mitgekriegt …«

»Es ist eine Verkörperung Eures Zorns. Da er diesen Wirtskörper verloren hat, giert er nun nach Euch … Ihr müsst ihm ein Ende bereiten, ehe er vollends außer Kontrolle gerät. Sonst wird er Euch bis in alle Ewigkeit verfolgen.«

»Verstanden. Raphtalia, Ren! Legt los!«

»Ja!«

»Logo!«

Ich hatte es meinen Gefährten zu verdanken, dass wir ihn so in die Enge getrieben hatten. Ganz besonders Atla hatte sich diesmal verdient gemacht.

»Sorgt Euch nicht. Ich werde Euch beim Angriff helfen. Wenn wir ihn dazu bringen können, den Kernstein auszuspucken, kann Eure Mitstreiterin ihm den Todesstoß versetzen!«

»Also alles wie immer.«

»Ich baue auf Euch.«

Ich hatte das starke Gefühl, dass die Sache noch nicht ausgestandet war. Oder bildete ich mir das ein? Gaelion trat der Party bei, und die Beschwörung nahm Fahrt auf.

Der Drache des Ingrimms griff mich wieder mit seinem Atem an, jedoch schwächer als zuvor. Ich hob den Schild, doch die Attacke war zu stark, um sie direkt abzuwehren.

»Haa!«

Atla musste nur die Hände heben, um das Feuer des Drachen abzulenken. Wie machte sie das? Ihre Abwehrfähigkeiten waren ja ungeheuerlich!

Der Drache des Ingrimms griff hartnäckig weiter an, erpicht darauf, mich zu seinem neuen Wirtskörper zu machen.

»Gibt aber keine Regel, dass der Schild nicht ausweichen darf, oder?«

Ich bog meinen Körper hin und her, um den blindwütigen Attacken des Drachen zu entgehen. Wenn er nur auf mich zielte, musste ich mich wenigstens nicht vor meine Gefährten werfen. Sein Angriffsmuster war simpel; wenn ich schnell genug schaltete, konnte ich ausweichen.

»Jetzt ich! Star Dust Blade!«

»Shooting Star Sword!«

Den Skill liebte Ren ja geradezu. Bei jeder Gelegenheit feuerte er ihn ab.

»Irgendwo steckt der Kernstein. Sorgt dafür, dass er ihn ausspuckt! So können wir ihn weiter schwächen!«

»Lass zu Kraft werden unseren Wunsch, die verfluchte Erde, den Hass, den Groll hinfortzuspülen wie ein klarer Strom und unsere Bitte, die Welt zu retten. Drachenpuls, ich erbitte ein Wunder.«

»Ich, Gaelion, befehle dem Himmel, befehle der Erde, ektomiert die Vernunft, bindet sie wieder an, lasst sie Blut spucken. Kraft meiner selbst, lass mich die Macht wachrufen, den Strom der Empfindungen vor mir zu durchtrennen!«

Dank meines Schildes erkannte ich, dass Gaelions Zauber der hochklassigere war. Ein Knistern lief durch meinen Schild, und in meinem Sichtbereich erschien die Übersetzung. Sadina schien etwas bemerkt zu haben und sah nun aufmerksam Gaelion an.

»Erase Aqua Slash!«

»Zerstörungswelle des Wasserdrachen!«

Der Zauber von drei Menschen und einem Drachen war nun vollendet, und die überströmende Magie verdichtete sich vor Gaelion.

»Was?!«, rief Wyndia erschrocken.

Melty sank erschöpft zu Boden. Sadina hingegen lief mit der Harpune in der Hand los. Gaelion holte tief Luft, den Ball aus Magie fest in den Händen.

»Kleiner Naofumi, Rato – helft uns!«

»Wird gemacht!«

»Aura, Stufe zwei!«

»Power, Stufe eins! Magic, Stufe eins!«

Rato und ich wirkten unsere Unterstützungszauber, und Sadina wurde gewandter.

»Los, komm, Gaelion!«

»Gyauuuuuuuuuuu!«

Sonst hatte er eigentlich immer Gyua gemacht ... Er blies seinen angestauten Atem in die magische Kugel. Sofort spritzte eine große Wassermasse daraus hervor und schoss auf den Drachen des Ingrimms zu. Sadina sprang mitten hinein und schwamm darin herum, womit sie einen Strudel erzeugte. Die beiden machten ja noch protzigere Attacken als Raphtalia oder Filo!

»Ein Duell der Ungeheuer ...«, kommentierte Fohl.

»Bruder«, sagte Atla, »du hast in diesem Kampf nichts verloren.«

Er knirschte mit den Zähnen. »Jetzt leg ich auch los!«

»Nein, du nicht«, sagte ich.

Ja, Fohl fiel immer weiter hinter Atla zurück. Aber wenn er sich jetzt in den Kampf stürzte, würde er bloß sterben, das spürte ich deutlich.

Sadina schoss unterdessen durch die Luft, als wäre dies die Spezialattacke eines superelektromagnetischen Fünf-Komponenten-Transformers, und durchschlug den Leib des Drachen. Zugleich verschwand das Wasser, das Gaelion abgefeuert hatte.

»W... War's das?!«

Sadina war gelandet und blickte schwer atmend zu dem Drachen des Ingrimms auf. Auch ich prüfte mit dem Schild, ob er noch lebte.

»Noch nicht!«, rief Atla. »Na dann ...«

Sie lief geschwind los, sprang ihn an wie eine Tigerin und krallte nach seiner Kehle.

»So! Ohne deinen Kernstein bist du nur noch ein kleiner Fisch!«

Der hell funkelnde Kernstein wirbelte durch die Luft davon.

»Überlasst ihn mir!«, rief Raphtalia.

»Bitte, Raphtalia«, sagte Atla. »Wahrscheinlich kannst nur du diesen Drachen aus finsteren Empfindungen niederwerfen.«

Raphtalia schien ihre Vorbereitungen abgeschlossen zu haben. Ihr Katana strahlte auf.

Der Drache des Ingrimms, des Kernsteins beraubt, blickte Raphtalia entgegen, das Maul angstvoll geöffnet, dann wirbelte er herum und versuchte, sich in den Himmel emporzuschwingen und zu fliehen.

»Du entkommst mir nicht!«

»Air Strike Shield! Second Shield! Third Shield!«

Raphtalia sprang von Schild zu Schild, als wären es Treppenstufen, und hieb nach dem fliehenden Drachen.

»Aufblitzendes Katana: Nebelzeichen!«

»Gyaaaaaaaaaaaaaaaaaaaaaaaaaaaaah!«

Der Drache des Ingrimms wurde mitten in der Luft entzweigehauen und stürzte brüllend zu Boden. Es war ganz so, als hätte sie ihn mit dem Druck des Windes zerteilt, den ihr Hieb erzeugt hatte.

»Vater ... Verzeih mir«, sagte Wyndia. »Ab jetzt blicke ich nicht mehr zurück.«

Gaelion betrachtete schweigend seine Tochter, die die Hände aneinander gelegt hatte und weinte. Vielleicht war er als Vater ergriffen, dass seine Tochter so erwachsen geworden war.

Kapitel 10: Reinigung

Raphtalia landete, schüttelte den Schleim von ihrem Katana und steckte es in die Scheide.

»Atla ist klar die beste Spielerin auf dem Platz«, sagte ich.

Wer nach dem bisschen Sparring mit uns eine solche Leistung brachte, hatte die Prüfung wohl bestanden. Fohl hingegen ... In ihn hatte ich beim Kauf der beiden eigentlich die größere Hoffnung gesetzt.

»W... Warum siehst du mich so an?«, knurrte er, als er meinen Blick bemerkte. »Atla, ich werde stärker, das wirst du schon sehen!«

»Hauptsache, du gibst dir Mühe.«

Atla sprach zwar aufmunternde Worte, ließ jedoch kein besonderes Interesse an seinen Motivationsbekundungen erkennen.

»Ähm ... Vielen Dank, Atla«, sagte Raphtalia.

»Ich tue das alles nur für Herrn Naofumi«, antwortete Atla, ganz wie immer.

Puh. War die Sache damit ausgestanden? Mit Gaelion würde ich allerdings später noch reden müssen.

»Kyua?«

Er sprang Wyndia an und schleckte ihr übers Gesicht. War er wieder der Alte, oder tat er bloß so unschuldig?

»Alles in Ordnung, Gaelion?«, fragte sie.

»Kyua!«

»Gib zurück, was du mir weggenommen hast!«, protestierte Filo, die sich gerade aufrappelte.

»Bleib ruhig«, beschwichtigte Melty sie. »Du bist noch geschwächt.«

»Kyua!«

Gaelion und Filo funkelten einander grimmig an, aber dann richtete Gaelion rasch den Blick auf die Überreste des Drachen.

»Er meint wohl, es ist da drüben«, sagte Wyndia.

»Dieser kleine Drache soll Gaelion sein?«, fragte Raphtalia.

»Mhm. Offenbar hat er sich übernommen und ist wieder klein geworden.«

»Gib mir meine Erfahrungspunkte zurück!«, rief Filo dem aufgelösten Kadaver entgegen.

In letzter Zeit hatte sie aber auch viel Pech. Es kam mir vor, als wäre es stetig schlimmer geworden, seit wir in Kizunas Welt gewechselt waren. Erst hatte man sie zum Ausstellungsstück gemacht; dann hatte Motoyasu einen Narren an ihr gefressen; ihre Kutsche war sie auch los; heute war sie zu Drachenbeute geworden; und jetzt war auch noch ihr Level gesunken. Ich musste sie demnächst wohl mal mit was Leckerem verwöhnen.

»Und zuletzt ...«

Ich blickte zu dem Kernstein, den Atla dem Drachen entrissen hatte. Der war zweifellos die treibende Kraft gewesen. Sowohl mein Schild als auch Raphtalias Katana hatten seine Essenz in sich getragen. Den Stein meinem Schild zu geben, erschien mir gefährlich, aber liegen lassen konnten wir ihn erst recht nicht. Wir mussten ihn sicher verwahren. Sollte ich den Kernstein für meine Rüstung verwenden oder so?

Filo beschimpfte unterdessen weiter den Kadaver des Drachen des Ingrimms. Mit einem Mal wurde er zu schwarzem Licht und verschwand in meinem Schild. Ein Teil davon hüllte Filo ein und verschwand in ihr. Somit war der Drache wahrscheinlich wieder ein Teil meines Schildes. Da hörte ich auch schon die verhasste Stimme.

»Der Zorn ist immerfort in deinem Herzen. Dorthin will ich mich einstweilen zurückziehen.«

Vollständig hatten wir ihn wohl nicht besiegt. Ich konnte nur hoffen, dass es kein nächstes Mal geben würde. Der Schild des Ingrimms, so unglaublich hochgerüstet, war jetzt ein Monstrum von einem Schild. Ich sollte tunlichst vermeiden, ihn zu verwenden, sonst würde er womöglich von mir Besitz ergreifen.

»Kyua!«

Gaelion hüpfte mir auf die Schulter und tollte dort herum.

»Heee! Du hast schon mit Meister gespielt! Ich bin dran!«

»Macht mal nicht solchen Krach, ihr Haustiere! Jetzt geht's erst mal nach Hause.«

»Oooch ...«

»Wie geht's dir eigentlich, Filo?«

»Besser, aber ... von dem, was Gaelion mir weggenommen hat, ist kaum was zurückgekommen!«

Ich schaute in den Status. Level 41 ... Da war sie ja ganz schön abgestiegen. Gaelion hingegen, nun wieder frei vom Fluch des Dämonendrachen, war Level 60. Die Rollen hatten sich vertauscht.

»Gib's zurück!«

»Kyua!«

Gaelion war wieder abgesprungen. Funken sprühten zwischen den beiden, während sie einander anstarrten.

»Kyua! Kyua, Kyua!«

»Ich glaub, er will nichts davon wissen«, interpretierte Wyndia. »Er meint, er sei der Favorit des Schildhelden.«

»Hmpf!«

Da hatte er ihr wohl den Rang abgelaufen. Er schlug Filo mit seinem kurzen Schwanz gegen die Wange, als wollte er sie auslachen.

»Gib's zurück, gib's zurück, gib's zurück!«

»Kyua, Kyua, Kyua!«

»Raph …?«

Jetzt schlugen die beiden sich abwechselnd. Raphi stand mit kugelrunden Augen dazwischen.

Eigentlich war doch Gaelion schuld an der ganzen Sache. Aber er zeigte nicht einmal Reue.

»Na, wenn das so ist«, sagte ich, »kriegt Filo ihre Kraft eben auf andere Weise zurück. Wir verfüttern Gaelion an sie, dann ist sie bald wieder die Alte.«

Ich ließ Filo ihre Königinnenform annehmen, schnappte mir den Drachen und versuchte, ihn ihr in den Schnabel zu stopfen.

»Kyuaaaa …?!«

»Nein, lass das!«

»Was machst du denn, Naofumi?!«

Wyndia und Melty versuchten beide, mich zu stoppen.

»Hmpf! Meister, was gibst du mir da zu essen?!«

»Du bist doch so ein Fresssack. Vielleicht bringt dich der Drache wieder zu Kräften.«

»Ich … mag keine Drachen!«

Sie war so gefräßig und wollte ihn trotzdem nicht? Sie war wohl mal wieder wählerisch mit dem Essen.

»Filo, sei nicht so mäkelig.«

»Ich mag den aber nicht!«

»So willst du das Problem lösen?«, fragte Melty. »Naofumi, denk noch mal ernsthaft darüber nach!«

»Herr Naofumi, du bringst Filo noch auf den Geschmack!«

»Iiieh!«

»Mach keine komischen Sachen mit Filo!« Melty stellte sich schützend vor ihre Freundin und starrte Wyndia an. »Den ganzen

Ärger hat der kleine Drache verursacht, also sollten wir ihn loswerden.«

»Er ist doch wieder normal!«, protestierte Wyndia.

Ach Mann, war das nervig. Zeit für ein wenig Realitätsflucht. Ich hob Raphi auf und fing an, sie zu streicheln, sodass Filo und Gaelion es sahen.

»Menno!«

»Kyuaaaaa!«

Jetzt überschütteten sie Raphi mit eifersüchtigen Blicken, aber das ließ mich kalt.

»Was machst du da bitte?«

»Na, ich bestrafe die beiden Streithammel! Raphi ist immer so brav, lieb und hingebungsvoll, sie ist klar die Tollste von den dreien!«

»Raph.«

Raphi winkte Raphtalia mit ihrer Pfote zu – und da starrte Raphtalia sie plötzlich mit dem gleichen Blick an wie Filo.

»Das war ja mal hart, Naofumi«, sagte Ren.

Um ganz ehrlich zu sein, war eigentlich er der Verursacher des Problems, wenn man die Sache ganz bis zum Anfang zurückverfolgte.

»Und du sag jetzt bloß nicht, dass es bei deiner Quest darauf ankam, den Drachenkadaver liegen zu lassen. Dann werden wir aber alle stinkig.«

»S… So war das nicht!« Ren schüttelte mehrmals den Kopf.

Ganz so sah es aber aus. Als hätte da jemand auf einer Quest einen raren Endgegner hervorbringen wollen, um den dann zu erschlagen und an eine besondere Waffe zu kommen.

»Kehren wir erst mal heim!«

»Ach, kleiner Naofumi – bei euch geht's doch immer lustig zu!«

Sadina gackerte los. Was gab es hier bitte zu lachen?

»Filo, jetzt geht's ab nach Hause.«

»Mhm.«

»Kyua!«

Gaelion kroch mir zwischen die Beine.

»So kann ich nicht gehen. Weg da!«

»Kyuaaaaaaa!«

Plötzlich brach Licht aus Gaelion hervor, und er verwandelte sich. So hatte er ausgesehen, bevor er den Kern des Zombiedrachen gefressen hatte – nur war er jedoch noch etwas größer, etwa vier Meter. Mit Wyndia, Sadina, Rato und Atla auf dem Rücken schwang er sich in die Lüfte. Im letzten Moment sprang ihm Raphi noch auf den Kopf und baumelte dann an seinem Horn.

»A... Aaaaah!«, schrie Filo ärgerlich.

»Herr Naofumiii!«, rief Raphtalia mir ungläubig hinterher.

Selbst mir fehlten die Worte. Gaelion konnte sich verwandeln?!

»Kyuaaa.«

»Mennooo!«

Gaelion schlug mit den Flügeln und flog mit uns davon.

»Schwester! Schwertfrau! Schnell hinterher! Meister reitet doch auf mir!«

Filo ließ sich nicht unterkriegen und stürmte los.

»Es fliegt sich bestimmt angenehm, oder?«, rief Raphtalia. »Wie damals in der anderen Welt, auf Ethnobalts Schiff ...«

»A... Atlaaa!« Auch Fohl sah ziemlich angespannt aus.

Tja, ohne Kutsche würden sie uns wohl kaum einholen.

»Herr Iwatani, Ihr habt es wirklich schwer«, rief Eclair, den Blick gen Himmel gerichtet.

»Also, der Kleine ist schon ziemlich aufdringlich, oder?«

»Rato, hast du gewusst, dass Drachen diese Fähigkeit haben?«

»Ich habe gehört, dass es bei einem kleinen Teil vorkommen soll, aber es ist in der Forschung nichts bekannt, was über Filolial-Sonderarten hinausgeht.«

Ich blickte nach unten und bemerkte, dass die Farbe des verseuchten Bodens verblasste.

»Herr Graf, seht Ihr es auch? Als Gaelion außer Kontrolle war, hat er offenbar die unreinen Strömungen aus der Umgebung aufgesogen, und hier sehen wir das Resultat.«

So war das also. Dann konnte in der Gegend endlich wieder echter Frieden einkehren. In dem Fall müsste ich doch auch wieder teleportieren können. Sollte ich es gleich mal probieren?

»Portal Shield!«

Super, allem Anschein nach ging es wieder. Mir wurde eine Warnung angezeigt: Wenn ich diesen Ort speicherte, würde stattdessen die Stelle am Boden genommen. Ich rief die Ortswechselfunktion auf und stellte fest, dass Raphtalia und die anderen außer Reichweite waren. Den Sprung ohne sie zu machen, war wohl keine gute Idee.

»Lass Meister runteeer!«

Oha, Filo drehte da unten richtig auf. Trotz Levelabstieg schien sie nicht viel langsamer zu sein. Vorsichtshalber warf ich noch einen Blick in ihren Status. Nanu? Ihre Werte, gesenkt durch meinen Fluch, hatten sich wieder normalisiert! Deswegen ließ sich also keine größere Schwächung erkennen. Aber warum hatte sich nur bei Filo der Fluch gelöst? Hatte womöglich der Dämonendrache, als Filo sein Medium gewesen war, alles aufgesogen, was von All Sacrifice Aura zurückgeblieben war? Ich beneidete sie. Jedenfalls war bei ihr der Fluch nun gebrochen.

Wenn sie jetzt ihr Level wieder hochtrieb, könnte sie noch schneller und stärker werden als vor dem Fluch. Ende gut, alles gut.

»Kyua!«

»Mach weiter so, Gaelion ... Schon bald bist du ein ebenso prächtiger Drache wie mein Vater.«

»Dein Vater ist ein Meister im Verstellen.«

»Was sagt Ihr? Mein Vater ist ... tot.«

Wyndia blockte ab. Sie wollte mir wohl nicht glauben.

Ich ließ Gaelion in der Nähe des östlichen Dorfs landen, damit wir von dort alle zurückteleportieren konnten. Ich musste es wohl kaum extra erwähnen, aber die Bewohner des östlichen Dorfs freuten sich, dass ihre Bergregion wieder sauber war. Vom Schildhelden hatten sie auch nichts anderes erwartet und Ähnliches bekam ich zu hören. Ich hatte sie geschickt getäuscht.

Aber eigentlich, wenn man nach dem ging, was Wyndia und Gaelion erzählt hatten, hatten die Dorfleute es nicht anders verdient. In meiner Achtung waren sie jedenfalls mächtig gesunken.

»Meister! Du musst doch auf mir reiten!«

»Kyuaaaa.«

Wir waren kaum in Lurolona angekommen, da entbrannte der Kampf zwischen Filo und Gaelion aufs Neue. Er hatte den Modus gewechselt und war wieder klein.

»Jaja«, murrte ich. »Ist mir doch egal.«

»Das ist nicht fair!«, beharrte Filo.

Ich seufzte. »Mach dir nichts draus. Dafür spiel ich erst mal nur mit dir.«

»Jippie! Aber trotzdem, Meister, ich ...«

»Quengle weiter, und ich überleg's mir anders.«

»Kyua ...«

»Und du, Freundchen, hast uns das alles eingebrockt, deswegen hast du vorerst Hausarrest. Wenn es gerade mal passt, darfst du mitspielen. Sei ab sofort brav.«

Gaelion trottete zu Wyndia, um sich bei ihr auszuweinen.

»Kyuaaaa.«

»Um den Vogel kümmert Ihr Euch doch auch. Warum schikaniert Ihr Gaelion?«

»Ist das nicht klar? Er wird bestraft.«

»Nun ja … Herr Naofumi hat schon recht. Das war eine ziemlich schlimme Sache.«

»Raph.«

Raphtalia und Raphi nickten beide.

»Uh …«

Gaelion, der sich an Wyndia klammerte, warf mir verstohlen einen Blick zu. Er war wie ein kleiner Raufbold, der vor seinen Eltern das Unschuldslamm spielte und Krokodilstränen vergoss. Mir schwoll der Kamm.

»Mit der Tour hast du dich gerade noch tiefer reingeritten.«

»Kyuaaaa …«

Jetzt weinte er wirklich.

»Juchhuuu! Das geschieht dir recht!«

»Filo.«

»Filo!«

Als Melty und ich sie beide ermahnten, wandte sie den Blick ab und fing an zu singen. Mannomann, jetzt hatte ich zwei solche Blagen am Hals.

»Hör mal, Filo. Wie's aussieht, ist dein Fluch gebrochen – Glück gehabt. Also lauf erst mal los und level ein bisschen.«

»Au jaaa! Ich und Melty gehen leveln! Und hinterher spielst du mit mir, ja, Meister!«

Ich wusste zwar nicht, was Melty plötzlich damit zu tun hatte, aber Filo wirkte ausgesprochen fröhlich. Huch? Melty guckte betreten zu Boden …

»Ähm, Filo. Ich hab dazu nicht die Zeit. In der Stadt, die Eclair verwaltet, türmt sich die Arbeit, weißt du?«

»Häää? Aber Mel, du hast doch gesagt, du willst leveln gehen, weil du zu schwach bist.«

»Ja, aber doch nicht jetzt sofort.«

»Aber Mel, mit den faulen Stadtmenschen hast du doch geschimpft und gesagt: ›Was du heute kannst besorgen, das verschiebe nicht auf morgen.‹«

»Ich hab aber auch noch andere Sachen zu tun.«

»Oooch, Melty, du hast auch gesagt, wenn man was erreichen will, dann muss man was tun, auch wenn man beschäftigt ist, sonst kommt man nicht voran.«

Oje, jetzt war Filo vollends im Hinterfragen-Modus.

War es erst einmal so weit, dann ging das so lange hin und her, bis sie ihren Willen bekam oder ihr Gegenüber das Gespräch abbrach.

Jemand war gekommen, um Melty abzuholen. Ich bedeutete ihm mit einem Blick, dass er herüberkommen sollte, damit wir uns leise unterhalten konnten. Es stellte sich heraus, dass wohl alle Untergebenen sich zunehmend sorgten, weil Meltys Level so niedrig war. Die meisten waren der Ansicht, dass sie zwar keine Mühen scheute und in der Magie viel weiter war, als es ihrem Level entsprach, sie jedoch ein gewisses Level erreichen musste, wenn sie einmal das Reich regieren wollte. Tja, es konnte wohl zu einem Problem werden, wenn ein Kind über einen langen Zeitraum in alle möglichen Pflichten verstrickt war.

»Raph!«

Aus irgendeinem Grund kletterte Raphi auf Filos Kopf und machte auf sich aufmerksam. Sie stellte sich auf die Hinterbeine und legte sich die Vorderpfoten auf die Brust. Überlasst das ruhig mir, sollte das wohl heißen.

»Ach ja? Na, wenn Raphi dabei ist, beruhigt mich das schon.«

»Was soll das bitte heißen?«

Ich wäre zwar ein klein wenig einsam, aber mit Raphi im Team kämen sie wohl zurecht. Bestimmt würde sie für gute Laune sorgen. Es wäre schon schön, wenn auch Melty Raphis Niedlichkeit schätzen lernte.

»Eclair.«

»Ja, Herr Iwatani?«

»Du hast dich zu sehr auf Melty verlassen. Ab jetzt wirst du, wenn sie unterwegs ist, die diversen Pflichten einer Statthalterin erfüllen. Das ist ein Befehl.«

»H... Herr Iwatani?!«

»Und du, Ren, akzeptier das bitte auch. Alle Angelegenheiten, die Eclair liegen lässt, übernimmt nämlich Melty.«

»V... Verstehe. Aber ich darf ihr doch wenigstens ein bisschen helfen?«

Na, wenn er das wollte, war es wohl in Ordnung.

»Herr Naofumi, was denkst du dir dabei?«

»Ich finde einfach, das ist sowohl für Eclair als auch für Melty gut.«

»Es stimmt schon: Melty leistet viel mehr, als es in ihrem Alter normal ist.«

Sie brauchte auch Zeit zum Entwickeln. Und Filo würde bestimmt gern die Leibwächterin spielen.

»Dann sollen es alle hören«, rief ich in Richtung der müde aussehenden Sklaven. »Ihre Majestät, die Thronfolgerin Melty, geht mit ihrem geliebten Vogel auf eine Reise, um sich zu verbessern!«

»Was machste denn, Bruder?«, gähnte Kiru.

»N... Naofumi?«, fragte Melty. »Wie hast du mich gerade genannt?«

»Das ist doch dein Titel, oder? Eclair, übermittle den Stadtbewohnern das Gleiche.«

»J... Jawohl.«

»So, Filo, dann zieht ihr beide mal los und levelt.«

»Juchhuuu!«

»Warte mal, Naofumi, das kannst du doch nicht einfach so bestimmen!«

»Das geht schon in Ordnung, Melty.«

»Wie bitte?!«

»Ich entscheide das nicht eigenmächtig. Deine Untertanen willigen auch ein, und Eclair wird dich vertreten. Und jetzt tob dich mal nach Herzenslust mit Filo aus.«

»Das Ganze soll wohl ein Scherz sein!«

»Dann wär noch zu klären: Sklavenboni ja oder nein? Deine Mutter würde bestimmt ihre Einwilligung geben.«

Die Königin wollte mich ohnehin mit Melty vermählen, deswegen würde sie mir wohl alles erlauben. Es fehlte bloß noch das Einverständnis der Betroffenen.

»Auf keinen Fall!«

»Ach, nein? Dann eben nicht. Viel Spaß euch beiden.«

»Meister, wir sind bald wieder daaa!«

»Warte, Filo. Ich habe noch gar nicht gesagt, dass ich mitko...«

Ehe Melty den Satz zu Ende bringen konnte, hatte Filo sie mit dem Schnabel am Kragen gepackt und sie sich auf den Rücken geworfen.

»Los geeeht's!«, rief sie und rannte flügelschlagend los.

»Naofumiiiii. Das wirst du bereueeeeen …«

»Wir wünschen Ihrer Majestät Melty, der Thronfolgerin, die allerbesten Fortschritte!«

Schwungvoll verneigte ich mich. Wie um das letzte Wort zu haben, riss sie sich sinnloserweise ein Schmuckstück von der Kleidung und warf es nach mir. Es erreichte mich nicht, so schnell, wie Filo losgerannt war, sondern fiel mir vor die Füße. Mensch, das Mädchen schrie ja immer noch genauso hysterisch herum. Konnte sie mich so wenig leiden? Ich fand sie eigentlich ganz in Ordnung.

»Raph.«

Raphi winkte mir von Filos Kopf aus zu.

Hoffentlich passte sie gut auf die beiden Anfänger auf.

»Es wird schon Morgen. Mann, bin ich müde …«

»Melty ist bestimmt auch müde! Vor wenigen Stunden hat sie noch gekämpft.«

»Das wird schon. Filo ist ja wieder auf dem Damm. Tut mir leid, aber im Augenblick hab ich nicht die Zeit, mir um die beiden Sorgen zu machen. Wobei es bei Raphi schon wieder anders aussieht.«

Heute mussten die Übungen ausfallen. Ich würde den Sklaven noch Frühstück machen und mich dann eine Weile aufs Ohr hauen. Ich war ganz schön erledigt.

»So, Leute, esst auf, und dann geht's an die Arbeit.«

In dem Moment tauchte S'yne plötzlich wieder im Dorf auf.

»Ist irgendwas …«

Ach, die hatte ich ja ganz vergessen.

Und so kehrte bei uns erneut der Alltag ein.

Kapitel 11: Perfect Hidden Justice

Ein Tag war vergangen, seit Filo und Melty zu ihrer Trainingsreise aufgebrochen waren. Ich hatte all die Sklaven, die sich fleißig bemüht hatten, ihr Level anzuheben, per Teleportationsskill mit nach Zeltoble genommen. Der alten Schachtel zufolge, die mittlerweile zurückgekehrt war, wäre es nämlich förderlich für ihre Entwicklung, gegen Unbekannte zu kämpfen, etwa gegen die Söldner im Kolosseum. Dafür seien sie nun stark genug.

»Bruder!«, rief Kiru. »Hier machen wir mit?!«

Voller Aufregung sah sie sich die Arena an.

»Das hier sind die offiziellen Kämpfe, deswegen ist das einigermaßen sicher. Passt auf, dass ihr nicht verletzt werdet.«

»Verstanden, Bruder!«

»Hast du es auch wirklich verstanden, Kiru?«, bohrte Raphtalia nach.

»Na klar! Ich hab bestimmt keine Lust, wegen einer Verletzung abgehängt zu werden.«

Kiru war nach wie vor motiviert. Das war das Wichtigste.

»Außerdem ist Sadina ja da. So werden wir mit allem fertig.«

»Herrje ...«

»Na ja, immerhin hat sie in Zeltoble mächtig abkassiert. Wo ist überhaupt S'yne?«

Allem Anschein nach hatte sie nicht mitbekommen, was uns vor Kurzem passiert war: Sie hatte friedlich geschlummert. Dabei hätten wir sie dringend gebraucht ... Wozu war sie überhaupt gut? Andererseits wäre sie wahrscheinlich gekommen, wenn ich sie gerufen hätte. So war es wohl auch meine Schuld, weil ich nicht auf den Gedanken gekommen war. Allerdings hätte sie wegen der Verseuchung der Berge womöglich nicht dorthin springen können.

»Sie kämpft selbst gerade in einem geheimen Turnier«, sagte Sadina.

»Macht sie ja ganz schön oft.«

»Sie meinte, dass sie dir natürlich die Hälfte des Profits spendet.«

»Gut, dann ist es mir recht.«

»Herr Naofumi, du bist zu gewinnorientiert.«

»Wie es auch nur recht und billig ist, Herr Naofumi!«

»Was soll daran bitte recht und billig sein?«

Raphtalia und Atla führten nach wie vor diese Diskussionen.

Fohl hatte übrigens seine eigene Hilflosigkeit als schmerzlich genug empfunden, um endlich an den Trainingseinheiten der alten Schachtel teilzunehmen. Überdies hatte er sie gebeten, ihn extra hart ranzunehmen, und die hatte sich wohl hochmotiviert gezeigt. Wir waren unterdessen mit den unbeschäftigten Sklaven nach Zeltoble gesprungen, um sie hier antreten zu lassen.

Dieses Turnier wurde von den Sklavenhändlern geleitet. Es brachte zwar wenig Geld, aber wie damals bei Sadina wurden im Hintergrund Strippen gezogen. Auf meine Untergebenen wirkte meine Unterstützung. Sie waren weit stärker, als ihre Level es vermuten ließen. Und ihre Biografien waren ebenfalls gefälscht. Denn auch wenn die Blase geplatzt war, wurden die Sklaven aus Lurolona noch immer eher hochgeschätzt.

»Ojeee …«

»Echt jetzt, Rishia? Nach all dem Training?«

»Du hast ja recht, aber …«

Typisch Rishia: endlich aufgeblüht und trotzdem nutzlos. Oh Mann. Hätten wir sie dabeigehabt, hätten wir leichteres Spiel gegen den Dämonendrachen gehabt. Wenn sie Gegnern gegenüberstand, die die Weltherrschaft an sich reißen wollten, dann erwachten ihre Kräfte, und sie wischte mit ihnen den Boden, wie ein Held in einer Geschichte. Das hätte sie bestimmt wieder gemacht.

»So, Leute, dann ab in den Ring, und werdet nicht übermütig.«

»Jawohl!«, riefen sie wie aus einem Mund.

Sadina übernahm die Sklaven, und ich ging mit den anderen zu den Zuschauerplätzen.

Dies war ein kürzeres Turnier: Es würde nur einen oder zwei Tage dauern. Die offiziellen Arenen unterhielten ihre Zuschauer mit leicht verständlichen Kämpfen. Aus dem Grund waren die Regeln hier strenger als in den Untergrundarenen, es gab mehrere Levelklassen, und verschiedene Einschränkungen waren in Kraft, wie zum Beispiel die, dass nur mit stumpfen Klingen gekämpft wurde. Wetten konnte man natürlich trotzdem, ganz so einfach war die Sache also nicht. Diesmal schien es ein sportlicher Wettkampf zu sein, mit Levelbegrenzung und einem strengen Verbot, die Gegner umzubringen.

Ich hatte kurz überlegt, auch Raphtalia oder Sadina teilnehmen zu lassen, aber man hätte sie sicher erkannt. Und ich selbst? Diesmal waren es Einzelkämpfe. Je nach Regelsystem hätte ich vielleicht Gewinnchancen gehabt, aber in diesem Wettkampf konnte man nicht siegen, indem man den Gegner aus dem Ring warf. Ich hätte womöglich auch mit Haltegriffen gewinnen können, aber das war mir zu mühselig. Sollten es lieber die Sklaven machen – so sammelten sie ein wenig Kampferfahrung.

»Also, wir gucken von den Zuschauerrängen zu. Gebt alles.«

»Dann folgt uns bitte, Held des Schildes.«

Der Sklavenhändler, der bisher geschwiegen hatte, führte uns zu unseren Sitzplätzen. Auf dem Weg dorthin wanderte mein Blick zu den Teilnehmern, die sich gerade vorbereiteten.

Die meisten hatten fiese Visagen. Viele waren grobschlächtige, muskelbepackte Kerle. Dann sah ich jedoch etwas Unglaubliches.

»I... Itsuki?!«

»Was?!«

»Oje!!«

Unter die Kämpfer hatte sich wie selbstverständlich der Held des Bogens gemischt. Raphtalia und Rishia schienen ebenso erschrocken wie ich, ihn hier zu sehen.

»Ist irgendetwas? Ja, ja?«

»Na ja ...«

Ich erklärte dem Sklavenhändler, dass der Bogenheld hier war. Es blieb mir wohl nicht erspart, mit ihm zu sprechen, denn S'ynes Feinde hatten es auf alle vier Helden abgesehen. Ich durfte ihn nicht einfach entwischen lassen.

»Ähm ...«

Ein derber Kerl, der sein Gesicht hinter einem Tuch verbarg, brachte dem Sklavenhändler eine Liste.

»Das ist anscheinend Teilnehmer 982 des heutigen Tages: ›Perfect Hidden Justice‹.«

Ich hätte mich fast hingepackt. Perfect Hidden Justice? Sollte das ein Witz sein?! Das war so plump, da würden ja selbst pubertierende Geeks wegrennen. Ich fing schon an, mich fremdzuschämen.

»Kann ich mit ihm reden?«

»Ja, ich bin befugt, dies zu genehmigen.«

Der Sklavenhändler gab seinem Untergebenen eine Anweisung, und wir wurden in einen Warteraum geführt. Am besten ging ich ganz natürlich auf ihn zu, damit er nicht argwöhnisch wurde.

»Hi. Lange nicht gesehen.«

»Herr Itsuki!«

Doch Itsuki war geistesabwesend und reagierte nicht auf uns.

»Ich ... Genau ... Alle sind ...«

»Hey.«

»Alle zählen auf mich ... Ja, sie wollen, dass ich es tue ... Es gibt Menschen, die ich mit dem Preisgeld retten kann.«

»Hör doch mal zu!«

Doch Itsuki murmelte nur weiter vor sich hin. Ich konnte ihn kaum verstehen. Auch sein Blick war leer. Wohin guckte er überhaupt?

»Ich ... bin nicht schlechter ... In Wahrheit ... bin ich ...«

»Hey! Ohren auf!«

»Herr Itsuki, hör doch! Ich ...«

Ich packte ihn an den Schultern und schüttelte ihn, aber er reagierte überhaupt nicht. Dann hörte ich draußen in der Arena so etwas wie einen Gong.

»Ich bin der ... Streiter für die Gerechtigkeit!«

»Herr Itsuki! Au!«

Er schien unsere Stimmen nicht zu hören. Er stieß Rishia einfach beiseite und lief davon. Itsuki schien uns überhaupt nicht bemerkt zu haben.

»Was ist denn mit dem los?«

»Geht es dir gut, Rishia?«

Raphtalia hatte rasch reagiert und Rishia vor einem Sturz bewahrt.

»Ojeee ...«

»Ja, ja ... Ich habe mich über die Teilnehmer der letzten Zeit schlau gemacht: Dieser Kämpfer zieht wohl gerade von Arena zu Arena.«

»Ach, echt? Das hör ich zum ersten Mal.«

»Oh ja! Er tauchte wohl kurz nach Eurer Abreise auf. Seither soll man ihn immer mal wieder gesehen haben.«

Ich ächzte. Da waren wir ja glatt aneinander vorbeigelaufen! Eins war offensichtlich, auch wenn ich nicht wusste, was passiert war: Er war nicht ganz bei Sinnen. Ich konnte mir gut vorstellen, dass die Niederlage gegen die Geisterschildkröte Spuren bei ihm hinterlassen hatte. Ach, die Königin hatte doch von Augenzeugenberichten aus der Schlacht erzählt?! Wenn ich außerdem Kyos Bericht hinzuzog, hatte seine Gruppe sich im Streit getrennt.

In der Arena hatte nun jedenfalls das Match begonnen, und wir sahen Itsuki beim Kämpfen zu. Eigentlich wäre es effektiver für ihn gewesen, aus der Distanz anzugreifen, aber die Kontrahenten blieben einander nah, vielleicht der Regeln wegen. Dieser geringe Abstand wäre im Handumdrehen überwunden. Ein Bogenschütze musste hier im Nachteil sein. Dennoch gewann Itsuki mit leichter Hand einen Kampf nach dem anderen. Er schlug sich sogar richtig gut Mann gegen Mann. Sein Blick war allerdings komisch, und immer wenn die Menge ihm zujubelte, riss er freudig die Arme hoch und brüllte. War das wirklich er? Ich hatte ihn stiller in Erinnerung, als einen Heuchler, der gern den Charakterstarken heraushängen ließ.

»Ojeeeeee …«

Meine Sklaven kämpften offenbar in einem anderen Turnier, da konnte ihnen wohl weniger passieren. Aber wie sollte ich Itsuki nun unter meinen Schutz bringen? Irgendetwas an der Form seines Bogens gefiel mir überhaupt nicht.

»Wie sollen wir ihn fassen, ohne dass er die Flucht ergreift?«

Immerhin hatten wir eine Methode gefunden, einen Teleport zu verhindern. Man konnte in der Umgebung auf magischem Wege ein Magnetfeld aufbauen. Dann funktionierten Teleporte nicht mehr. Wirkten wir einen Ritualzauber wie »Heiligtum« oder »Gericht«, konnten wir ihn von der Flucht abhalten. Zum Glück war dies Zeltoble, das Reich der Söldner und Händler. Ich konnte dem Sklavenhändler auftragen, dafür zu sorgen, dass Itsuki sich während des Kampfs nicht aus der Arena teleportieren konnte. Wenn jedoch etwas außerhalb der Regeln geschah, würde Itsuki höchstwahrscheinlich die Gefahr wittern und anders die Flucht ergreifen. Am Ende drehte er noch durch und nahm Geiseln aus dem Publikum. Das wäre gar nicht zum Lachen. Und tatsächlich bewilligte der Sklavenhändler dann auch keinerlei Maßnahmen, die das Kolosseum voller Gäste gefährden könnten. Wollten wir etwas unternehmen, so mussten wir es im Vorfeld sorgfältig planen.

»Am besten führen wir gar keine unnützen Diskussionen«, sagte Atla. »Wir schlagen ihn einfach bewusstlos und schnappen ihn uns.«

»Woher kommt plötzlich dieser gefährliche Einfall?«, fragte Raphtalia. »Wir sollten doch wenigstens mit ihm reden!«

»Seh ich auch so. Wenn's geht, würde ich das gern friedlich über die Bühne bringen.«

S'ynes Erzfeinde heckten womöglich im Verborgenen etwas aus. Wir wussten nicht, wo oder wann sie zuschlagen würden. Am liebsten hätte ich bis dahin auch Itsuki auf meiner Seite.

»Herr Naofumi, wenn wir die Fäuste sprechen lassen, können wir vielleicht herausfinden, was er vorhat. Ich kann ihn sicher zum Reden bringen.«

»Atla, was bist du denn für ein Haudrauf?!«

Vor Kurzem war sie noch ein gebrechliches kleines Mädchen gewesen, und jetzt haute sie nur noch solche hitzköpfigen Sprüche raus. Da war ja sogar ihr lieber Bruder noch vernünftiger.

»Herr Itsuki ...«

Besorgt sah Rishia zu, wie Itsuki kämpfte. Hmmm …

»Rishia. Wie willst du's anpacken?«

»I… Ich …«

Sie wirkte bestürzt und hatte die Hände wie zum Gebet aneinandergelegt.

»Er scheint schrecklich unter irgendetwas zu leiden. Dagegen würde ich gern etwas tun.«

»Obwohl er dich damals so grausam abserviert hat?«

Wahnsinn, wie hingebungsvoll sie war. Sie war ja geradezu eine Heilige. Itsuki war aber auch ein Glückspilz.

»Jedenfalls sieht's so aus, als würde er im Kolosseum kämpfen, um Geld zu verdienen.«

Aus dem, was der Sklavenhändler nachgeprüft hatte, ergab sich, dass Itsuki Tag für Tag in Arenen kämpfte, und zwar ohne Rücksicht darauf, ob es sich um offizielle oder Untergrundturniere handelte. Er schien das Geld dringend zu brauchen. Wir sollten lieber herausfinden wofür, so viel war sicher. Denn wie ich ihn kannte, verfolgte er mal wieder irgendein heuchlerisches Ziel. Nach dem Turnier sollten wir ihm nachspionieren oder ihn irgendwie aus der Reserve locken. So würden wir womöglich auch herausfinden, wo sein Unterschlupf war.

»Perfect«, sagte Itsukis Gegner. »Heute werde ich dich besiegen.«

»Nein, auch heute gewinne wieder ich.«

»Unsinn! Ich hab deine Attacken durchschaut!«

Nanu? Seinem Gegner antwortete er offenbar. Uns hatte er dann also ignoriert, weil er ganz und gar mit dem Turnier beschäftigt gewesen war? Dass sein Blick komisch war, sah man jedoch sogar aus weiter Ferne. Und dann der merkwürdige Bogen: unnatürlich weiß, mit einem unheilvollen Design. Irgendetwas stimmte ganz und gar nicht damit.

»Ob er antwortet, wenn man während des Kampfs mit ihm …«

»Herr Naofumi!«, unterbrach mich Rishia. »Ähm … Ich möchte mit Herrn Itsuki sprechen. Bitte lass mich in der Arena kämpfen!«

»Das klingt nach einer guten Idee«, unterstützte Raphtalia sie. »Diese Waffe hat etwas Seltsames an sich.«

»Das ist ziemlich nah an Atlas Plan, oder? Ach, aber bei Ren hat's ja auch geklappt. Vielleicht sollten wir es schnell angehen.«

»In dem Fall, werter Schildheld, gäbe es eine Möglichkeit. Ja, ja.«

Offenbar wollte der Sklavenhändler uns ein Angebot unterbreiten.

»Und die wäre?«

»Es gibt eine Untergrundarena, die heute Abend nicht benutzt wird. Wenn wir den Bogenhelden dorthin locken, könntet Ihr ihn ergreifen. Ja, ja. Bei der Preisgeldverleihung dieses Turniers werden wir ihm ein Einladungsschreiben überreichen.«

Was ging hier vor sich? Ich hatte das Gefühl, dahinter steckte noch mehr.

»Versprichst du dir eine Belohnung von der Königin, wenn du bei der Verhaftung eines Helden mitwirkst?«

»Ihr habt meine wahren Absichten durchschaut. Ich ziehe meinen Hut vor Eurem Scharfsinn. Ja, ja.«

»Vor meinem Scharfsinn, soso …«

Das war ja nun wirklich einfach zu durchschauen gewesen.

»Du machst aber keine Riesenshow aus dem Kampf, von wegen Deathmatch zwischen Helden oder so. Wir könnten nicht für das Leben der Zuschauer garantieren.«

»Zuschauer werden wir natürlich nicht einlassen.«

Schwierig würde es, wenn ein Fluch auf Itsuki lastete. Ren hatte sich von Eclair überzeugen lassen, aber das musste bei Itsuki nicht genauso laufen.

»Das klingt alles zu schön, um wahr zu sein. Was, wenn Itsuki nicht aufkreuzt?«

»Das wäre wohl nicht ausgeschlossen. Ja, ja.«

Dennoch war das Ganze eine gute Idee. Käme er tatsächlich, dann würden wir es nach einem echten Kampf aussehen lassen und ihn währenddessen ausfragen.

»Und wie machen wir's mit den Regeln?«

»Der Bogenheld scheint Einzelturniere zu schätzen. Ja, ja. Es gibt allerdings Berichte, dass er ausnahmsweise allein in einem Teamturnier angetreten sein soll, weil das Preisgeld entsprechend hoch war.«

Hm ... Wenn wir ihn zuverlässig ködern wollten, luden wir ihn wohl am besten zu einem schwarzen Einzelturnier ein. Wählten wir ein Teamturnier und setzten das Preisgeld zu hoch an, könnte er Misstrauen schöpfen. Es liefe auf ein Pokerspiel hinaus. Und käme er nicht, wäre die Sache völlig sinnlos gewesen.

»Verstanden. Dann soll Rishia zuerst mit ihm in den Ring steigen, sodass sie mit ihm reden kann. Hinterher kommen wir. Dann werde ich mal Leute zusammentrommeln, die bei der Komödie mitspielen.«

Das konnten gut die Sklaven aus Lurolona übernehmen. Wenn dann noch Sadina oder S'yne antraten, wäre das gleich noch mehr Anreiz für ihn.

»Das mache ich!«, sagte Rishia. »Vielen Dank!«

Ich winkte ab. »Wäre toll, wenn du ihn umstimmst und wir ihn unter unseren Schutz bringen können.«

»Ja!«

»Und was tun wir?«, fragte Raphtalia.

»Falls Rishia verliert, tritt danach ganz zufällig einer von euch gegen ihn an.«

»Verstanden!«

»Nein, Atla – du brauchst dich gar nicht zu melden.«

Am Ende würde sie Itsuki noch umbringen.

Und so planten wir also ein falsches Turnier, um Itsuki in die Untergrundarena zu locken. Nach dem öffentlichen Turnier bekam er zusammen mit dem Kampfgeld ein Flugblatt überreicht. Es wurde ihm jemand nachgeschickt, um herauszufinden, wo er seinen Unterschlupf hatte, aber unterwegs verschwand Itsuki im Gedränge. Immerhin hatten wir nun eine ungefähre Ahnung, wo er sich aufhielt.

Der Kampfplatz, den der Sklavenhändler vorbereitet hatte, war ein kleiner, aber feiner Ring im Keller einer Schenke. Bei dem Raum musste ich an Wrestling denken. Es gab nichts als einen kleinen Warteraum und den etwas beengten Ring. Magier, die der Sklavenhändler zur Verfügung stellte, sprachen den Ritualzauber »Heiligtum«. Auf diese Weise wurden Teleporte unmöglich. Das hatte auch schon auf dem Einladungsschreiben gestanden, das Itsuki bekommen hatte. Denn käme ihm irgendetwas faul vor, würde er womöglich fliehen. Unsere Vorsicht zahlte sich aus: Irgendwann im Laufe des Tages kam er tatsächlich, meldete sich an und hielt sich im Warteraum bereit. Es war fast ein bisschen ernüchternd, dass er umstandslos erschienen war.

»Angelockt haben wir ihn schon mal. Jetzt müssen wir herausfinden, was er hier treibt und wofür er das ganze Geld braucht.«

»Und ihr habt echt Itsuki gefunden?«, fragte Ren.

Ich hatte ihn extra aus Lurolona hergeholt. Er hätte vielleicht mehr Erfolg, falls wir nicht zu Itsuki durchdrangen. Die beiden schienen sich ja ganz gut zu verstehen. Ren hatte zugesagt, ohne zu zögern.

»Okay, im ersten Kampf tritt Rishia an. Danach kommst du, Ren, und versuchst, ihn zu überzeugen.«

»Alles klar! Itsuki ... leidet bestimmt auch.«

Es war schön, dass Ren einfach mitspielte. Er war ja auch gerade erst in einer ganz ähnlichen Lage gewesen. Sicher wollte er Itsuki irgendwie retten, wenn es möglich war.

»Viel Glück, Rishia«, sagte Raphtalia.

»D... Danke. I... Ich schaff das ...«

Rishia nickte eifrig, aber dass sie so stammelte, zeugte nicht gerade von Entschlossenheit. Aber vielleicht musste gerade darum sie es sein.

»Geh und zeig Itsuki, wie stark du geworden bist«, feuerte ich sie an. »Dass du jetzt allem gewachsen bist.«

»Mach ich!«, rief sie energisch.

Es war nicht nur so dahingesagt. Rishia war jetzt stark genug. Sowohl ihre Werten als auch ihre Technik hatten sich entwickelt. Nachdem sie auf Cal Mira zu uns gestoßen war, hatte sie mit der alten Schachtel geübt und dann gegen Kyo in der Geisterschildkröte ihr erstes Erwachen gehabt. In einem fort hatte sie gekämpft. Die Ereignisse in der anderen Welt hatten ihr Mut gemacht, und sogar einen Kampf auf Leben und Tod hatte sie miterlebt. Jetzt sollte sie zeigen, dass sie nicht mehr dieselbe wie damals war, als sie bloß als Itsukis Laufmädchen getaugt hatte.

Der Gong ertönte, und Rishia betrat den Ring.

Raphtalia, Atla und ich sahen ihr nach und suchten dann unsere Sitzplätze auf, von denen aus wir einen guten Blick hatten.

»Hier seht ihr nun Perfect Hidden Justice gegen Rishia Ivyred. Und jetzt – käääääääämpft!«

Der Ansager, der da herumschrie, war derselbe wie damals beim Kampf gegen Sadina. Nett, dass er uns bei diesem Faketurnier unterstützte. Dazu klatschten und jubelten meine Sklaven. Sie hatten den Befehl, sofort zu fliehen, wenn etwas schiefging. Sadina und S'yne passten auf und konnten ihnen im Ernstfall Zeit verschaffen.

»Herr Itsuki!«, sagte Rishia.

Itsuki hatte leise vor sich hingemurmelt, doch nun hob er den Blick.

»Huch? Du bist meine Gegnerin, Rishia? Dann wird's ja ein leichter Sieg.«

Er hielt sie offensichtlich für einen Niemand.

»Herr Itsuki, bitte hör mich an! Die Lage ist äußerst ernst, und dir droht Gefahr. Deswegen sprich bitte mit Herrn Naofumi und Herrn Ren!«

Sie deutete in unsere Richtung. Ich hob die Hand, um zu zeigen, dass ich da war. Da wurde Itsukis Blick mit einem Mal schrecklich finster.

Kapitel 12: Gerechtigkeit gegen Gerechtigkeit

»Naofumi …«

Was für eine Mordlust. So etwas hatte ich noch bei keinem Gegner gespürt. Aber warum starrte er mich auf diese Weise an?

»Was du getan hast, ist absolut unverzeihlich!«

»Was meinst du? Ich hab 'ne ganze Menge gemacht, worauf das zutreffen könnte.«

»Und ich bedaure wirklich, dass ich nicht widersprechen kann«, murrte Raphtalia.

Und was war auch dabei? Andernfalls wären wir längst nicht mehr am Leben.

»Herr Naofumi ist gerecht«, rief Atla. »Er hat nichts Böses getan!«

»Na ja, das könnte man auch anders sehen …«

Ich dachte darüber nach. Wenn es um Regeln und so etwas ging, war ich wie Itsuki. Es war schwer zu bestimmen, ob er gerade unter einem Fluch litt, oder ob er einfach nur er selbst war.

»Dann werde ich es dir sagen! Du hast doch Sklaven gesammelt, sie zu Schwerarbeit gezwungen und den Gewinn ganz allein eingestrichen, oder etwa nicht?«

»Haust du jetzt nur Selbstverständlichkeiten raus, oder was?«

So machte man es doch wohl. Klar bezahlte man im Allgemeinen für Arbeit, aber bei Sklaven musste man es damit nicht so genau nehmen, das war ja der Vorteil. Widerstrebte es mir, Menschen zu kaufen? Natürlich. Aber es ließ sich eben nicht ändern. Überspitzt gesagt waren Sklaven so etwas wie Staubsauger. Bemitleidete man seinen Staubsauger, weil er jeden Tag putzen musste? Sklaven waren Werkzeuge, genau wie Staubsauger oder Waschmaschinen.

In meinem falschen Publikum brach Gemurmel aus.

»Wovon redet der Junge mit dem Bogen?«

»Schwerarbeit? So was soll Bruder Schild verlangt haben?«

»Er gibt uns doch nie mehr zu tun, als wir schaffen können, oder? Eigentlich ist es immer genau die richtige Menge.«

»Aber sagt mal«, schaltete sich Kiru ein, »dieses ›Popcorn‹, das er für uns gemacht hat … Das ist so lecker!«

Sie saß auf ihrem Zuschauerplatz und schaufelte das Popcorn in sich hinein, das ich zubereitet hatte, um für die richtige Stimmung zu sorgen. So eine Delikatesse war das nun auch wieder nicht.

»Wenn das hier vorbei ist, machen wir alle zusammen was Lustiges!«

»Au jaaa!«

Sie lenkten mich total ab! Konnten die nicht mal die Klappe halten?

»Huch, kleiner Naofumi, die Kleinen würden dir ja überallhin folgen!«

Und was hatte die Orcafrau da jetzt reinzuquatschen?

»Die Kinder im Dorf machen fröh…«

»Sie sind zwar Sklaven«, führte S'ynes Gehilfe, die Stoffpuppe, ihre Eindrücke aus, »verrichten aber fröhlich und gehorsam ihre Arbeit.«

Jetzt bloß nicht drüber aufregen!

»Sie müssen vortäuschen, die Arbeit gern zu tun, das ist ja gerade das Böse!«, rief Itsuki. »Ich habe es selbst gehört: Er hat einem kranken Mädchen kostbare Medizin gegeben, um den großen Bruder zu Schwerarbeit zu zwingen! Es geht um ebendie Sklaven, die Prinzessin Malty retten wollte!«

»Die Witch wollte irgendwen retten? So ein Schwachsinn!«

Jetzt hatte ich unwillkürlich gebrüllt. Aber ich hatte doch recht. Diese Frau war zu keiner guten Tat fähig, so viel konnte ich versichern.

»Um wen geht es bei dieser Witch?«, fragte Atla. »Herr Naofumi, gibt es etwa noch ein Geschwisterpaar, das Ihr gerettet habt?«

»Nee, nur euch.«

Selbstverständlich meinte er das Mädchen, das gerade neben mir verwirrt dreinblickte, und ihren großen Bruder.

Ich wusste nicht, woher Itsuki die Information hatte, aber was für ein unausgegorener Scheiß! Diese Hexe würde keine Subhumanoiden retten, und wenn der Himmel auf die Erde stürzte. Und überhaupt – Witch?!

»Hey, Itsuki! Du hast gerade den Namen der Hexe gesagt. Wie kommst du plötzlich auf die?«

Ich verstand nicht ganz, wie sich das abgespielt hatte. Hieß das etwa, sie zog im Hintergrund die Strippen? Itsuki schien jedoch keine Lust zu haben, mir zuzuhören, sondern rasselte einfach weiter seine Anklagepunkte herunter.

»Dann hast du einem reichen Adligen Medizin verkauft, aber nichts für die Armen getan. Hab ich recht?«

Redete er von meinem Reisehandel? Oder spielte er auf irgendwas aus der Zeit an, als ich noch in Melromarc herumgetourt war, der Heilige mit dem Göttervogel?

»Ich bin kein Heiliger. Als Händler verkauft man natürlich nur Leuten was, die Geld haben.«

Sprach er vielleicht von jenen Menschen, die manchmal bei mir ankamen und mit geringschätzigem Blick Medizin verlangten, als gehörte ihnen die Welt?

»Schließlich hab ich gehört, dass du einem bösen Adligen, den der Himmel mit Krankheit gestraft hat, unnötigerweise vor dem

Tod gerettet und das Volk seiner Genugtuung beraubt hast!«

»Da bist du jetzt aber auf dem falschen Dampfer! Ich verkaufe Medizin und nehme dafür Geld; hinterher habe ich nichts mehr mit den Leuten zu tun. Oder soll ich potenziellen Kunden unterstellen, dass sie sowieso nur Böses vorhaben, und ihnen nichts verkaufen, so nach dem Motto, die können ruhig sterben? Diese Vorgehensweise wäre doch viel fragwürdiger!«

Jetzt galt es also schon als böse, reichen Leuten Medizin anzudrehen. Und würde ich ihnen nichts verkaufen, dann fände er sicher einen Grund, um mich deswegen als den Bösen hinzustellen. Im Endeffekt war ich immer der Arsch, egal was ich machte!

»Ich habe von einer Mutter gehört, deren Sohn du nicht gerettet hast, obwohl es als Held in deiner Macht gestanden hätte.«

»Von wem redest du?«

Ich war mir keiner Schuld bewusst. Wen hatte ich bitte nicht gerettet? Wenn jemand schwer krank war, dann tat ich doch immer, was ich nur konnte, um ihm zu helfen. Wie zum Beispiel der alten Schachtel damals. Ich wollte hinterher natürlich was dafür, aber es musste kein Geld sein. Sachleistungen waren mir im Prinzip auch recht.

»Die Frau hat sich bei mir ausgeweint und gesagt, sie würde dir niemals vergeben!«

Trotz allem gab es also Leute, die einen Groll gegen mich hegten? Ah, jetzt fiel mir plötzlich etwas ein!

»Dieser Sohn, von dem du redest, war der zufällig tot?«

»Genau! Dein Schild verleiht dir die Kraft, Wunder zu wirken, und du hast sie nicht genutzt!«

»Willst du mich verarschen? Ich kann keine Toten wieder zum Leben erwecken – auch nicht mit dem legendären Schild! So was können nur diese komischen Leute aus einer anderen Welt ...«

Wir hatten gerade erst Feinden gegenübergestanden, die die Fähigkeit besessen hatten, nach dem Tod wieder zum Leben zu erwachen, und selbst die hatten wir am Ende endgültig umgebracht ... Aber ich schweifte ab.

Immerhin hatte ich nun eine Vorstellung, wer diese vermeintlichen Opfer waren. Ganz selten tauchten Leute bei mir auf, die wollten, dass ich ihre verstorbenen Angehörigen wieder zum Leben erweckte. Sie hatten Gerüchte gehört, dass ich ein Heiliger sei, oder wussten von meinen Taten als Held des Schildes, und dann kamen sie an und bedrängten mich. Sie setzten einfach voraus, dass ich ein Wunder für sie wirken würde, wie etwa einen Toten wieder zum Leben zu erwecken. Mit Logik brauchte man denen nicht zu kommen. Natürlich erklärte ich, dass ich solche Fähigkeiten nicht besaß, und hätten sie dann geweint und es gut sein lassen, wäre ja auch alles in Ordnung gewesen. Aber wie oft kam es vor, dass sie stattdessen auf mich losgingen und mich verprügeln wollten. Wegen solcher Vorfälle hatte ich schließlich Schilder aufstellen lassen, auf denen stand, dass ich keine Toten wieder zum Leben erwecken konnte.

»Du trägst diese ganzen ungerechtfertigten Beschwerden doch nur zusammen, damit du mich als Bösen abstempeln kannst. Wie wär's, wenn du dich stattdessen selbst um diese Leute kümmerst? Du bist schließlich auch ein Held!«

»Nein, Prinzessin Malty hat gesagt, über diese besonderen Kräfte verfügt nur der Schild.«

Die Hexe hatte Itsuki genau das eingeflüstert, was er hatte hören wollen. Da hatte sie ja den Richtigen gefunden, um ihre Story vom bösen Schild an den Mann zu bringen. Was ich auch sagte, Itsuki hatte einen solchen Tunnelblick, dass er sich von mir nicht umstimmen lassen würde.

Was mochte sie für einen Grund haben, allen Helden Schaden zuzufügen? Bei Ren hatte sie es ja genauso gemacht. Sie musste Itsuki in einem schwachen Moment erwischt und sich bei ihm eingeschmeichelt haben. Umso dringender mussten wir ihn in unsere Gewalt bringen und aus ihm herausbekommen, wo sie sich aufhielt. Höchstwahrscheinlich war sie in seinem Unterschlupf. Ich konnte nur hoffen, dass es bald irgendeinem Günstling des Sklavenhändlers gelang, den Aufenthaltsort ausfindig zu machen.

»Itsuki, das ergibt keinen Sinn«, schaltete sich Ren ein. »Naofumi und ich haben die Möglichkeiten unserer Waffen miteinander verglichen, und klar gibt es Unterschiede bei der Wirkung, aber grundsätzlich bringen sie nur die Fertigkeiten der gleichen Serien. Könnte Naofumis Schild so was, dann müsste mein Schwert eine vergleichbare Fähigkeit besitzen. Oder hat dein Bogen irgendwelche Fähigkeiten, die völlig einzigartig sind?«

Was er sagte, klang vernünftig. Sicher gab es zwischen den Waffen fundamentale Unterschiede: Der Schild diente zur Verteidigung, das Schwert zum Angriff. Dennoch folgten die Skills grundsätzlich einem ähnlichen Muster. So weit jedenfalls Rens Zeugenaussage.

Im Augenblick kannten wir noch keinen Weg, Tote wieder zum Leben zu erwecken. Es war jedoch durchaus möglich, dass es so etwas gab, das wollte ich nicht abstreiten. Und angenommen, es gab tatsächlich so einen Skill bei einer legendären Waffe, dann doch sicher beim Schild.

Aber hätte ich so einen Skill, dann würde ich ihn doch anwenden! Ganz sicher würde ich einen Reibach damit machen, Tote auferstehen zu lassen. Zuallererst würde ich Ost aufwecken, damit sie für uns kämpfte. Hätten wir die irdische Verbündete der Geisterschildkröte an unserer Seite, dann könnten wir ganz bestimmt die Wellen bezwingen und auch alles andere, was da noch kommen mochte.

»Du hast noch zahllose andere Sünden begangen! Jemandem wie dir kann man unmöglich vergeben!«

»Wir drehen uns im Kreis. Erzähl mir lieber mal, was mit den ganzen Leuten ist, die nicht gerettet werden konnten, weil du Schwächling gegen die Geisterschildkröte verloren hast.«

Was er selbst getan hatte, ließ er unerwähnt. Er spielte lieber den Gerechten und hielt mir eine Predigt. Darüber konnte ich nur lachen.

»Mit dir ist nicht zu reden. Wenn du partout keine Reue zeigen willst, dann verdienst du auch keine Gnade!« Itsuki hob seinen Bogen. »Den hier habe ich neu bekommen. Er heißt Justice Bow! Damit werde ich euch besiegen!«

Und dann fing er einfach an, Pfeile ins Publikum zu schießen. Er zog Unbeteiligte mit hinein? So sah seine Gerechtigkeit aus?

»Träum weiter! Air Strike Shield! Second Shield! Third Shield! Shooting Star Shield!«

Ich ließ auch noch einen Float Shield entstehen, um die Sklaven auf den Zuschauerplätzen zu schützen.

»Das lasse ... nicht zu.«

»Los geeeht's!«

S'yne und Sadina benutzten ebenfalls Skills und Zauber, um die magischen Attacken aus der Luft zu schlagen.

»Itsuki! Hör auf!«

Auch Ren schlug heranschießende Pfeile aus der Luft, um die Sklaven zu beschützen, und Raphtalia und Atla halfen ebenfalls, die Attacken zurückzuschlagen. Zum Glück wurde keiner der

Sklaven verletzt. Einer der Pfeile traf jedoch den Ansager, der immer so leidenschaftlich herumgebrüllt hatte. Er keuchte.

»A… Alles in Ordnung?«

Er sackte zu Boden, stand jedoch sofort wieder auf.

»Herr Naofumi, ich habe plötzlich ein Aufwallen unheilvollen Qis gespürt, und dann hat es den Mann dort durchbohrt. Was war das?«

»Keine Ahnung …«

Immerhin schien es ihm gut zu gehen.

»Herr Itsuki, ich habe als Ansager des Untergrundturniers den Schildhelden bei seinem Komplott unterstützt. Bitte vergebt mir!«

Wie bitte? Was war denn mit dem los? Hatte er einen plötzlichen Sinneswandel und fiel mir in den Rücken? Das war aber komisch.

»Na schön. Wenn du es bereust, lass in Zukunft die Hände von solchen Dingen.«

»Ja! Herr Itsukiii!«

Die Augen des Ansagers waren seltsam – ganz so, als hätte er eine Gehirnwäsche hinter sich.

»Hör mal, dieser Bogen …«

Als Ren darauf zeigte, trat ein strahlendes Lächeln auf Itsukis Gesicht.

»Toll, oder? Alle, die mit diesen Pfeilen durchbohrt werden, überwinden ihre Gehirnwäsche und verstehen mich.«

Sie überwanden ihre Gehirnwäsche? Sie verstanden ihn?

So leicht war die Zustimmung anderer ganz gewiss nicht zu erreichen. Er selbst versuchte ja nicht einmal, mich zu verstehen. Wenn hier jemand anderen die Gehirne wusch, dann doch wohl er. Von wegen Justice Bow.

»Zu diesem Bogen hat mir Prinzessin Malty verholfen. Er besitzt heilige Kräfte! Mit seiner Hilfe rette ich noch den letzten eigentlich unrettbaren Abschaum!«

Ich wollte einmal versuchen, mich in ihn hineinzudenken. Nachdem er beim Kampf gegen die Geisterschildkröte alles verloren hatte, hatte die Hexe ihn aufgewiegelt, und dabei war eine neue Kraft in ihm erwacht: die Curse Series.

War er jetzt so begeistert wie jemand, der in einem Roboter-Anime einen Mecha-Anzug bekam, und Witch nutzte das aus, indem sie ihn in der Arena Geld verdienen schickte? War die Kraft nicht so etwas wie ein kostbares geerbtes Schwert, von dem man nicht achtlos Gebrauch machen sollte? Jedenfalls war Itsuki also tatsächlich von der Curse Series befallen.

»Itsuki, ich erklär dir mal was. Dein Bogen steht nicht für so was Einfaches und Nettes wie Gerechtigkeit. Das ist ein unheilvoller Bogen, der es dir erlaubt, andere zu manipulieren.«

»Das stimmt nicht! Dieser Bogen steht ohne jeden Zweifel für Gerechtigkeit!«

So etwas hatte ich doch schon mal in einem Manga oder Anime gesehen: Der Protagonist handelte nach irgendeiner absurden Logik und versuchte, Feinde von ihr zu überzeugen, indem er sie besiegte. Auf den ersten Blick schien alles schlüssig, aber an sich war es doch eine verdrehte Logik, übers Kämpfen jemanden von seinem Standpunkt abbringen zu wollen. Und von einer Überzeugung konnte man wohl von Anfang an nicht sprechen, wenn sie sich mit ein wenig Gewalt brechen ließ.

»Hört alle her! Kämpft mit mir! Bitte begreift, was das Richtige ist!«

Dies war eine ganz andere Dimension als bei Ren. Der hatte ja insgeheim gewusst, dass er im Unrecht war, doch bei Itsuki sah das anders aus.

Einfältigerweise glaubte er bis zuletzt, dass er im Recht sei, und preschte weiter vorwärts. Um welchen Fluch es sich handelte, war nicht so einfach zu sagen, aber wenn man von den sieben Todsünden ausging, schien wohl Hochmut am ehesten zu passen. Von den acht Lastern ausgehend mochte es Ruhmsucht sein.

Außerdem konnte hier eine eigenständige Auslegung der acht Sünden greifen, wie sie manchmal in Animes oder Manga auftauchte. Da wurde es dann richtig nerdig.

Das erste war die Gerechtigkeit. Ein übersteigertes Gerechtigkeitsempfinden wäre kalt und erbarmungslos. Die kleinste Sünde wäre nicht zu vergeben, sondern mit dem Tod zu bestrafen.

Eine weitere Möglichkeit wäre Fanatismus. Für das, woran man glaubte, würde man überallhin marschieren. Selbst wenn am Ziel nur der Ruin wartete, würde man nicht zurückschrecken.

Es konnten auch alle vier Möglichkeiten zugleich zutreffen. Auch Ren war ja von mehreren Flüchen heimgesucht worden: der Völlerei und der Habgier. Bis jetzt hatten wir nur zwei Flüche zur selben Zeit bezeugen können, aber vielleicht waren auch drei oder vier möglich.

Nun hatte ich immerhin eine gewisse Ahnung von der Art Gerechtigkeit, die Itsuki hier durchsetzen wollte.

»Nein, Herr Itsuki, du irrst dich!«, protestierte Rishia mit lauter Stimme. »Du missverstehst Herrn Naofumi gründlich!«

»Du, Rishia? Hat er dich etwa auch einer Gehirnwäsche unterzogen?«

»Du hast doch gesagt, Herr Naofumi habe seine Sklaven zu Schwerarbeit gezwungen und die ganze Ausbeute selbst beansprucht.«

Itsuki nickte mit düsterer Miene.

»Warum sind dann alle, die bei ihm leben, so gesund? Hast du denn mit Sklaven gesprochen, die geschunden wurden?

Oder welchen, denen so Furchtbares widerfahren ist, dass sie an der Schwelle des Todes standen?«

»Darüber weiß ich nichts. Aber Prinzessin Malty oder Mald werden mir wohl kaum etwas Falsches erzählt haben!«

»Ich frage dich, ob du dich selbst davon überzeugt hast!«

Ah, jetzt sprang Rishias Gerechtigkeitsmodus an. Seit Kyo war er nicht mehr ausgelöst worden, und das war schon eine ganze Weile her. Das hieß dann wohl, dass wir im Fall eines Kampfs die erwachte Rishia zu sehen bekommen würden.

»Ich habe alles von Anfang an mitangesehen: wie Herr Naofumi die Sklaven wieder nach Hause gebracht und mit ihnen Lurolona wiederaufgebaut hat. All die armen Menschen, die in die Sklaverei geraten waren – weißt du eigentlich, dass Herr Naofumi sie gerettet hat? Geschunden soll er sie haben? Alle Erträge an sich gerissen? Das glaubst du doch nicht im Ernst!«

»Wa...?!«

»Genau!«, sprang jetzt auch Ren auf den Zug auf. »In dem Dorf gibt es kein Kind, das ungern seinen Beitrag leistet!«

»Ja, genau!«, rief nun auch Kiru. »Seit Bruder uns gerettet hat, haben wir uns alle so richtig angestrengt!«

»Er will, dass wir uns anstrengen und unser Dorf wieder aufbauen!«, rief ein anderer Sklave.

Rasch fingen auch alle anderen an, Itsuki zu widersprechen.

»Sagt, was ihr wollt: Der Schuldige hat gestanden, das lässt sich nicht abstreiten.«

»Gestanden? Dass ich Sklaven schinde? Äh ... ja?«

»Herr Naofumi, damit überzeugst du hier niemanden. Wie soll ich es ausdrücken ... Du hast doch verzweifelt all die teuren Sklaven aus Lurolona aufgekauft. Profit hast du damit nicht gemacht – eher ein klares Minus!« Raphtalia stieß einen tiefen Seufzer aus.

Aber es stimmte doch: Ich ließ die Sklaven schuften! Und was war schon dabei?

»Bei den Bewohnern in Naofumis Dorf ist das was anderes«, sagte Ren. »Die verrichten ihre Arbeit so fröhlich, dass es komisch ist, sie Sklaven zu nennen.«

Na ja, vom gesellschaftlichen Stand und ihren Siegeln her gehörten sie doch wohl eindeutig zur Sklavenkategorie.

»Herr Naofumi muss so schuften«, sagte Rishia, »dass es vielmehr so aussieht, als wäre er selbst der Sklave!«

»Wa…?!«, japste ich.

»Genau!«, rief Ren. »Jeden Tag bemüht er sich für das Dorf oder die Stadt, bis zum Abend, in jeder freien Minute, und dazu trainiert er noch, um selbst besser zu werden! Er hat ja nicht mal mehr Zeit zum Leveln! Da fragt man sich schon, wer hier eigentlich der Sklave ist!«

»W… Was sagt ihr da?!«

Ich sollte wohl mal Klarheit schaffen und Rishias Sklavensiegel anschmeißen!

»Für die Kinder im Dorf ist er wie ein Elternersatz!«, fügte Ren hinzu.

»Hm … Das stimmt«, sagte Sadina. »Der kleine Naofumi ist für alle die Mama.«

»Mama?! Jetzt hakt's aber!«

Da verstand die Saubande aber was gründlich falsch! Allen voran Sadina! Und was Ren und Rishia da erzählten, war doch gar nicht mehr nachzuvollziehen!

»So ist das ganz und gar nicht!«

»Herr Naofumi, ich glaube an Euch.«

Ach, woran Atla wieder glaubte! Diesen Lümmeln und überhaupt allen Dorfbewohnern würde ich später die Leviten lesen.

»Was ihr auch sagt, die Fakten sprechen für sich! Naofumi ist ganz eindeutig der Böse!«

Itsuki wich keinen Schritt zurück. Doch Rishia war noch nicht fertig.

»Herr Itsuki? Willst du etwa behaupten, dass du eine weiße Weste hast? So kommt es mir nämlich überhaupt nicht vor.«

»Jetzt reicht's aber mit deinem Theater. Bei so viel Schlechtigkeit muss ich beinahe kotzen!« Mit angewiderter Miene starrte Itsuki sie an.

Wie beleidigend! Das sagte er ihr ins Gesicht, nachdem er sie so sehr in die Ecke getrieben hatte, dass sie sich in die Fluten gestürzt hatte? Und er wagte es, hier den Guten zu spielen!

»Dann bleibt mir nur noch eins: das Übel dieser Welt auszumerzen!«

»Tja, das wird wohl nichts.«

Das Böse würde bleiben, solange es in dieser Welt Menschen gab, die einander an die Kehle sprangen. Und nach Itsukis Maßstab waren ja auch Ren und ich beglaubigte Bösewichte. Er sah doch einfach alle als böse an, die sich nicht vor ihm in den Staub warfen.

»Meine Kraft mag gering sein. Dennoch ... Dennoch werde ich solches Unrecht nicht dulden!«

Während er irgendwelche Filmheldensprüche raushaute, richtete er den Bogen auf mich und spannte die Sehne. Ein Pfeil tauchte auf.

»Naofumi! Dieses Unrecht werde ich nun durchbohren!«

Mit einem Rauschen flog Itsukis Pfeil auf mich zu. Ich bewegte den Float Shield und wehrte ihn ab.

»Unrecht ... Soso.«

Darüber konnte wohl eher ich mich beschweren. Erst beschworen die Menschen dieser Welt einen Helden, und wenn er ihnen nicht gefiel, schmiedeten sie ein Komplott, um ihn zu unterdrücken. Was war daran bitte gerecht? Was genau stellte sich Itsuki überhaupt unter Gerechtigkeit vor? Was er hier von sich gab, war doch für sich genommen schon geballtes Unrecht.

»Du willst es also nicht verstehen, ja?« Rishia hob ihren Rapier und ging in Kampfstellung. »Herr Itsuki, ich erkenne deine Gerechtigkeit nicht an!«

»Itsuki, komm wieder zu dir!«, sagte Ren. »Wenn du dieser verfluchten Kraft nachgibst, ist das dein Ende!«

»Misch dich bitte nicht ein.«

Wieder hob er den Bogen, spannte und schoss. Und der Pfeil … ging wieder in meine Richtung.

»Herr Naofumi!«

Ich gab Raphtalia ein Handzeichen, um ihr zu bedeuten, dass sie sich keine Sorgen zu machen brauchte. Diesmal fing ich den Pfeil aus der Luft.

»Shining Arrow!«

Und abermals spannte sich straff die Sehne, und ein leuchtender Pfeil erschien. Anscheinend dauerte es etwas, bis Itsuki ihn abschießen konnte.

»Herr Itsuki, ich habe nun verstanden, wie du denkst. Und als deine Gegnerin werde ich mit ganzer Kraft gegen dich kämpfen!« Rishia hielt die Hand über ihren Rapier, bereit, sich in den Kampf zu stürzen. »Unvergleichliche Aktivierung!«

Plötzlich war sie von wirbelndem Wind umgeben. Das war also diese unvergleichliche Aktivierung? So hatte das nicht ausgesehen, als Eclair gegen Ren gekämpft hatte. Etwas umwirbelte Rishia, was selbst ich mit bloßem Auge sehen konnte.

»Sie saugt das Qi aus der Umgebung auf«, sagte Atla. »Unsere Meisterin hat das schon einmal vorgeführt. Rishia macht es genauso.«

Sie versuchte es wohl allein durch ihr Gespür zu verstehen. Es zeugte schon von einer beneidenswerten Veranlagung, wenn man durch bloßes Beobachten stärker werden konnte. Für Fohl war es bestimmt schwer, eine so talentierte Schwester zu haben. Er stand stets unter dem Druck zu beweisen, dass er als älterer Bruder stärker war.

»Ha!« In einem Wahnsinnstempo schoss Rishia auf Itsuki zu. »Rapierstoß der Unvergleichlichen Veränderung! Spirale!«

Um Rishias Klinge bildete sich ein spiralförmiger Strom aus Qi. Itsuki spürte wohl, dass er diese Attacke nicht einfach so wegstecken konnte. Zähneknirschend wich er aus – haarscharf – und schoss einen Pfeil ab. Moment mal, warum beschrieb der einen Bogen und schoss schon wieder auf mich zu?

»Shooting Star Shield!«

Ich ließ eine Barriere entstehen, um die Attacke abzuwehren. Itsukis strahlender Pfeil spaltete sich in mehrere auf, die allesamt auf mich niederregneten. Vorsichtshalber hielt ich den Schild vor mich, aber ich nahm keinen Schaden. Ich hatte zudem dafür gesorgt, dass keine Konterfunktion ausgelöst wurde. Was sollte das überhaupt? Warum kämpfte er nicht gegen Rishia? Sie stand doch direkt vor ihm! Wieso zielte er weiter auf mich?

»Ich lasse dich nicht entkommen!«

Rishias erster Skill hatte verfehlt, doch sie ließ sofort mehrere folgen, anscheinend jedes Mal wieder Spiral Slash. Beeindruckend, dass sie den so oft hintereinander abfeuern konnte. Itsukis verfluchte Waffe schien jedoch eine hohe Grundleistung zu bringen, denn Rishia traf zwar, hinterließ jedoch nur leichte Wunden, die sich zudem allmählich wieder schlossen.

»Wenn du nicht mehr zu bieten hast, wirst du mich wohl kaum aufhalten können!«

Der Pesthauch des Fluchs, den Itsuki verströmte, traf Rishia und schleuderte sie davon.

»Herr Itsuki, du darfst dich nicht von dieser Kraft überwältigen lassen! Du würdest es ganz bestimmt bereuen!«

»Wer hier etwas bereuen wird, bist du! Schnell, erwache für die Gerechtigkeit! Slow Squall!«

Itsuki schoss erneut auf mich. Wie nervig. Dem Namen nach bekäme ich jetzt einen Platzregen aus Pfeilen ab.

»Air Strike Shield.«

Ich blockte den Pfeil, ehe er sich zerteilen konnte.

»Ich mag in der Unterzahl sein, aber ich muss nur dich erledigen, dann hab ich gewonnen!«

War ihm überhaupt klar, dass er gerade im Nahkampf mit Rishia war? Außerdem attackierte er gerade die unschuldigen Zuschauer.

Sah er sich vielleicht grundsätzlich als den Underdog? In Heldengeschichten kam es ja vor, dass der Held sich ganz allein einer Übermacht stellen musste. So legte er sich das wohl zurecht. Bestimmt glaubte er, ich hätte Rishia befohlen, gegen ihn zu kämpfen. Vielleicht quiekte sie in seiner Fantasie wie ein Monster.

In dem Fall sollte er doch ruhig die Hindernisse der Reihe nach aus dem Weg räumen und mit ihr anfangen! Nicht dass ich nicht auch so zurechtgekommen wäre: Ren und Raphtalia fingen Pfeile ab, und ich konnte sie aus der Luft schnappen oder den Float Shield dazwischen stellen.

»Seit ich dich kennengelernt habe«, sagte Rishia, »denke ich darüber nach, was Gerechtigkeit ist.«

»Ich rede nicht mit dem Bösen!«

»Das Böse … Was ist das? Und was ist Gerechtigkeit?«

Rishia setzte ihren Überzeugungsversuch fort. Es kam mir mittlerweile hoffnungslos vor, aber ihr schien es wichtig zu sein, daher musste ich wohl geduldig Itsukis Attacken über mich ergehen lassen.

»Gerechtigkeit, dient sie nur deiner eigenen Zufriedenheit? Andere mit Gewalt zu unterdrücken, ist das wirklich Gerechtigkeit?«

Dass Rishia ihren eigenen Gefühlen Ausdruck verlieh, regte anscheinend auch Ren an, sich zu dem Thema zu äußern.

»Stärke ohne Gerechtigkeit ist Gewalt, und Gerechtigkeit ohne Stärke ist Ohnmacht. So sagt man doch? Itsuki, du hast dich schon immer danach gesehnt, der Streiter für die Gerechtigkeit zu sein, oder? So viel hast du nie von dir erzählt, und früher bin ich gar nicht auf den Gedanken gekommen, mal nachzufragen. Aber jetzt will ich dich gern besser kennenlernen. Wissen, was du dir wünschst, was dich traurig macht. Also erzähl es mir!«

Ren sollte sich mal lieber damit auseinandersetzen, dass ich gerade alle seine Angriffe abbekam. Aber was er sagte, machte schon Sinn. Wir wussten überhaupt nicht, was für ein Typ Itsuki war. Von seinem Charakter hatte ich eine Vorstellung, aber wir wussten nichts darüber, was er bisher erlebt hatte. Was war wohl der Grund, dass er so auf Gerechtigkeit herumritt?

»Gerechtigkeit bedeutet Stärke. Sie ist der Beweis des Richtigen. Die Schwachen retten, die Starken brechen.«

Hm? Das gab mir irgendwie zu denken. Ich wollte mal von einem anderen Blickwinkel aus über Itsukis Verhalten nachdenken. Hatte er in seiner Welt vielleicht unter düsteren Gefühlen gelitten? Er hatte das starke Verlangen, ein Held zu sein. Die Helden in Geschichten lebten oft wie gewöhnliche Menschen, wurden vielleicht auch schikaniert. Doch dann verwandelten oder verkleideten sie sich und rangen Schurken nieder. So war es bei berühmten Helden wie Superman oder Spiderman. Bestimmte Gamer machten es auch so. Wenn Itsuki für die Gerechtigkeit kämpfte, verbarg er oft seine wahre Identität. Aha. Es stimmte schon: Als Streiter für die Gerechtigkeit wollte man seine Macht einsetzen, um andere zu retten. Das Gute fördern und das Böse bestrafen. Die Guten siegten, die Bösen gingen zugrunde.

»Auch wenn ihr mich den Bösen schimpft: Ich bin der Streiter für die Gerechtigkeit!«

Er ließ sich von seinem Geltungsdrang leiten und von dem, was er bewunderte. Demnach ...

»Itsuki, was du Rishia angetan hast, ist dir selbst einmal widerfahren, hab ich recht? Tust du deswegen so, als würdest du sie nicht sehen?«

»Was?!«

»Das hier ist ein Turnier, und ihr beide seid die Kontrahenten. Wenn du gegen mich antreten willst, musst du erst Rishia besiegen. Sonst hast du kein Recht, mich herauszufordern.«

Ich musste Itsuki Bedingungen stellen, sonst würde er nie nachgeben. Dann würde ich eben den Endgegner spielen und mit ihm in den Ring steigen. In kampforientierten Storys hatte ich schon solche Szenen gesehen. Seit ich in dieser Welt war, hatte auch Motoyasu schon mehrmals diese Technik bei mir angewandt und mich in Situationen herausgefordert, in denen ich klar im Nachteil gewesen war. Diesmal war ich eigentlich nicht gezwungen, solche Bedingungen zu schaffen, aber ich hatte Rishia versprochen, ihr Itsuki zu überlassen.

Er knirschte mit den Zähnen. Lag ich also richtig? Ich vermutete, dass er in seiner Welt gemobbt worden war. In der Party, die sich um ihn gebildet hatte, hatte Rishia dann den niedrigsten Rang eingenommen; sie hatte eine Behandlung erfahren, die

Mobbing gleichkam, und war am Ende davongejagt worden. Für Itsuki war sie also jemand, der unangenehme Erinnerungen bei ihm heraufbeschwor. Die Vergangenheit, die er abgestreift hatte, stellte sich ihm nun in den Weg, und das war für sein Gerechtigkeitsempfinden undenkbar.

»Ach ja? Ich muss also erst die gehirngewaschene Rishia besiegen? Na schön.«

Rishia verneigte sich tief in meine Richtung. »Danke, Herr Naofumi. Überlass alles Weitere mir. Ich werde Herrn Itsuki umstimmen.«

»Ein wenig Hoffnung habe ich. So, wie du jetzt drauf bist, kannst du's vielleicht schaffen. Wie Eclair.«

Auch wenn ich es nicht direkt verbalisierte: Ich hatte eine ziemlich hohe Meinung von ihr. So oft man ihr auch gesagt hatte, sie sei schwach, sie hatte sich nicht unterkriegen lassen. Und selbst vor Gegnern, die deutlich stärker waren als sie, schreckte sie nicht zurück. Jedenfalls hatte Itsuki sie nun endlich als Gegnerin anerkannt. Schwierig wurde es, falls sie verlor. Was sollte ich in dem Fall tun? Doch vorerst ...

»Alle Sklaven sollen sich zurückziehen. Ihr stört nur beim Kampf. Sadina, S'yne, Atla, bringt sie sicher nach draußen.«

»Wird gemacht, kleiner Naofumi.«

»Jawo...«

»Ihr könnt uns vertrauen!«

So entfernte sich also mein Fake-Publikum, und in der Arena blieben nur Itsuki, Rishia, Raphtalia, Ren und ich zurück. Ich konnte immer noch nicht fassen, dass Itsuki Rishia so viel bedeutete.

»Jetzt komme ich!«, rief sie und drang blitzschnell auf ihn ein. »Haaaaaaaaaaaaaaaaa!«

»Mist! Saint Arrow Rain! Spread Strafing!«

Itsuki wich zurück und schoss mehrfere Pfeile ab, um Rishia zu durchbohren. Er timte es so, dass der frontale Beschuss und der Pfeilregen Rishia praktisch gleichzeitig erreichten. Auszuweichen war schwierig.

»Rapierstoß der Unvergleichlichen Veränderung: Kreis!«

Rishia ließ ihre Waffe kreisen, was ein schrilles Geräusch erzeugte, und fegte alle Pfeile davon. Noch gingen sie beide nicht aufs Ganze, aber Rishia wich keinen Schritt zurück, obwohl sie es mit einem Helden zu tun hatte. Bekamen wir hier den wahren Stil der Unvergleichlichen Veränderung zu sehen? Eclair hatte ja gesagt, Rishia habe die schwierigeren Techniken gemeistert. Sie war mittlerweile definitiv sehr stark. Itsuki starrte sie ärgerlich an, als sie seine ganzen Pfeile aus der Luft holte.

»Herr Itsuki? Im Augenblick bin ich deine Gegnerin. Du solltest dich lieber konzentrieren.«

Hin und wieder warf er nämlich einen flüchtigen Blick zu mir herüber. Rishia war für ihn wohl bloß ein Ärgernis, an dem er vorbeimusste, um zu mir zu gelangen. Mit der Haltung würde er jedoch kaum gegen sie gewinnen. Die jetzige Rishia spielte unter meinen Untergebenen ganz vorn mit, was Werte, Technik und Entschlossenheit betraf.

»Ha ... Du spuckst ja große Töne, Rishia. Aber glaubst du, ich hätte Ernst gemacht? – Law Fanatic!«

Als er seinen Bogen hob, stieg unheilvolles Qi von ihm auf, und ich spürte, wie sich so etwas wie eine Barriere um ihn aufbaute.

»Uoooooooooh!«

Itsukis Augen wurden rot und funkelten unheimlich. Dann verdichtete sich das unheilvolle Qi um seinen Körper zu einer Rüstung. Auf den ersten Blick sah es aus, als hätte er sich in einen

Engel mit erhabenen Schwingen verwandelt, doch hier und da zierten die Rüstung Hörner und Dämonen. Das war zweifellos ein Skill, mit dem er sich selbst boosten konnte. Es bildete sich eine Art Ganzkörperrüstung um ihn wie in Storys mit Ranger oder Rider im Namen.

Rishia erwartete ruhig seine Attacke. Ihre Miene war der Inbegriff von Ernst. Wenn ich jetzt irgendwie dazwischenfuhr, würde sie mir das wohl kaum verzeihen. Ren war schon einen Schritt vorgetreten, brannte offenbar darauf, ihr beizuspringen, aber ich hob die Hand, um ihn zurückzuhalten.

»Jetzt bin ich an der Reihe, Rishia! Du wirst meinen Standpunkt begreifen, und dann besiegen wir Naofumi gemeinsam!«

»Oh nein! So, wie du jetzt bist, werde ich dich ganz gewiss nicht anerkennen – und wenn es mich das Leben kostet!«

Sie rammte ihren Rapier in den Boden und ging in eine geduckte Haltung. Was passierte da? Sie zog so viel Qi aus dem Boden, dass ich es mit bloßem Auge sah, und hüllte ihren Rapier damit ein.

»Geheimtechnik des Stils der Unvergleichlichen Veränderung.« Rishia riss den Rapier heraus und rannte los. »Erste Form: Sonne!«

Licht verströmend stieß sie mit dem Rapier zu. Ich hatte das Gefühl, sie hätte sich gerade einen gottgleichen Super-Boost verschafft.

»Shooting Star Bow!«

Und da ein weiterer Skill aus der Serie, die die Helden so liebten, in dieser Variante ein Pfeil, der einen Schweif aus Sternen hinter sich herzog – ein unangenehmer Skill. Der Pfeil an sich hatte ja schon eine beträchtliche Durchschlagskraft.

»Zweite Form: Mond!«

Das Licht, das Rishia umgab, breitete sich in der Form eines Sichelmonds aus und schnitt durch den Pfeil. Mit fassungsloser Miene sah Itsuki zu, wie sein Finisher-Skill scheiterte.

»Das war noch nicht alles! Ich hab noch nicht mein Bestes gezeigt!«

Dann sollte er mal langsam aus dem Knick kommen! Ren hatte nämlich etwas ganz Ähnliches gesagt. Als ich unwillkürlich in seine Richtung schaute, wandte er verlegen den Blick ab.

»Dritte Form: Stern!«

Rishia war nun bei Itsuki angekommen und stieß wiederholt zu. Es war ein Kombo-Angriff, der Eclairs vielschichtigem Zerstörungsschlag in nichts nachstand. Mit jedem Stich verpuffte ein Stück von Itsukis Rüstung.

»Verd…«

Zahllose Attacken prasselten auf Itsuki ein, und in jeden Stoß mischte sich Qi. Ich konnte es nicht sehen, hörte jedoch das charakteristische Geräusch. Damit war nicht zu spaßen. Selbst ich als Schildheld spürte die Gefahr.

»Lass den Scheeeeeiß!«

Unheilvolles Qi brach explosionsartig aus ihm hervor, und Rishia wurde davongeschleudert.

»Oje … Aber das reicht nicht!«

Noch im Flug nahm sie eine Abwehrhaltung ein, landete, atmete tief durch und machte sich bereit zum nächsten Angriff.

»Undenkbar, dass die Gerechtigkeit sich von jemandem wie dir aufhalten lässt! Du darfst meine beste Technik nicht vereiteln!«

Was faselte er da, von wegen ruinier nicht meinen Finishing Move? Das war kein rundenbasiertes RPG! Sah man das hier eher als Actiongame, dann gab man natürlich Gas, um dem Special Move des Gegners zuvorzukommen. Ach so, jetzt verstand ich, wie er sich das vorstellte: In Heldengeschichten warteten die Gegner doch öfter einfach mal ab, bis der Finisher kam – ein Lichtstrahl etwa, ein Kick oder ein Schuss, der der Durchschlagskraft von fünf Kämpfern gleichkam.

»Herr Itsuki, lass uns das hier beenden!«, mahnte Rishia mit eindringlicher Stimme. »Deine Vorstellung von Gerechtigkeit ist verfehlt! Bitte trenne dich schnell von dieser Kraft!«

Der Kampf verlief klar einseitig. Anders als Ren nahm Itsuki tatsächlich Schaden.

»Du irrst dich! Mit dieser neu errungenen Kraft werde ich die Welt retten!«

Sein Bogen verzerrte sich ... und dann sah ich, wie sein unheilvolles Qi die Farbe wechselte. Wahrscheinlich erwachte gerade wie bei Ren oder Motoyasu ein weiterer Fluch. Wenn er durch mehrere Flüche gestärkt war, würde selbst Rishia Probleme bekommen, oder? Wobei es immerhin so aussah, als hätte er die Hochrüstmethoden noch nicht umgesetzt ...

»Kommst du klar, Rishia?«

»Ja. Ich brauche keine Hilfe.«

»Aha? Na, wenn du's so willst.«

Es konnte sein, dass wir dennoch eingreifen mussten, aber vorerst würde ich mich weiterhin zurückhalten und die Lage beobachten.

Alle schauten mit angehaltenem Atem zu. Es sah jedoch nicht so aus, als könnte Rishia Itsuki so leicht bewusstlos schlagen wie Eclair Ren. Er war trotz allem ein Held. Dementsprechend schwierig würde es sein, einen entscheidenden Treffer zu landen.

»Nimm das! Shadow Bind!«

Itsuki zielte auf Rishias Füße und schoss einen Pfeil ab. Der Name des Skills verursachte mir ein ganz ungutes Gefühl.

»Rishia …«

Der Pfeil traf sie nicht, sondern blieb hinter ihr im Boden stecken.

»I… Ich kann mich nicht mehr bewegen!«

Meine Warnung kam zu spät. Besaß er tatsächlich einen Skill, mit dem er den Gegner lähmen konnte, indem er auf seinen Schatten schoss?

»Bind Arrow!«

Jetzt feuerte er einen weiteren Fesselskill auf die bewegungsunfähige Rishia ab. Der Pfeil riss sie um und pinnte sie an den Boden.

»I… Ich hab noch nicht verloren!«

»Doch, hiermit ist es vorbei!«, rief Itsuki. »Dies sei die Strafe der törichten Missetäterin: In einem bronzenen Bullen soll sie geröstet werden, auf dass wir ihre qualvollen Todesschreie hören, gleich denen eines wütenden Stiers! – Bull of Phalaris!«

Die Statue eines Stiers erschien, ein Folterinstrument wie meine Eiserne Jungfrau. Rishia verschwand in einer Klappe in seinem Bauch. Und dann war er mit einem Mal in Höllenfeuer gehüllt.

»Rishia!«

Itsuki hatte ein siegesgewisses Lächeln auf den Lippen. Ja, dieser Skill war zweifellos mit Iron Maiden zu vergleichen.

»Mein ist der Sieg. So, Naofumi, jetzt erwartet dich deine Strafe!«

Verdammt … Ich hatte gedacht, sie könnte gewinnen, aber ich hatte sie wohl doch überschätzt. Ich musste mir etwas einfallen lassen, um sie zu retten … Ren stürmte bereits los. Doch da knackte es plötzlich, und ein Riss lief über den Stier.

»Was?«

Entsetzen trat auf Itsukis Gesicht.

Mit einem ohrenbetäubenden Knall zersprang der Bulle in Stücke, und Rishia schoss daraus hervor.

»Vierte Form: Dämon!«

Wieder stürmte sie auf ihn zu, holte weit aus und hieb mit dem Rapier nach ihm. Was war das? Rishias Rapier leuchtete und zog einen schwarzen Streifen hinter sich her.

»M… Meine Augen?!«

Itsuki bedeckte die Augen mit den Händen und stöhnte. Hatte diese Attacke den Nebeneffekt, den Gegner zu blenden?

»Behaupte nicht einfach, du hättest gewonnen«, stieß Rishia schwer atmend hervor.

Selbst Hinrichtungsskills konnte sie zerschlagen? Rishias Fortschritt war geradezu atemberaubend. Unglaublich, dass nicht nur Helden, sondern auch gewöhnliche Menschen solche Stärke erlangen konnten. So erbärmlich war Rishia anfangs gewesen, und was für eine Entwicklung hatte sie gezeigt! Dies war dieselbe, der Itsuki einst den Rücken gekehrt hatte!

»Immer, immer bist du mir im Weg!«, brüllte er, während er sich die Augen rieb. »Unverzeihlich, wie du mir, dem Gerechten, zur Last fällst! Wie lange willst du kleine Nummer dich hier noch wichtigmachen?«

Itsukis Bogen durchlief eine weitere merkwürdige Verwandlung. Jetzt hatte er nicht mehr die Form weißer Schwingen, sondern die von dämonischen Fledermausflügeln.

»Stirb! Wer sich widersetzt … ist des Todes!«

»Itsuki, ich sage es noch einmal: Gib diese Kraft auf und werde wieder du selbst. Auf eine solche Kraft darfst du dich nicht stützen!«

Jetzt weinte sie sogar, vergoss Tränen um einen Geliebten, der vor ihren Augen zugrunde ging. Im festen Glauben, dass sie die

Kraft besaß, dem Ganzen ein Ende zu bereiten, schwang sie ihr Schwert. Itsuki sah jedoch schon nichts anderes mehr in ihr als ein Hassobjekt.

»Für die Gerechtigkeit! Stirb! Ihr seid das Böse ... dieser ... Welt!«

Wie wild spannte er immer wieder seinen Bogen – und alle Pfeile galten Rishia. Die schlug sie allesamt aus der Luft, doch plötzlich hörte ich ein Geräusch, das mir gar nicht gefiel.

»Herr Naofumi!«

»Ich weiß!«

Das war ein Klirren gewesen. Soeben war Rishias Pekkle Rapier zerbrochen.

Mit der Kraft des Qis ersetzte sie das fehlende Klingenstück. Es würde ihr jedoch schwerfallen, die Form lange aufrechtzuerhalten.

Ich ließ meinen Schild ein Schwert ausspucken, das irgendein Monster abgeworfen hatte, und warf es ihr zu.

»Rishia! So bist du im Nachteil! Nimm das hier!«

Aber sie würdigte es keines Blickes, starrte weiter ihren Gegner an.

»Entschuldige, Herr Naofumi, aber das ... geht gegen meinen Gerechtigkeitssinn!«

Itsuki lachte, Wahnsinn lag in seinem Blick.

»Was gibt es da zu lachen? Herr Itsuki, ich bin noch nicht geschlagen.«

»Was redest du? Du bist am Ende.«

»Nein ... Du selbst hast einmal zu mir gesagt: Die Gerechtigkeit gibt niemals auf.«

»He he he ... So was Dämliches. Du bist *das Böse*!«

»Herr Itsuki ... So sehr ich auch leiden mag und Verzweiflung mich befällt, ich ... ich gebe nicht mehr auf. Das hast du mir beigebracht, als du mich einst aus meiner verzweifelten Lage gerettet hast … und auch Herr Naofumi hat es mir gezeigt!«

Sie atmete ruhiger und nahm eine Haltung ein, als wollte sie eine Beschwörung beginnen. Hatte sie keine Waffe mehr, so würde sie sich eben mit Magie zur Wehr setzen, entschlossen, kein Unrecht zu tun und nicht aufzugeben. Rishias Wachstum erfüllte mich mit … ja, mit Stolz. Es versetzte selbst mich in Erstaunen, dass jenes komplett nutzlose Mädchen es so weit gebracht hatte. Es hieß ja oft, wer bereit war zu sterben, konnte alles vollbringen.

»Und noch einmal. Herr Itsuki, bitte lass ab von dieser Kraft. Und dann kämpfen wir gemeinsam für die Menschen der Welt, damit sie das Vertrauen zurückgewinnen!«

»Warum sollte ich diese Kraft aufgeben? Mit ihr werde *ich* die Welt retten!«

»Herr Itsuki! Ich kann mit Sicherheit sagen, dass dein Sinn für Gerechtigkeit falsch ist! Ich weiß es, weil ich Herrn Naofumi aus nächster Nähe zusehen konnte. Er kämpft sogar darum, die Menschen anderer Welten zu retten … Er stellt sich schützend vor alle, wieder und wieder!«

»Schweig, Schurkin, und mach den Weg frei!«

Er hatte es kaum gesagt, da geschah etwas, das alle Anwesenden in Bestürzung versetzte. Es hatte nichts mit Rishias Wachstum zu tun, ihrer Stärke oder dem Stil der Unvergleichlichen Veränderung. Der Bogen leuchtete gleißend auf, und Itsuki kniff die Augen zu, als würde er selbst geblendet. Ich stand jedoch weit genug entfernt und sah, wie ein Licht aus dem Bogen schoss und auf Rishia zuraste. Sie konnte nicht mehr ausweichen und wurde getroffen. Doch sie trug keine Wunde davon. Das Licht aus Itsukis Bogen sammelte sich in ihrer Hand – und dann blinkte plötzlich in meinem Augenwinkel Rishias Sklavensiegel auf, zersprang und verschwand.

»W… Was?«

»Herr Naofumi!«

»Ah, Atla? Sind alle evakuiert?«

»Ja. Aber etwas anderes …« Atla hatte das Gesicht Itsuki zugewandt. »Gerade ist aus dem unheilvollen Qi ein gleißendes, reines Qi hervorgeströmt und zu Rishia geflogen.«

»Rein, sagst du? Ist das eine Kraft der legendären Waffen, die bis jetzt verborgen war?«

Mutmaßlich war sie von Itsukis Bogen auf Rishia übergesprungen. Hieß das, Itsukis Bogen unterstützte nun sie?

»Rishia?«, sagte Ren. »Das ist …«

Ich staunte ebenfalls. Denn in Rishias Hand lag nun ein Messer. Es war ganz gewöhnlich geformt, doch in den Griff war ein auffälliges Juwel eingelassen. Die Waffe war durchscheinend, an den Rändern unscharf. War sie unbeständig, hervorgebracht durch Magie? Was war das nur? Als Rishia die Hand darüber schweben ließ, verwandelte sie sich in ein Wurfmesser, wie Ninjas es benutzten. Dann wurde es zu einem Bumerang. Eine Kraft so wandelbar wie die der legendären Waffen? Was war hier los?

»W… Was geht hier eigentlich vor sich?!«

Selbst Itsuki schien verwirrt. Er hatte damit offenbar nichts zu tun.

»Ach so … Ich verstehe.« Rishia sah aus, als wäre ihr etwas klar geworden. Sie richtete den Bumerang auf Itsuki und verkündete: »Herr Itsuki, deine Gerechtigkeit findet keine Anerkennung, nicht einmal bei dem Heldenbogen in deinen Händen. Deshalb hat er mir diese Kraft verliehen, damit ich dir Einhalt gebieten kann.«

»Du lügst! So etwas soll möglich sein? Das wäre unerträglich! Mein Bogen würde mich niemals verraten!«

»Ich werde es dir beweisen, indem ich dich mit dieser Kraft aufhalte!«

»Du hast sie doch nicht alle!«

Abermals sprühte unheilvolles Qi aus dem Bogen hervor, und Itsuki spannte ihn hart. Dann schnellte auf Rishia eine Unzahl von Pfeilen zu, deren Befiederung die Flügel von Engeln und Dämonen nachahmten. Zusammen bildeten sie die Gestalt eines Bären, der auf Rishia zuraste.

»Wurftechnik des Stils der Unvergleichlichen Veränderung: Rolling Spin!«

Rishia lenkte Qi in ihre Waffe und warf sie nach Itsuki.

»Wa...?! Wie lange willst du dich mir noch widersetzen? Meine Gerechtigkeit ist abso... Argh!«

Der Bumerang umkreiste Itsuki und schlitzte ihn dabei auf.

»Das ist sie nicht, Herr Itsuki. Du machst einen Fehler, und der Bogen will ihn wiedergutmachen.«

Sie hob die rechte Hand, und der Bumerang kehrte dorthin zurück. Dann verwandelte er sich in ein Chakram. Rishia blinzelte, und es sah aus, als veränderte sich leicht die Farbe ihrer Augen. Qi sammelte sich darin.

»Jetzt bin ich in der Lage, alles zu sehen: den Fluss des Qis, das dich gefangen hält, und auch die Kraft, die sich deines Bogens bemächtigen will ... Und daher ...« Rishia warf ihre Waffe nach Itsuki.

»Air Strike Throw! Second Throw! Third Throw!«

Air Strike? Diese Bezeichnung dürfte nur bei den legendären Waffen vorkommen. War das denn eine? Womöglich eine der sieben Sternwaffen? Die drei Waffen, die Rishia geworfen hatte, hatten verschiedene Formen gehabt: die eines Messers, einer kleinen Axt und einer kurzen Lanze. Was für eine Waffe war das bloß? Angenommen, es war tatsächlich eine der sieben Sternwaffen. Die Lanze konnte es nicht sein, denn die hatte Motoyasu. Also mussten die drei Waffen einer anderen Kategorie angehören. Rishia warf sie alle. Waren es also … Wurfgeschosse?

»Tornado … Throw!«

Alle drei Waffen umkreisten Itsuki mehrmals und erzeugten einen Wirbelwind, der das unheilvolle Qi davonwehte.

»Uaaaaaaaaaaaaaaaah!«

Das Chakram tauchte wieder in Rishias Hand auf, und sie warf es gleich noch einmal, diesmal nach Itsukis Bogen.

»Herr Itsuki, hiermit ist bewiesen, dass du nicht die Gerechtigkeit vertrittst. Wie sieht es aus? Fangen wir noch einmal von vorn an?«

Das Chakram klirrte gegen Itsukis Bogen und kehrte anschließend zu Rishia zurück. Und dann … begann krachend die Verkleidung von Itsukis Bogen wegzubrechen. Im selben Moment fiel der Ansager zu Boden, den Itsuki einer Gehirnwäsche unterzogen hatte – als hätte man bei einer Marionette die Fäden durchgeschnitten.

»Uaaaah … Meine … Meine neue Weltrettungskraft …«

»Und ein letztes Mal: Das ist sie nicht. Begreif es nun bitte, Herr Itsuki: Vorstellungen von Gerechtigkeit gibt es so viele wie Menschen. Der Gerechtigkeit steht nicht das Böse gegenüber – sondern nur auch wieder Gerechtigkeit. Die Unterlegenen bekommen bloß das Stigma des Bösen verpasst.«

»Das stimmt nicht, ich … ich bin nicht böse! Wie könnte ich böse sein? Alle … die anderen … verlassen sich auf mich …«

»Andere zu verurteilen oder abzulehnen ist einfach, selbst ohne Gerechtigkeit. Andere anzunehmen ist aber auch wichtig!

Jeder kann einen Neuanfang machen, daran glaube ich fest.«

»Uh … Uuuh …«

Nachdem die komische Verkleidung weggebrochen war, sah Itsukis Bogen wieder aus wie zuvor … Ach nein, noch nicht ganz.

»Atla, wie sieht's aus?«

»Ja. Rishia hat mit ihrer Kraft das unheilvolle Qi vertrieben. Aber … die Wurzeln sind noch da.«

»Ich … will für die Menschen, die an mich glauben …«

Itsuki schien immer noch nicht aufgeben zu wollen und erhob sich wieder. So was Stures! In dem Moment kam der Untergebene des Sklavenhändlers zu mir und flüsterte mir etwas ins Ohr.

»Ach, tatsächlich? Itsuki, wir haben rausgekriegt, wo dein Unterschlupf ist. Wir werden dich hierlassen und uns auf den Weg dorthin machen. Mit einem Anfänger wie dir, der nicht mal Rishia schafft, muss ich mich nicht abgeben.«

Ich hatte mit dem Untergebenen des Sklavenhändlers und einigen Mitgliedern der Schattengilde ausgehandelt, dass sie für mich Nachforschungen anstellten. Sie hatten anscheinend genug herausgefunden. Jetzt mussten wir den Informationen nur noch nachgehen und Itsukis Mitverschwörer hopsnehmen.

»Das lasse ich nicht zu!«

Hm … Na ja, eigentlich war dies eine gute Gelegenheit, um die Sache zu klären.

»Itsuki … Eine Gnade will ich dir erweisen.«

»Wie bitte?!«

»Wenn deine Gefährten gerecht sind, dann bring uns zu ihnen. Wir wissen zwar, wo sie sich aufhalten, aber bring du uns trotzdem hin.«

»Ich lasse mich nicht hinters Licht führen! Du willst doch bloß Prinzessin Malty festnehmen, stimmt's?!«

»Itsuki!«, sagte Ren. »Findet man die Wahrheit heraus, wenn man nur einer Seite zuhört? Nennst du das etwa Gerechtigkeit?«

»A… Also …«

Nach dem Satz fing Itsuki an herumzudrucksen.

Er hatte sicher einen seelischen Schock erlitten, weil Rishia ihn besiegt hatte.

»In dem Game, das du magst, gibt's doch bestimmt auch Events, wo man rausfinden muss, welche Seite im Recht ist, oder?«

Er runzelte die Stirn. Wir zeigten ihm guten Willen, und ihm war anzusehen, dass er sich fragte, ob er ein Zugeständnis machen sollte. Hatte er irgendeine Ahnung? Wollte er uns vielleicht nicht einfach so zu seiner Basis führen? Warum hatte Witch Motoyasu überhaupt verraten? Warum hatte sie Ren getäuscht und war davongelaufen? Die Gründe lagen im Dunkeln.

»Itsuki, wenn Witch eine Verbrecherin ist, dann gehört sie bestraft; alternativ kann es natürlich auch sein, dass wir etwas finden, was sie entlastet. Oder lässt sich in deinen Augen Gerechtigkeit nur schaffen, indem man einander umbringt?«

»N… Natürlich nicht!«

»Wir könnten auch eine Gerichtsverhandlung abhalten. Wenn die Hexe in diesem Reich tatsächlich Gutes tut, wird wohl selbst die Königin ein Auge zudrücken.«

Täuschten wir ihn und er geriet in Verzweiflung, dann könnte er für weitere Flüche empfänglich werden und durchdrehen. Noch hatte er nicht reihenweise Fluchskills losgelassen. Solange die Wunde nicht zu tief ging, ließ sich etwas machen. Ich sah Rishia an. Es war noch nicht zu spät. Itsuki konnte noch sein Einverständnis geben. Und dann mussten wir ihn retten, ehe er wie Ren vollends die Hoffnung verlor. Das versuchte ich Rishia mit meinem Blick zu sagen. Sie nickte.

»Na schön«, sagte Itsuki schließlich. »Ich werde euch beweisen, dass Prinzessin Malty und meine Gefährten unschuldig sind!«

So ließ er also endlich das Kämpfen sein und erklärte sich bereit, uns zu seinem Unterschlupf zu führen.

Kapitel 13: Wiedergutmachung

»D... Das kann nicht sein ...«

Geführt von Itsuki kamen wir bei seinem Unterschlupf an. Er lag in einer ruhigen Gegend Zeltobles. Wir sahen uns um und fanden das Gebäude mit allem ausgestattet, bis hin zu einem unterirdischen Geheimgang, der in die Kanalisation führte. Das Versteck war jedoch verwaist: Witch schien bereits geflohen zu sein. Sie mussten hier jeden Abend getrunken haben. Überall lag noch der Müll verstreut. Mann, wie dreckig alles war ... und der Alkoholgestank!

»S... Sie ist bestimmt nur unterwegs. Oder sie hat euch bemerkt und ist weggelaufen.«

»Versuchst du schon wieder, die Tatsachen zu beschönigen? Hm? Guckt mal, da liegt was auf dem Tisch.«

Auf einem eigenartig dicken Papierbündel lag eine Nachricht. Das war doch die gleiche Handschrift wie bei Ren! Mir schwante Böses. Ich wollte sie am liebsten gar nicht lesen.

»Itsuki, kannst du die Schrift dieser Welt entziffern?«

Die Nachricht war in der Amtssprache Melromarcs geschrieben. Ein weiteres Mal staunte ich über die unsaubere Handschrift. Was für eine Sauklaue. Die Königin und Melty schrieben schön. Warum hatte die Hexe also einen so vulgären Stil?

»Nein, kann ich nicht. Du hast mir ja nicht erklärt, wie man die Sprache dieser Welt lernt!«

»Du laberst einen Scheiß ... Hey, Ren, lies du's ihm vor. Meinetwegen auch Rishia. Wie wär denn das, Itsuki? Lass es dir von ihr beibringen! Sie ist das totale Bildungsmonster und kann das viel besser als wir Helden.«

»Ojeeee!!«

Jetzt quiekte sie wieder so erbärmlich rum. Warum? Weil ich sie als Monster bezeichnet hatte? Gerade hatte sie noch so heldenhaft gekämpft. Davon war nichts mehr zu spüren.

»Herr Naofumi, ich finde, das hättest du ruhig ein klein wenig netter sagen können ...«

Nun, da Raphtalia mich darauf hinwies, kam es mir selbst ein bisschen daneben vor. Aber wenn ich mich jetzt korrigierte, sah ich schlecht aus.

»Also, hier steht: ›Jetzt, da es hier nichts mehr abzusahnen gibt, werde ich mich so langsam empfehlen. Für die Turnierpreisgelder, die du jeden Abend nach Hause gebracht hast, bedanken wir uns recht herzlich. Uns Armen, die der Schildheld gezwungen hat, im Elend zu leben wie Sklaven, hilfst du mit deiner Spende sehr.‹«

Je länger Ren vorlas, desto mehr verfinsterte sich seine Miene. Tja, kein Wunder. Er hatte ja damals eine ganz ähnliche Nachricht vorgefunden. Was sollte das überhaupt? Die Hexe würde ja sicher nicht gleich sterben, nur weil sie mal keinen solchen Brief hinterließ. Ren blätterte zum zweiten Zettel weiter.

»›Mald und die anderen haben auch genug von dir. War dir nicht klar, wie du uns alle nervst? Ständig diese Wichtigtuerei und die Vorschriften! Und wie du in einem fort von Gerechtigkeit quatschst! Dafür bist du ganz schön leicht auf unsere Lügen reingefallen. War das schwer nicht loszulachen!‹ ... Sag mal, Naofumi, ich les das doch nicht falsch vor?«

Ren gab mir die Zettel. Er sah so wütend aus, als wollte er den Brief am liebsten zerreißen.

»Ich hab nur flüchtig drübergeguckt, aber ich glaub nicht. Hier und da vielleicht ein anderer Ausdruck, aber vom Sinn her stimmt's.«

Die dritte Seite nahm ich selbst entgegen. Ren hatte vor Wut schon ganz verspannte Schultern. Ich wusste selbst nicht, wie lange ich noch an mich halten konnte. Aber der Brief schien ja fast vorbei zu sein.

»›PS: Du bist schwach und entsprichst von Gesicht, Größe und Charakter her so gar nicht meinem Geschmack. Wenn du mich liebst, dann schau, ob du den Schild besiegen kannst. Solltest du das schaffen, können wir uns wiedersehen. Ha ha ha ha ha ha. Außerdem lasse ich dir ein Andenken da. Kümmere dich gut darum, ja?‹ … Alter, ist die scheiße!«

Ich zerknüllte den Brief und warf ihn gegen die Wand. Dann nahm ich den Papierstapel vom Tisch und gab ihn Itsuki. Selbst er müsste eigentlich rauskriegen, worum es sich dabei handelte. Die Ziffern waren wohl auch ohne Schriftkenntnisse kaum misszuverstehen.

»Itsuki, weißt du, was das ist?«

»W…W… Was ist das?!«

»Siehst du das nicht? Das sind Schuldscheine. Alle mit deinem Namensstempel versehen, wie's aussieht.«

Ich sollte später vielleicht mal den Sklavenhändler fragen, bei wie vielen Händlern die Hexe sich diesen Dokumenten zufolge Geld geliehen hatte. Es war jedenfalls ein ziemlich dicker Stapel und eine stolze Summe. Komplett im roten Bereich, im finanziellen Sinne. Das konnte Itsuki doch nie zurückzahlen. Selbst wenn er das ganze Preisgeld noch hätte.

»Aber wie kann denn das …? Ich … Mald, Prinzessin Malty und die anderen haben doch gesagt, sie wollen den Menschen helfen. Deswegen hab ich so verzweifelt Geld beiseitegelegt …«

»Ja, ja …«

Im unpassendsten Moment tauchte plötzlich der Sklavenhändler mit neuen Informationen auf. Gleich hinter ihm drängte sich eine Anzahl Kaufleute.

»Wir haben in den Tavernen der Nachbarschaft herumgefragt. Offenbar haben sie sich dort prächtig amüsiert. In der Arena der Schattengilde haben sie wohl auch ständig gewettet.«

Itsuki sank auf die Knie, als überkäme ihn jetzt doch die Verzweiflung.

»Du bist ja ganz schön vertrauensselig. Aber ich hab's ja immer gesagt: Es kommt nichts Gutes dabei raus, wenn man sich mit der Hexe einlässt.«

So, einen hatte ich ihm noch mitgegeben. Nun wandte ich mich dem Sklavenhändler zu.

»Und wo sind die Schuldner hin? Wenn die abgehauen sind, sollte man sie sofort verfolgen.«

»Wir glauben, sie sind in die Kanalisation geflohen. Ja, ja. Gerade hat die Zeltobler Handelsgilde schwere Strafen angekündigt und den Söldnern befohlen, die Abenteurer zu fassen. Jedoch ...«

Ich wusste, was er sagen wollte. Es war fragwürdig, ob sie sie je finden würden. Sicher hatten sie ihre Flucht im Voraus geplant und waren längst über alle Berge. Nach einem tiefen Stoßseufzer trat ich zu dem am Boden zerstörten Itsuki. Es würde wirklich unbequem für uns, wenn er sich jetzt einem weiteren Fluch öffnete.

»Herr Itsuki ... Bitte fasse Mut«, sagte Rishia. »Ich ... glaube an dich. Was auch geschieht, die Gerechtigkeit steht immer wieder auf, nicht wahr?«

»Rishia ... Ich ...« Itsuki ließ den Kopf hängen.

Rishia hielt ihm die Hand hin. »Du solltest ein weiteres Mal aufstehen und von vorn beginnen. Mit dem Geld ... werde ich dir helfen. Wollen wir uns gemeinsam anstrengen, um es zurückzuzahlen?«

»Aber das ist nicht alles ... Ich habe einen Fehler gemacht, der sich nicht wiedergutmachen lässt ...«

»Jeder macht Fehler. Wenn du jetzt aufgibst, dann werden noch viel mehr Menschen ins Unglück gestürzt.«

»Noch viel mehr ... Menschen?«

»Ja. Ich war in einer fremden Welt, und jetzt haben wir eine Allianz mit ihr. Wir konnten uns aussöhnen – mit unseren Feinden, die wir für die Bösen gehalten haben. Erinnerst du dich? Sie kamen mit den Wellen und waren entsetzlich stark. Eine von ihnen hat mit einem Fächer gekämpft.«

Rishia war mit uns zusammen in der anderen Welt gewesen. Als wir beide im unendlichen Labyrinth eingeschlossen waren, hatten wir uns mit Kizuna zusammengeschlossen, und schließlich hatten wir uns trotz aller vorangegangenen Kämpfe mit Glass und den anderen ausgesöhnt. Rishia hatte das alles miterlebt.

»Also das ...«

»Wir haben jedoch auch gegen einen Feind gekämpft, der Unverzeihliches getan hat.«

»Gegen einen Feind, dem selbst du nicht vergeben kannst?«

»Ja. Und jetzt gerade trifft Herr Naofumi Vorbereitungen, um wieder gegen einen solchen Feind ins Feld zu ziehen. Bei dieser Schlacht wirst du gebraucht, Itsuki! Du, als Held, in den die Welt ihre Hoffnung setzt. Schaffst du es jetzt, noch einmal aufzustehen?«

Dass Itsuki ein Held war, ließ sich nicht abstreiten. Er musste nur wie Ren und Motoyasu die richtigen Hochrüstmethoden anwenden, dann konnte er mir ein verlässlicher Verbündeter sein. Super machte Rishia das. Wie Eclair zuvor schaffte sie es, Itsuki zu überzeugen.

»Bu... Buhuhuuu ...«

Plötzlich fing er an zu schluchzen. Rishia hatte ihm den entscheidenden Treffer versetzt, und nun platzten auch die letzten Teile von Itsukis unheilvollem Bogen ab. Im selben Moment sackte Itsuki zu Boden.

»Herr Itsuki!«

Ich fühlte seinen Puls. Tot war er anscheinend nicht. Hoffentlich zahlte er jetzt nicht den Preis … Der Sklavenhändler musste die Händler zurückhalten, die darüber verhandelten, wie mit Itsuki umzuspringen sei. Oh Mann … Da hatte die Hexe ihm ja ein schönes Andenken hinterlassen. Wenn ich sie das nächste Mal sah, war sie fällig. Diesmal wirklich. Ach nein, ich würde sie zwingen, mit ihren eigenen Händen die Schulden abzuarbeiten, die sie Itsuki aufgehalst hatte! Dem Bericht zufolge waren auch seine Gefährten in die Verschwörung involviert. Schon L'Arc hatte damals gesagt, dass die etwas ausheckten. Das mussten unfassbare Leute sein.

»I… Ich werde …«

Rishia stellte sich schützend vor den zusammengebrochenen Itsuki, und ihr war anzusehen, dass sie entschlossen war, Itsukis Schulden auf sich zu nehmen.

»Sklavenhändler«, sagte ich, »kümmere dich darum, dass die Schulden des Bogenhelden auf mich überschrieben werden.«

Ich hatte mit dem Reisehandel einiges verdient, und wenn ich in größerem Umfang Yggdrasil-Elixier und Derartiges verkaufte … Irgendwie würde es schon gehen. Wenn es nicht reichte, müsste ich um Ratenzahlung bitten. So viel Geld wie damals bei den Sklaven aus Lurolona war es dann doch nicht.

»Herr Naofumi …«

Raphtalia blickte mich erleichtert an, während ich den Befehl gab, nach der Hexe zu suchen. Rishia hatte Tränen in den Augen. Sie verneigte sich tief vor mir.

»Rishia, du musst Itsuki jetzt von Grund auf ausbilden, so wie Eclair es mit Ren macht. Sorg dafür, dass er nicht noch mal außer Kontrolle gerät.«

»J… Jawohl!«

»Hach … Du bist einfach toll, kleiner Naofumi!«

»Das ist eben der Herr des Schildes: Er übernimmt die Verantwortung für den törichten Bogenhelden. Ausgesprochen mannhaft!«

Töricht nannte sie ihn … Sie sollte bloß aufpassen, was sie sagte. Trotz allem war er immer noch ein Held.

Witch und Itsukis Gefährten wurden letzten Endes nicht gefunden. Immerhin hatten wir es dank ihnen geschafft, Itsuki unter unsere Fittiche zu bekommen. Die Kosten waren stattlich, aber jetzt würde er uns hoffentlich keinen Ärger mehr machen. Ehe wir zum Versteck gegangen waren, hatte ich Itsuki eine Gruppeneinladung geschickt. So konnten wir ihn nun mit zurück ins Dorf teleportieren. Jetzt blieb nur zu hoffen, dass es mit ihm so gut laufen würde wie mit Ren.

Es war gegen Mittag des darauffolgenden Tages. Ich ärgerte mich immer noch ein wenig darüber, dass die Suche nach Witch gescheitert war. Itsuki hatten wir in einem Camping-Plant-Haus untergebracht. Ich sah gerade nach ihm, weil ich mir dachte, dass er so langsam wieder zu Bewusstsein kommen müsste, da hörte ich plötzlich Rishias Stimme.

»Herr Itsuki!«

Er erhob sich aus dem Bett und blickte sich um.

Rishia lief besorgt zu ihm. Ich beobachtete die beiden mit verschränkten Armen und sagte Filo, Atla und Ren, sie sollten sich draußen bereithalten, für den Fall, dass Itsuki wieder durchdrehte.

»Du weißt doch noch, was gestern passiert ist, oder? Ich hab erst mal deine ganzen Schulden übernommen. Du zahlst mir das alles zurück.«

Sein Gesicht war ausdruckslos, die Augen müde. Dann wandte er sich mir langsam zu und blickte mich an. Eine Weile herrschte Schweigen. Auch Rishia wartete darauf, dass Itsuki irgendetwas sagte, aber das schien nicht zu passieren.

»Hey. Sag irgendwas.«

»Irgendwas.«

Wa…?! Dieser Typ! Suchte der Streit? Der hatte ja Nerven!

»Tut mir leid, Rishia. Aber es sieht so aus, als könnte ich das Versprechen, das ich dir gegeben habe, nicht einhalten.«

Wenn er absolut nicht in der Lage war, Reue zu zeigen, dann hatte sein Leben keinen Wert mehr. Am besten verkaufte ich ihn an die Zeltobler Händler.

»Ojeee! Warte bitte. Herr Itsuki, bitte entschuldige dich aufrichtig!«

»Es tut mir leid …«

Mit ausdrucksloser Miene neigte er den Kopf. Was war das? War er etwa so ein Typ?

»Itsuki, was ist überhaupt los mit dir?«

»Ich weiß nicht. Gestern … Warum war ich so traurig?«

»Ähm … Itsuki, sag jetzt bloß nicht, du weißt nicht, wer du bist!«

Der Tribut, den man für diesen bekloppten Justice Bow zahlte, war doch wohl nicht Gedächtnisverlust? Nach allem, was wir bisher beobachtet hatten, wäre das nicht verwunderlich. Dann wären wir aber in Schwierigkeiten.

»Doch. Ich bin Itsuki Kawasumi, Held des Bogens. Ich habe Gerechtigkeit angestrebt, habe verloren und bin auch noch getäuscht worden.«

»Amnesie ist es also nicht?«

»Weiß nicht.«

Warum wusste er das bitte nicht?

»Keine Geheimnisse! Was heckst du aus?«

»Hecke ich irgendwas aus?«

»Woher soll ich das wissen? Deswegen frag ich ja dich! Die Gegenfragen kannst du dir sparen.«

Was war das? Itsuki hatte ja überhaupt keinen Antrieb mehr. Als wäre er völlig gebrochen ... Na ja, das vielleicht nicht. Aber gerade hatte ich ihn gebeten, irgendwas zu sagen. Und er hatte mit »irgendwas« geantwortet ...

»Itsuki, mach mal einen Handstand und zieh dich dabei aus.«

»Okay ...«

Itsuki tat wie geheißen: Er balancierte auf einer Hand und löste mit der anderen seine Knöpfe.

»Herr Itsuki! Bitte hör auf damit.«

Sofort kam er wieder auf die Füße und stand stocksteif da. Moment mal. Tat er etwa alles, was man von ihm verlangte?

»Itsuki, bring dich selbst um.«

»Okay ...«

Itsuki ließ seinen Bogen etwas auswerfen. Keine Bogensehne, sondern ein richtiges Seil – ein Werkzeug, wie auch mein Schild es hervorbringen konnte. Und dann suchte er nach einer geeigneten Stelle, um sich zu erhängen.

»Ojeeeeee! Bitte lass das, Herr Itsuki!«

»Okay ...«

»Itsuki, was würdest du gern machen?«

»Was ich gern machen würde? Ich weiß nicht.«

Oha ... Es war ja geradezu unheimlich, wie der sonst so geheimniskrämerische Itsuki bereitwillig auf jede Frage antwortete.

»Itsuki, hast du keine Ahnung, was los sein könnte? Man zahlt ja einen Preis, wenn man die Skills einer verfluchten Waffe verwendet.«

Irgendwie hatte ich das Gefühl, dass er, ähnlich wie Ren oder ich, von einer unangenehmen Aura umgeben war.

»Wenn ich in den Untergrundturnieren in Bedrängnis war, hab ich manchmal besondere Skills benutzt …«

Oh nein. Und jetzt, da er von der verfluchten Waffe befreit war, brachen die Nebenwirkungen mit einem Schlag über ihn herein. Er war in einer furchtbaren Verfassung.

»Dann mach erst mal gar nichts. Rishia kümmert sich um dich.«

»Verstanden.«

Itsuki starrte Rishia eine Weile an, dann blickte er wieder in meine Richtung.

»Und ich soll nichts tun, ja?«

»Wieso, willst du denn was tun?«

»Na ja, soll ich irgendwas tun oder einfach nur stillhalten? Wenn ich mich bewege …«

Es sah ja ganz so aus, als wäre seine Entschlusskraft gesenkt. Der Preis, den er für seine Fluchskills zahlen musste, war der Verlust seines Willens. Ach, Mann. Musste denn jeder Held, der bei mir aufschlug, von einem Fluch befallen sein? Motoyasu war nicht hier, aber der tickte ja neuerdings auch nicht mehr richtig.

»Wenn das so ist, denk erst mal darüber nach, was du von nun an machen willst. Hauptsache, du begleichst deine Schulden.«

»Verstanden … Dann arbeite ich, um die Schulden abzubezahlen.«

»Herr Itsuki. Ich werde mit dir zusammen kämpfen, um Wiedergutmachung zu leisten.«

Er nickte nur. Ja, sie sollte ruhig auch arbeiten, um Kompensation zu leisten.

»Dann danke für deine Hilfe ... Rishia.«

Er nahm ihre Hand, und eine Träne rann ihm über die Wange.

»Herr Itsuki?«

»Huch? Warum ...? Rishia, was ich getan habe ... tut mir leid ...«

Und dann, als hätte er all seine Gefühle herausgelassen, wurde seine Miene wieder ausdruckslos.

»Ja ... Ja ... Ja ... Herr Itsuki ...«

Jetzt weinte auch sie. Tja, das war ja auch fast, als stünde da ein Fremder in Itsukis Gestalt. Er tat brav alles, was man ihm sagte. Ich seufzte. Ihn auszufragen wäre auf diese Weise zwar leicht, aber sein Zustand schuf auch bergeweise Probleme. Was sollten wir tun? In letzter Zeit schien ich mir nur noch den Kopf zu zerbrechen.

Erst einmal würde ich ihm die Hochrüstmethoden einhämmern, und dann wäre es wohl gut, ihn zu den Heilquellen auf Cal Mira zu schicken, die sich lindernd auf Flüche auswirkten. Und anschließend ... wüssten dann wenigstens alle vier Helden über die Hochrüstmethoden Bescheid.

Kapitel 14: Die geheime Basis

»So, kleiner Naofumi, dann vergnügen wir beide uns jetzt mal so richtig!«

»Ganz bestimmt nicht!«

Es waren ein paar Tage vergangen, seit wir Itsuki ins Dorf geholt hatten. Heute Abend sollte Sadina mir erklären, wie man Drachenpulsmagie wirkte. Die Sklaven hatten ihr Trauma wohl so weit überwunden, dass sie jetzt nicht mehr so viel Zuwendung brauchten.

»Genau, Sadina! Hör bitte endlich auf mit den Albereien!«

Raphtalia war nun auch wieder frei, mit in meinem Haus zu schlafen. Ich hatte sie gebeten, Atla zu vertreiben, falls die nachts aufkreuzte.

»Ach ja, genau. Ich glaube, dass ich dir nicht alles allein beibringen kann, deswegen hab ich Gaelion um Hilfe gebeten.«

Sadina winkte aus dem Fenster, und da stieg Gaelion vom Nachthimmel herab und kam in seinem Drachenjungenmodus hereingeflogen.

»Hm ... Du möchtest also die Drachenpulsmagie erlernen? Du hast die Segnung doch bereits erfahren.«

»Du kannst ja re...«

Raphtalia verschlug es die Sprache, als sie Gaelion plötzlich sprechen hörte.

»Ich bin Gaelion, der schwächste aller Drachenkaiser, den der Held des Schwerts erschlagen hat. Es ist mir eine Freude.«

Der schwächste? So stellte er sich selbst vor?

»Das ist Wyndias Vater, der von dem Dämonendrachen übermannt wurde. Anscheinend teilen der junge Gaelion und er sich jetzt einen Körper. Ich hatte bisher keine Zeit, das zu erklären.«

»Eigentlich hätte ich mich gleich vorstellen sollen, doch Wyndia ist mir die ganze Zeit nicht von der Seite gewichen.«

»Der Kleine beherrscht ebenfalls die Drachenpulsmagie«, sagte Sadina. »Wenn wir sie dir gemeinsam beibringen, kannst du sie bald.«

»Das wäre schön.«

Ich übte zwar schon lange auf eigene Faust, aber besonders gut lief es nicht. Ren und Itsuki beherrschten bisher ja noch nicht einmal gewöhnliche Magie aus eigener Kraft – ein zusätzlicher Grund für mich, sie schnell zu lernen. Eigentlich konnten wir mit Sadina und Gaelion im Team ja bereits mächtige Unterstützungsmagie in rascher Folge wirken. Dennoch war es wohl besser, wenn auch ich den Drachenpulsweg beherrschte.

»Herr Naofumi ... Was?! Bruder, lass mich los!«

»Nein, Atla! Heute lasse ich dich nicht weg! Ich werde dir zeigen, was das Üben gebracht hat!«

»Hi hi, jemand wie du will mich aufhalten? Glaubst du das wirklich?«

»Diesmal schaff ich's, das wirst du schon sehen!«

Es war zu hören, wie das Geschwisterpaar draußen kämpfte und zankte. Ich warf einen kurzen Blick und sah die beiden Dummköpfe miteinander raufen. Die anderen Sklaven standen um sie herum und hatten sichtlich Spaß beim Zusehen. Die gehörten doch längst ins Bett!

»Dabei kann ich mich nicht gut konzentrieren.«

»Stimmt wohl«, sagte Raphtalia. »Gleich kommt Atla herein, und dann wirst du wohl nicht mehr groß zum Üben kommen.«

»Wäre schön, wenn wir 'ne bessere Lernumgebung hätten. Sollten wir vielleicht zum Schloss springen oder so?«

»Das wäre eine Möglichkeit, aber ... ins Schloss würde Atla dir sicher folgen. Sie könnte Küken nehmen.«

Von wem redete sie? Ach, das musste Filos erster Untertan sein. Jetzt meinte ich mich auch zu erinnern, dass die Sklaven den Filolial so genannt hatten, während sie ihn gestreichelt hatten.

An Zeltoble hatte ich auch gedacht, aber die Stadt brachte ihren eigenen Geräuschpegel mit sich. Dazu kamen noch die Unterbringungskosten, und ich würde mich mit dem Sklavenhändler abgeben müssen.

Sadina hatte dem fröhlichen Lärm draußen durchs Fenster zugesehen. Jetzt sagte sie: »Soll ich dich zu meiner geheimen Basis bringen?«

»Geheime Basis?«

»Jaaa. In der Nähe des Dorfs gibt es eine abgeschiedene, kleine Insel – Schwesterchens geheime Basis. Dahin dürfte selbst Atla dir nicht folgen können.«

»Hm«, machte Gaelion. »Es wäre wohl wirklich besser, wenn wir irgendwo üben würden, wo das Hakuko-Mädchen uns nicht stören kann.«

»Alles klar. Aber Raphtalia, du musst unbedingt bei mir bleiben. Du bist die Einzige, auf die ich zählen kann.«

Wenn ich allein mit Sadina und Gaelion wäre, wusste niemand, was mir widerfahren würde. Vor allem allein mit Sadina. Wir beide wären effektiv allein; die Gelegenheit würde sie sicher nicht ungenutzt lassen.

»Herr Naofumi, du hast zu viel Angst.«

»Ach ja?«, sagte Sadina. »Dann wäre noch die Frage, vor wem der kleine Naofumi mehr Angst hat: vor mir oder vor dir?!«

Vor wem wohl? Vor Raphtalia natürlich, das war doch wohl klar!

Wenn ich mich mit Sadina abgab, wurde Raphtalia nämlich gruselig.

»Wollt ihr auf meinem Rücken dorthin reiten? Oder willst du lieber Gaelion darum bitten?«

»Gaelion wär mir lieber.«

Wenn etwas war, konnte ich ihn auf Sadina hetzen. So hätte ich ein wenig Zeit, um mich aus dem Staub zu machen. Also stiegen wir schließlich auf Gaelion und brachen zu jener Insel auf.

»Ui ... Das ist also deine geheime Basis?«

Wir waren ungefähr 30 Minuten geflogen. Die Insel war in Sicht. Im Dunkeln war sie nicht gut zu sehen – sie war aber auch nicht besonders groß. Der Anblick erinnerte mich an sichelförmige Inseln, wie man sie manchmal auf Fotos aus fernen Ländern sah. Monster erspähte ich keine. Ich war zwar nicht Motoyasu, aber es war schon romantisch, wie der Mond sich im Wasser spiegelte.

Nachdem wir gelandet waren, führte uns Sadina in eine Grotte an der Küste und entzündete mit einer Fackel ein Feuer. Es gab sogar so etwas wie ein Fenster, durch das der Rauch abziehen konnte. Wie primitiv die Einrichtung war ... Das alles ließ mich an ein Piratenversteck denken. Steine waren zu einem behelfsmäßigen Tisch zusammengeschoben, und ringsum standen Stühle, die in Wahrheit nichts als Stücke eines Baumstamms waren. Weiter hinten schien es noch einen Raum zu geben, aber es war zu dunkel, und ich konnte es nicht gut erkennen.

»Na, dann macht's euch mal gemütlich.«

»Du warst doch schon mal mit Mutter und Vater hier, oder? Ich weiß noch, wie ich als Kind aufgeregt im Bett lag und überlegte, dass ich mich auch irgendwann hierher mitnehmen lassen würde, wenn ich mal erwachsen war.«

Ich verstand sie irgendwie. Ich wusste noch, wie aufgeregt ich als Kind gewesen war, als ich gehört hatte, dass ich mit Verwandten zum Campen durfte. Ich konnte mich allerdings nicht daran erinnern, dass es jemals dazu gekommen war.

»Ach, dann hast du hiervon gewusst, Raphtalia?«

»Ja.«

»Hierher dürfte uns selbst Atla nicht folgen können.«

»Nein, ich denke auch nicht!«, sagte Sadina.

Ich sah schon vor mir, wie sie durchs Meer schwamm oder an Bord eines Schiffs ging.

»Also, kleiner Naofumi, dann beginnen wir mal mit den Übungen.«

»Bitte.«

»Man braucht die Veranlagung dazu, oder?«, fragte Raphtalia. »Sonst würde ich das nämlich auch gern lernen.«

»Mit meinem Segen«, sagte Gaelion, »dürfte das durchaus möglich sein.«

»Dann bringt es auch ihr bei«, sagte ich. »Wenn wir es beide lernen können, sollten wir das auch tun.«

Es würde für uns nur von Vorteil sein, wenn auch Raphtalia diese Magie anwenden konnte. Sadina musterte Raphtalia, dann ächzte sie. »Uff ... Bei Raphtalia könnte es schwierig sein.«

»Wieso? Kann sie's nicht?«

»Was?« Gaelion hielt eine Pfote über Raphtalia. »Ah, ich verstehe. Es liegt bereits ein anderer Segen auf ihr. Und mit meinen gegenwärtigen Kräften kann ich ihn wohl auch nicht aufheben.«

»T... Tatsächlich?«

»Liegt das an ihrem Katana oder ...«

Stellte es womöglich ein Hindernis dar, dass sie eine Vasallenwaffe aus Kizunas Welt trug? Wie nervig. Vielleicht hätte ich mich doch genauer erkundigen sollen, wie das mit der Magie der Menschen dort funktionierte. Daran hatte ich nicht gedacht. Ich hatte das Gefühl, das dazu etwas in dem Quellenmaterial stehen könnte, das man uns mitgegeben hatte, aber es war aufwendig, das zu entschlüsseln. Sollte ich Rishia damit beauftragen? Allerdings hatte selbst sie Schwierigkeiten, jenes alte Manuskript zu dechiffrieren, daher konnte ich mir wohl nicht allzu viel davon versprechen. Außerdem hatte sie mit Itsuki gerade genug zu tun.

»Hm … Wenn es mir gelänge, das Gedächtnis des Drachenkaisers aus der anderen Welt aus deinem Kernstein zu lesen, dann könnte ich es ihr womöglich beibringen …«

»Ich kann mir gut vorstellen, wie das schiefgeht und er den Spieß umdreht.«

»Ein Drachenkaiser kann immerhin nicht durch den einer anderen Klasse ausgelöscht werden. Hätte er zur selben Klasse gehört, so wäre das mein Ende gewesen.«

Hmmm … Es gab also unterschiedliche Spezifikationen von Drachenkaisern? Er konnte aus dem Kernsteinen also manches herauslesen, aber wenn es in die Tiefe ging, unterschieden sie sich doch zu sehr voneinander.

Der Dämonendrache war ja eine derartige Bedrohung gewesen, dass man deswegen Kizuna beschworen hatte. Dann hatten sie und ihre Freunde es wahrscheinlich mit einem mächtigeren Exemplar zu tun gehabt als wir.

»Wir beginnen mit der Übung, dem Wasser dort die Kraft zu entziehen. Ich zeige es dir.« Gaelion hielt die Pfote über einen gefüllten Krug. »Ich rufe die Macht des Wassers, werde Gestalt. Puls der Erde, leihe mir deine Kraft! – Aqua Seal!«

Mit einem Schlag sprang die Kraft aus dem Wasser auf Gaelion über und manifestierte sich als Magie. War das nicht ein Zauber, der eine magische Membran erzeugte? Der ließe sich zum Beispiel verwenden, um die Wirkung von feuerbasierter Magie abzuschwächen. Das wäre sicher praktisch, wenn man etwa in ein brennendes Haus musste.

»Ein Zauberbuch gibt's wohl nicht?«

»Diese Magie unterscheidet sich von der, die man allein mit seiner eigenen Kraft auf festgelegte Weise hervorbringt. Man wirkt sie, indem man sich die Kraft von etwas anderem borgt.«

Vom Mechanismus her klang das wie die Magie, die Therese angewandt hatte. Von ihr wusste ich, dass sie die Kraft für ihre Zauber aus Juwelen bezog.

»Drachen bringen mithilfe ihrer eigenen Kraft Magie hervor, doch Menschen sollten sie sich ausschließlich von anderswo borgen.«

»Warum?«

»Nun, weil es eure Essenz ist! Wählt man die eigene Kraft, ist aber nicht in der Lage, sie hinreichend zu kontrollieren, dann kann es passieren, dass man seine ganze Kraft hinausbläst. Das wäre euer Tod.«

Oha ... Das war ja ganz schön riskant.

»Ihr solltet euch lieber mit der Magie begnügen, die eurer eigenen Veranlagung entspricht.«

Hm ... Er hatte schon recht. Mit seiner eigenen Kraft brachte man also gewöhnliche Magie hervor, und für Drachenpulsmagie verwandte man geborgte Kraft. Das sollte ich mir wohl hinter die Ohren schreiben.

»Ich glaube, das weißt du bereits«, warf Sadina ein, »aber mit Drachenpulsmagie lassen sich auch leicht die Zauber anderer verhindern: Man durchschaut die Kraft des Gegners und stört ihn direkt beim Wirken.«

Hm? Ach deswegen taugte der Drachenpulsweg für Obstruktionsmagie und so was. Indem man sich mit anderen in Einklang brachte, konnte man ja auch schwierige Ritual- oder Kollektivzauber vereinfachen.

Die nächsten zwei Stunden übte ich unterwiesen von Gaelion und Sadina Drachenpulsmagie.

»Ich sagte doch: Keine Magie einspeisen!«, tadelte mich Gaelion.

»Ich muss das Wasser nur ansehen und erkenne, dass da Magie drin ist.«

»Das kannst du sehen?«

»Das Wasser vibriert, oder nicht? Ganz davon zu schweigen, dass es komisch leuchtet!«

Hm. Als ich damals mit Therese geübt hatte, hatte sie das Gleiche gesagt. Die Magiewege waren sich tatsächlich ähnlich!

»D… Das sieht schrecklich schwer aus.«

Raphtalia sah mir besorgt zu, während ich mich abmühte.

»Raphtalia, weißt du noch? Die Magie in Kizunas Welt war ganz ähnlich. Vielleicht kannst du ja die Zauber lernen, die Therese benutzt hat!«

»Ich werde mir Mühe geben und es versuchen.«

»Kleiner Naofumi, du darfst hierbei keine Magie freisetzen, wie du es sonst tust. Im Gegenteil: Du musst dich bemühen, leer zu werden. Stell dir vor, wie das Wasser dir seine Kraft gibt.«

»Das ist total schwierig.«

Hier musste man über die Sinne gehen, und nichts war schwieriger als das. Ähm, also nicht die Magie aus dem Wasser ziehen, sondern von dem Wasser die Energie bekommen … Aber das Wasser zeigte keinerlei Reaktion.

Los!, dachte ich versuchsweise. Rück deine Kraft raus!

»Wie oft denn noch?«, fragte Gaelion. »Keine Magie!«

Ach, Mann! War das nervig! Aber jetzt hatte ich eine Ahnung, warum Wyndia nichts als Drachenpulsmagie konnte. Der Freak im Zimmer war ohne jede Frage Sadina. Auch hierbei gab es wohl Genies. Ich war keins und musste mich dementsprechend abmühen.

Nachdem ich zwei weitere Stunden gelitten hatte, hatte ich wenigstens so ungefähr den Dreh raus. Vielleicht lag es daran, dass ich den Magiestrom jetzt sehen konnte. Jedenfalls gelang es mir, Gaelion und Sadina bei der Beschwörung nachzuahmen.

Im Prinzip musste man inständig bitten. Zugleich schuf man in der eigenen Magie einen Hohlraum. Und dann ließ man sie ganz vorsichtig das Wasser berühren, als ob man die Fingerspitzen danach ausstreckte. Und dann strömte über meine Magie der reine Fluss des Wassers in mich hinein.

»Genau so. So ist es gut. Ich staune: Du machst schnellere Fortschritte, als ich erwartet hatte.«

»Ja, oder?«, stimmte Sadina zu.

Danach stieg ein Puzzle auf, wie wenn ich mit Ost oder Sadina gezaubert hatte. An den Teil war ich bereits gewöhnt.

»Ich rufe die Macht des Wassers, werde Gestalt. Puls der Erde, leihe mir deine Kraft! – Aqua Seal!«

Ein Ziel-Icon tauchte auf, und ich wählte mich selbst aus. Sofort spürte ich, wie der Zauber seine Wirkung entfaltete.

»Hm, das hast du ziemlich rasch gelernt. Ganz wie man es von einem Helden erwarten würde.«

»Ja, oder? Der kleine Naofumi ist eben ein Genie.«

»Spinn nicht. Du hast ja keine Ahnung, wie viel Selbststudium dahintersteckt.«

Jetzt, da ich es endlich begriffen hatte, mochte es wie ein kurzer Moment aussehen, aber welche Mühe war dem vorausgegangen!

Seit Ost mir die Gabe verliehen und ich mit Therese geübt hatte, hatte ich praktisch ständig daran gearbeitet! Ächzend und stöhnend hatte ich geübt.

»Jetzt heißt es wiederholen. Du musst dich den Übungen ganz hingeben.«

»Ja, wenn ich's bis hierhin geschafft hab, bleibt mir wohl nur das.«

Das war wie beim Fahrradfahren. Bloß weil man gelernt hatte, nicht mit dem Rad umzufallen, kam man noch nicht weit. Ich musste jetzt den Ehrgeiz entfalten, Profi auf Weltniveau zu werden.

»Wollen wir dann so langsam zum Ende kommen und schlafen gehen?«

»Oh«, sagte Gaelion. »Ich habe ja ganz die Zeit vergessen.«

»So, kleiner Naofumi, jetzt trinken wir!«

Sie holte von hinten ein Fass und stellte es bei uns ab.

»Wo hast du so was denn her?«

»Das stammt aus einem verunglückten Schiff. Hat genau den richtigen Reifegrad.«

Aha. Aber diesem Fass haftete etwas Illegales an. Genau darum bewahrte sie es wohl hier auf.

»Und du hast es aus diesem Schiffswrack geborgen?«

»Ja.«

»Darf man solche Güter in diesem Reich einfach unterschlagen?«

»Das ist kein Problem. Es lag außerhalb des Bereichs, in dem das Bergungsgesetz gilt.«

»Aha?«

»Es gibt die Regel, dass die Bergenden 70 Prozent bekommen und das Reich 30. Aber das Gesetz ist hier praktisch wirkungslos. Der Geltungsbereich sind die Hoheitsgewässer Melromarcs.

Der Teil des Meers, in dem das Wrack lag, gehört jedoch keinem Reich.«

Na ja, es wusste ja auch niemand, wer das Wrack geborgen hatte. Wenn man Stillschweigen bewahrte, kam man mit so was sicher durch.

»In letzter Zeit sind außerdem hohe Wellen, und auch vor Melromarc ist starker Seegang. Das bietet Chancen.«

Wurden durch die Wellen des Untergangs etwa auch die Wellen des Ozeans gefährlicher? Ich meinte, dass der Kapitän damals auf der Überfahrt nach Cal Mira etwas Ähnliches geäußert hatte.

»Soll ich, falls Zeit ist, mal auf Schatzsuche geben? Könnte aber gefährlich sein, solange mein Level noch so niedrig ist.«

»Du steigst ja ziemlich schnell auf ... Wenn's okay ist, würde ich dich gern damit beauftragen.«

Ich wollte sowieso noch das Rätsel lösen, wie sie so schnell aufstieg. Brachten Meeresmonster vielleicht mehr EXP? Ein Schatz aus dem Meer ließ sich bestimmt zu Geld machen. So langsam ging mir auf, dass die Bergung ein Nebenverdienst von Sadina war. Neben ihren Kämpfen und Aktivitäten in Zeltoble verdiente sie sich noch etwas dazu.

»So, jetzt heben wir aber einen!«, verkündete Sadina.

»Hm ...« Gaelion neigte sich neugierig vor. »Ich könnte durchaus einen Schluck vertragen.«

»Dann guck mal, Gaelion.«

Sadina holte eine große Flasche hervor und reichte sie ihm. Nanu? Die hatte ja die traditionelle Form einer Sake-Flasche. Hatte ein Held der Vergangenheit ihnen das beigebracht?

»Alsdann, zum Wohl.« Gaelion trank direkt aus der Flasche. »Oh ... Das ist aber ein edles Tröpfchen!«

»Aber ja«, sagte Sadina. »Das ist ein starker Reiswein aus meiner Heimat, den auch Drachen gerne trinken.«

»Oho …«

Gut gelaunt trank Gaelion aus der Flasche.

»Raphtalia, trinkst du auch mit? Deine Eltern vertrugen ja einiges, da wird's bei dir doch auch so sein, oder?«

»O… Okay.«

Raphtalia vertrug Alkohol tatsächlich gut. Einmal war L'Arc schon sturzbetrunken gewesen, da hatte sie erst einen leichten Schwips gehabt.

»Dann mal keine Scheu, ihr beiden. Kleiner Naofumi, für dich gibt's Lukolfrüchte.«

Sadina brachte auch uns beiden etwas zu trinken. So gern mochte ich Lukolfrüchte allerdings gar nicht. Na, meinetwegen. Das musste ich ihr ja nicht ausgerechnet jetzt sagen.

Während wir tranken, sprach ich über unseren Plan, eine Seekarte in einer Hand. Zwischendurch wechselte Sadina jedoch immer wieder das Thema.

»Sag mal, Raphtalia, wie stehst du nun eigentlich zu unserem kleinen Naofumi?«

»Ich habe die größte Achtung vor Herrn Naofumi.«

Ach ja? So entrüstet, wie sie ständig über mein grobes Verhalten war, hatte ich das jetzt nicht erwartet. Vielleicht komisch, wenn ich das selbst sagte, aber ich machte schon viele schreckliche Sachen.

»Ist das die ganze Wahrheit?«

»Ja.«

»Du denkst also nicht darüber nach, ihn zu heiraten?«

»A… Also das …«

Huch? Raphtalia und heiraten? Sah sie mich denn als Mann?

Ich hätte nichts dagegen, wenn sie mir sagte, dass sie mich mochte, aber sie hatte doch sicher andere Prioritäten. Sie kämpfte darum, dass nicht noch mehr Kinder wie sie wegen der Wellen in Not gerieten.

»Ich ... Also ... Ähm ...«

Sie blickte hierhin und dorthin, und ihre Wangen röteten sich. In Wahrheit war sie noch sehr jung. Eigentlich hätte ich sie keinen Alkohol trinken lassen dürfen. Und bestimmt war sie nicht alt genug, um an Liebe zu denken.

In mir sah sie nur einen Ersatz für ihre verstorbenen Eltern, und wenn man sie dann fragte, was sie von mir als Mann hielt, dann stieg ihr wohl das Blut in den Kopf.

»Herr ... Naofumi und ... ich ...«

Sie redete plötzlich so stockend. Vertrug sie doch nicht so viel?

»Nanu, was hast du denn, Raphtalia?«, fragte Sadina.

»Ich ...«

Raphtalia plumpste mit dem Gesicht auf den Tisch.

»Hm ... Mir ist auch ... ein wenig ...«

Gaelions Kopf schwankte, und dann wälzte er sich auf den Rücken.

Hm ... Sadina konnte selbst trinkfeste Menschen wie Raphtalia betrunken machen. Jetzt waren nur noch sie und ich übrig. Irgendwie deprimierend. In mir stieg dasselbe Entfremdungsgefühl auf, dass mich bei Saufpartys immer überkam. Genau darum mochte ich Alkohol nicht. Alle tranken sich fröhlich unter den Tisch, und ich saß daneben. Betrunkensein kannte ich nicht so recht. Mir war auch noch nie beim Fahren schlecht geworden. Höchstens kannte ich einen Zustand der ... na ja, nicht gerade der Verzückung, aber immerhin der Freude, wenn ich mich gut amüsierte. Trunken von Siegesglück, so was vielleicht, aber das war ja doch etwas anderes. Irgendwer hatte mich mal als Säufer aller Säufer bezeichnet. Ich, ein Säufer?

»Herrje ... Die Getränkenamen ›Drachentöter‹ und ›Tanuki‹ versprechen nicht zu viel, was? Das war wohl doch etwas zu stark für die beiden.«

Was?! Was sagte diese Verrückte da?!

»Du hast mich ... reingelegt.«

Verdammt! Anscheinend hatte sie extra Getränke bereitgestellt, die Raphtalia und Gaelion umhauten. Womöglich wollte sie mich jetzt anfallen. Was sollte ich tun? Shield Prison anwenden und wegteleportieren?

»In dem Sinne ... Trinken wir weiter.«

»Mir reicht's. Ich geh nach Hause.«

»Aber kleiner Naofumi! Wenn du jetzt gehst, was machen dann Raphtalia und Gaelion?«

»Die teleportiere ich mit weg.«

»Verstehe. Gut, aber dann sprich wenigstens erst mal mit Schwesterchen.«

»Sprechen willst du? Ich glaub ja eher, du hast was anderes im Sinn!«

»Nein, gar nicht.«

Vergnügt trank sie ihr Glas leer. Und einen Moment später ...

»Was für Absichten hast du tatsächlich mit Raphtalia?«

Jetzt war ihr Gewitzel wie weggeblasen. Sie nahm ihre Menschenform an und sah mich ernst an.

»Hast du die beiden deswegen betrunken gemacht? Um mich das zu fragen?«

Was für ein Verhältnis hatte sie überhaupt zu Raphtalia? Ich wusste nicht so recht warum, aber wann immer ich dieses Thema anschnitt, blockte sie ab und wich mir aus.

Vor Kurzem, als wir gerade mit dem Wiederaufbau des Dorfs und der Stadt beschäftigt gewesen waren, hatten Angehörige der Waschbärenart gewittert, dass meine engste Vertraute eine von ihnen war, und hatten bei uns vorgesprochen.

»Herr Schildheld, wenn Eure rechte Hand zur Waschbärenart gehört, gehören wir ja praktisch zur Familie. Wir wollten Euch unbedingt beim Aufbau zur Hand gehen, und darum sind wir nun hier.«

Erstaunlicherweise hatten diese Angehörigen der Waschbärenart wenig Ähnlichkeit mit Raphtalia. Meinem ersten Eindruck nach waren es kräftige, pummelige Leutchen, die bäuerisch wirkten. Besonders motiviert wirkten sie nicht. Ich witterte die Einstellung, dass sie es bloß bequem haben wollten unter dem Schutz des Schildhelden. Eigentlich hätte ich sie am liebsten abgewimmelt, aber es fiel mir schwer, weil sie zur Waschbärenart gehörten. Immer wenn ich eins der Kinder ansah, wurde mir lang und breit die Blutsverwandtschaft erklärt, wohl um Druck auf mich auszuüben. Schließlich wollte ich ihnen nur noch sagen, dass sie verduften sollten. In dem Moment richtete Sadina ihre Harpune auf sie, eine ungekannte Bedrohlichkeit im Blick.

»Es tut mir ja sehr leid, aber die Verwandtschaft zwischen euch und ihr ist so entfernt, dass ihr praktisch Wildfremde seid. Also versucht bitte nicht, euch unter dem Vorwand der Blutsbande hier einzuschleichen, ja?«

Die Waschbärbande erstarrte angesichts dieser Wut.

»Na, wenn ihr uns unterstützen wollt, dann helft in der Stadt beim Wiederaufbau. Ich entscheide dann später, ob ich euch zu meinen Gefährten mache.

Sie sollten ruhig gleich die Ärmel hochkrempeln und sich in der Stadt nützlich machen, so mein Gedanke. Doch dann, es musste wohl drei Tage nach ihrer Einteilung gewesen sein, hatten sie sich mitten in der Nacht aus dem Staub gemacht.

Sadina hatte noch zu anderen Anlässen besorgt ausgesehen. Manchmal hatte sie im Dorf wachsam irgendwo hingestarrt, obwohl dort niemand gewesen war. Ganz so, als könnte sich dort jemand verstecken. Tarnmagie hätte Raphtalia jedoch durchschauen müssen, und sie hatte nichts Derartiges berichtet. Vielleicht hatte Sadina sich bloß etwas eingebildet.

»Also, wie steht ihr beiden zueinander?«

Sadinas wahres Ziel beim Aufkauf der Sklaven in Zeltoble war gewesen, Raphtalia zu finden – so viel hatte ich mir zusammengereimt. Natürlich hatte sie nebenbei auch gehofft, die Dorfbewohner in ihre Obhut zu bringen.

»Kleiner Naofumi, Raphtalia und ihre Eltern waren der Sinn meines Lebens.«

»Der Sinn deines Lebens ...«

Ich verstand immer weniger, was für ein Verhältnis sie gehabt hatten. Auch in meiner Welt hatte es ja Ehrenkulturen gegeben wie die der Ritter oder der Samurai. Etwas in der Richtung schien es zu sein.

»Als die erste Welle über die Welt kam, konnte ich Raphtalias Eltern nicht beschützen. Zu der Zeit war ich zu weit weg, um es rechtzeitig zurückzuschaffen. Wie unaufmerksam von mir, was?«

In ihren leisen Worten schwang so etwas wie Reue mit. Sie trank weiter. Im Scherz hatte sie es wohl nicht gesagt. Sie unterbrach sich, um die betrunkene Raphtalia in ein einfaches Bett zu legen. Offenbar wollte sie tatsächlich ein ernsthaftes Gespräch führen. In dem Fall gab es keinen Grund, abweisend zu sein, auch wenn wir beide miteinander allein waren.

Schließlich fuhr sie fort: »Als ich dann aber ein paar Tage nach der Welle ins Dorf zurückkehrte, war niemand mehr da. Ich hab verzweifelt nach ihnen gesucht. Ich dachte, ganz bestimmt leben sie noch, weißt du? Aber als Subhumanoide musste ich mich von der Schattenseite dieses Reichs fernhalten. Zeltoble ist auf Sklavenhandel spezialisiert. Darum bin ich zur Kampfsklavin geworden und hab dort nach ihnen allen gesucht. Ich knüpfte gute Kontakte, und ich dachte, wenn ich nur genug Geld anhäufe, würde ich's irgendwie rauskriegen.«

»Das war aber ein ziemlicher Umweg.«

Raphtalia hatte ich zu einem Schleuderpreis bekommen. Dafür, dass Sadina so verzweifelt gesucht hatte, hatte sie sich ganz schon weit vom Ziel herumgetrieben.

»Dem Äußeren nach entspricht sie der Waschbärenart. Sie allein anhand ihres Namens zu suchen, hätte zu lange gedauert. Ich konnte aber mehrere Kinder aus Lurolona finden.«

»Also hast du erst mal die beschützt.«

»Ja. Und als ich Raphtalia dann wiedergesehen hab, bin ich erschrocken. Plötzlich hat sie an der Seite des Schildhelden gekämpft!«

»Raphtalias Leben war voller Wechselfälle.«

Wenn die Wellen irgendwann zur Ruhe kamen, sollte Raphtalia in Frieden weiterleben können. Das Mädchen, das an mich geglaubt hatte, sollte glücklich werden. Das war schon lange mein Wunsch, und daran hatte sich nichts geändert. Diese Welt an sich konnte meinetwegen untergehen. Aber Raphtalia lebte hier, also würde ich alles daran setzen, Frieden zu schaffen.

»Du hast gesagt, sie sieht aus, als gehörte sie zur Waschbärenart. Tut sie das also nicht?«

»So wie man mich mit einer der Ruka-Art verwechseln könnte, sieht sie der Waschbärenart ähnlich, aber es ist eben doch nicht dasselbe.«

»Oh ... Na ja, zu welcher Art sie auch gehört: Raphtalia bleibt Raphtalia.«

Es gab ja viele Tierarten, die anderen ähnlich sahen. So wie einheimische und eingeschleppte Arten.

»Das ist eine deiner guten Eigenschaften. Aber hör mal, kleiner Naofumi ... Wenn du nicht die Absicht hast, bis zuletzt für Raphtalia zu sorgen, magst du dich dann mit mir zufriedengeben?«

»Was?«

»Ich bitte dich darum, dass du nur dann eine Beziehung mit ihr eingehst, wenn du auch wirklich dazu bereit bist. Solltest du es gar nicht mehr aushalten, dann verschaff dir lieber bei Schwesterchen Erleichterung.«

Unfassbar, was sie da von sich gab ...

»Hältst du mich für einen Unmenschen?«

Na ja, es entspräche meinem Selbstbild. Aber auf Weibergeschichten war ich nun überhaupt nicht scharf. Raphtalia vertraute ich. Wenn man mich fragte, ob ich sie mochte oder nicht: Klar mochte ich sie, gar kein Zweifel. Das würde ich ihr auch sagen, wenn es sein müsste. Aber hatte ich auch romantische Gefühle für sie? Das wusste ich nicht.

Für mich war sie eine verlässliche Partnerin, eine Kameradin, mit der ich Freud und Leid teilte. Zugleich war sie für mich so etwas wie eine Tochter. In der Hinsicht hatte Motoyasu nicht unrecht, wenn er mich als Vater ansprach. Bis wieder Frieden auf der Welt herrschte, wollte sich Raphtalia bestimmt auf ihre Mission konzentrieren und hatte kein Interesse an Liebesgeschichten. Ich meinerseits brachte ihr väterliche Gefühle entgegen ...

Aber ich musste aufpassen, dass ich mich von Sadina nicht verrückt machen ließ. Wenn sie bis zuletzt sagte, so meinte sie wohl nicht bis zum Ende der Wellen, sondern bis zu Raphtalias Tod. Auch in Manga und Games geschah es ja nicht selten, dass der Protagonist sich dauerhaft in der Anderswelt niederließ. Diese Art von Verbindlichkeit wollte ich jedoch nicht. Sobald wieder Frieden auf dieser Welt war, wollte ich in meine eigene zurückkehren. Wahrscheinlich sorgte sich Sadina aus dem Grund, dass ich mich an Raphtalia ranmachte. Sie hatte meinen Charakter analysiert und flirtete heftig mit mir, wohl in der Hoffnung, wenn sie ihre an Schikane grenzenden Attacken fortsetzte, dann würde ich nichts mit Raphtalia anfangen. Meistens alberte Sadina nur herum, aber sie hatte auch die Fähigkeit, nüchtern das Verhalten anderer einzuschätzen und sie zu manipulieren. Sie war der Typ, den man lieber nicht zum Feind haben wollte. Was sie sagte, klang wie ein Scherz, aber ihre Augen lachten nicht.

»Es gibt doch bestimmt ’nen Grund dafür, dass du dich so engagierst?«

Ich hatte zwar nicht vor, mit Raphtalia irgendwas anzufangen, aber ich wollte gern verstehen, was in Sadina vorging.

»Na ja, ein bisschen was kann ich wohl verraten.«

Sie streichelte Raphtalia sanft übers Haar und fing an zu erzählen.

»Du ahnst es wahrscheinlich schon: Ihr Vater war von hoher Geburt, und ich habe seinem Geschlecht als Miko gedient.«

»Ach, kommt sie aus Schildwelt oder Schildfrieden?«

»Nein. Den genauen Ort verrate ich dir nicht. Schon mit dem, was ich dir erzähle, erweise ich dir einen großen Freundschaftsdienst.«

Also nicht aus einem Subhumanoiden-Reich? Und was für einen Posten wollte Sadina da gehabt haben?

»Raphtalias Vater wollte die Nachfolge seines Hauses nicht antreten und ist mit seiner Frau durchgebrannt. Ich habe die beiden begleitet und bin ebenfalls aus dem Reich verschwunden.«

Hm. Es fiel mir schwer zu beurteilen, ob die Eltern damit eigensüchtig gehandelt hatten oder nicht. Hatte es vielleicht einen guten Grund dafür gegeben, dass sie ausgerechnet nach Melromarc gekommen waren, wo Subhumanoide diskriminiert wurden?

»Ich habe dadurch einiges verloren, aber noch mehr gewonnen, daher will ich zufrieden sein.«

»Wer wäre denn ranghöher: jemand mit der Abstammung von Raphtalias Vater oder ein Held?«

»In jener Region hätte Raphtalias Vater den höheren Rang gehabt.

»Höher als die vier heiligen Helden?«

»Die Legende von den Helden kennt man dort nicht, wenn es auch Aufzeichnungen darüber gibt, dass sie einen Besuch gemacht haben sollen. Nur wurden sie dort nicht als Helden bezeichnet, soweit ich mich erinnere.«

Was für eine Region war das denn jetzt? Und warum sprach man dort nicht von Helden? Hießen sie da vielleicht Träger der heiligen Waffen oder so? Aber jetzt hatte ich immerhin eine gewisse Ahnung von Raphtalias Elternhaus. Bestimmt wurde ihr Klan verehrt, weil er von Gott abstammte oder so.

Mal sehen, ob ich das Rätsel lösen konnte, wenn ich alles zu Rate zog, was ich bereits wusste. Die Namen und das Feeling der Techniken, die Raphtalia selbst entwickelt hatte, dazu Sadinas Erscheinungsbild in ihrer menschlichen Form ... Beides ließ mich an Japan denken. Bei dem Schlüsselwort fiel mir ein, was der Waffenhändler über eine Region im Osten erzählt hatte.

»Das Reich, in dem Raphtalias Vater geboren wurde, verfolgt das zufällig eine Abschließungspolitik?«

So war es früher in Japan auch gewesen. Ich wollte mich nicht als was Besonderes hinstellen, aber als Japaner hatte ich ein ganz gutes Verständnis davon, wie ein Reich unter solchen Einflüssen eine andere Entwicklung nehmen konnte als andere Länder. Außerdem hatte ich gehört, dass das Reich, in dem die Geisterschildkröte gebannt gewesen war, abgeschottet gewesen war. Vielleicht gab es das in dieser Welt ungewöhnlich oft.

»Mensch, kleiner Naofumi, toll! Ja, das stimmt, und zwar schon seit langer Zeit. Aber es gibt noch viele Reiche wie unseres. Unser Reich ist von allen noch einmal besonders isoliert.«

»Machst du dir Sorgen darum?«

Ein abgeriegeltes Reich im Osten, das Japan ähnelte, und Raphtalia hatte das Blut einer alten Familie von dort. Wenn das herauskäme, musste man befürchten, dass dann Leute auftauchten, um sie zurückzuholen?

»Zum Teil schon, aber wenn es nur das wäre. Vor allem ist mir daran gelegen, dass Raphtalia glücklich ist.«

»Oh ...«

Als Raphtalia stöhnte, legte Sadina ihr einen kalten Lappen auf die Stirn.

»Sie wacht bald wieder auf. Willst du noch was fragen?«

»Warum redest du nicht mit ihr darüber?«

»Weil ihr Vater das so bestimmt hat.«

In irgendwelche Streitigkeiten mit Raphtalias Klan wollte ich mich höchst ungern verwickeln lassen. So was konnte warten, bis wieder Frieden auf der Welt war. Mit der Drei-Helden-Kirche und dem Adel hier war es genauso gewesen. Solche Machtkämpfe waren einfach nur lästig.

»Kriegen wir auch keine Schwierigkeiten?«

»Ich denke nicht. Sie lassen uns bestimmt in Ruhe, solange du nichts Unangebrachtes machst. Mit Raphtalia eine Beziehung eingehen zum Beispiel.«

»Weil es dann Klanstress gäbe?«

Sadina nickte schweigend. Also war ich zum richtigen Schluss gelangt. Angenommen ich fing was mit Raphtalia an, und sie wurde schwanger. Sie bekäme demnach ein Kind mit dem Gott eines anderen Reichs, dann könnte der Klan annehmen, sie hätte es auf die Herrschaft abgesehen, was ihn zum Handeln drängen könnte. Und diese Möglichkeit besorgte Sadina.

»Wenn du unbedingt ein Kind mit Raphtalia wolltest, müsstest du erst das Reich unterwerfen und diesen Familiensorgen ein Ende setzen. Versprich es Schwesterchen.«

»Und du bist nicht nur übernervös?«

Ich konnte mir nicht vorstellen, dass die ein vollständiges Bild der Lage hatten. Vorsicht schadete natürlich nicht.

»Mag sein. Die Mikos, oder andere Leute mit besonderen Kräften von dort, darfst du aber nicht auf die leichte Schulter nehmen! Es gibt dort unzählige wie mich, und die könnten kommen, um Raphtalia nach dem Leben zu trachten.«

Ich zog eine Augenbraue hoch. Ein Reich voller Kämpfer von Sadinas Kaliber? Da fragte man sich doch, warum die nicht die Welt retteten! Aber Raphtalia war ungeheuer stark. Ich glaubte nicht, dass sie sich so einfach umbringen ließ. Das war natürlich kein Grund, etwas Unverantwortliches zu tun.

»Und was deine Entscheidung angeht: Ich möchte nicht erleben, wie du ein Mädchen zum Weinen bringst. Schwesterchen ist kein Mädchen, sondern eine erwachsene Frau, das wäre schon in Ordnung.«

»Du führst so viele gute Gründe auf, und dann das?«

»Du machst Schwesterchen ja ganz verlegen.«

Diese Probleme mit Raphtalias Abstammung ließen sich nicht abstreiten. Sadina hatte mich aber auch zu meinen Gefühlen befragen wollen, das war mir schon bewusst.

»Oh ... Herr Naofumi?«

Raphtalia war wieder bei Bewusstsein und setzte sich auf.

»Geht's dir gut?«

»Ja. Ich fühl mich überraschend ausgeruht.«

Ich lud ihr viel auf. Wahrscheinlich litt sie auch unter Stress. In dem Sinne war es gar nicht so schlecht, dass sie mal was trank und sich entspannte.

»Das hör ich gern«, sagte Sadina.

»Ist irgendwas passiert, während ich geschlafen hab?«

»Och, nö ...«

Sadina wollte bestimmt nicht, dass ich ihr erzählte, was ich erfahren hatte. Es gab keinen Grund, Ärger heraufzubeschwören, also würde ich so tun, als wüsste ich von nichts.

»Eins vielleicht: Ich hab Sadina erzählt, dass du wie eine Tochter für mich bist.«

»Was?!«, rief sie erschrocken.

Ich verwickelte sie in ein beliebiges Gespräch, um sie abzulenken. Aber mich beschäftigte das Thema weiter. Falls ich mich in sie verliebte, müsste ich beweisen, dass ich bereit war ... Schwierig. Ich werde nicht für immer in dieser Welt bleiben. Zumindest glaubte ich das nicht.

»Na, dann lassen wir's mal gut sein mit dem Feiern und gehen heim, was?«

»Och.«

»Er hat recht, Sadina. Du trinkst zu viel.«

»Hm ... Bin ich etwa eingeschlafen?« Jetzt machte auch Gaelion die Augen auf. »Ein Gläschen noch.«

»Toll, Gaelion! Trinkst du mit mir um die Wette?«

»Warum nicht?«

War er jetzt ihr neuer Saufkumpan? Am nächsten Tag hatte er jedenfalls einen Kater. Ich würde ihn ermahnen müssen, in Zukunft nicht mehr so viel zu trinken.

Kapitel 15: Alles Sein ist Leere

Zwei Tage später – das Frühstück war vorbei, und wir übten gerade – kam klappernd eine Kutsche ins Dorf gefahren. Es war ein wahrhaft seltener Besucher.

»Hm? Oh, hallo!«

Auf dem Kutschbock saß der Waffenhändler. Offenbar fuhr er bei einer Erzlieferung oder so etwas mit.

»He, Jungchen! Ich wollte mir mal ansehen, wie es mit deinem Dorf vorangeht.«

Er ließ den Blick über alles schweifen: den Bio-Plant-Acker, die Camping Plants und den Monsterstall.

»Es kriegt eine ziemlich individuelle Note, was?«

»Das lässt sich wohl nicht abstreiten«, sagte Raphtalia ein wenig schnippisch.

»Das ist eben Herrn Naofumis Stil!«, sagte Atla. »Ich finde, das könntest du auch ruhig würdigen, Raphtalia.«

»Ich weiß ja nicht«, sagte ich. »Warum musst du immer so streitlustig sein?«

Aber nun, da selbst der Waffenhändler es sagte, musste ich schon zugeben, dass sich das Dorf auf merkwürdige Weise entwickelte mit all den seltsamen Dingen – den Bio Plants und den Camping Plants und allem anderen. Besonders die Bio Plants waren eine Kuriosität, das ließ sich nicht abstreiten. Lurolona stach in jeder Hinsicht zwischen den Städten und Dörfern Melromarcs heraus. Wir hatten hier ganz schön was angestellt, das wusste ich selbst. Trotzdem hart, das von ihm gesagt zu kriegen.

»Bist du hier, um Erze abzuholen?«

»Auch das. Aber ich komme mit einer Lieferung.«

Aus einem Sack in der Kutsche holte er ein Kleidungsstück hervor und überreichte es Raphtalia. Als ich begriff, worum es sich handelte, konnte ich es nur anstarren. Wie mussten meine Augen gerade funkeln!

»Was gibt's da so zu strahlen?«, sagte Raphtalia leicht verärgert.

»Oh …«

Ich sah mir die Miko-Tracht in ihren Händen genauer an.

Miko-Tracht des weißen Tigers – gewöhnlich
Verteidigungskraftanstieg, Stoßresistenz (klein), Hiebangriffsresistenz (klein), Kraft der vier heiligen Tiere, Magieverteidigungsfertigung

Gewöhnlich? Inwiefern? Und vorher hatte ich doch mit meiner Begutachtungsfähigkeit nichts erkennen können. Jetzt ging es mit einem Mal.

»Von den Werten scheint sie etwas niedrig zu sein«, sagte Raphtalia.

»Tatsächlich?«

»Ja.«

»Tut mir leid. Ich hab mein Bestes gegeben.«

»Kein Problem«, sagte ich. »Ich finde, du hast gute Arbeit geleistet.«

»Und du meinst nicht, eine gewöhnlichere Rüstung hätte gereicht?«, fragte Raphtalia.

Anscheinend war er auf meine Bitte eingegangen und hatte ein bisschen herumprobiert. Doch anders als in Kizunas Welt wurde hier nicht allzu viel darüber geforscht, wie man bei Stoffen die Verteidigungskraft anheben konnte. Ein Stück weit schien es ihm gelungen zu sein, den Effekt unter Zuhilfenahme der Techniken dieser Welt zu reproduzieren.

»Ihr habt hier doch ein Mädchen, das mit Nähwerkzeugen umgeht. Das hat mir sehr weiter weitergeholfen.«

S'yne also? Ich erinnerte mich gar nicht, dass ich sie dem Alten vorgestellt hatte ... Aber S'yne bewachte mich ja, und Nähwerkzeuge waren ihre Vasallenwaffe. Vielleicht hatte sie Imiyas Onkel ein paar Techniken aus anderen Welten erklärt.

»Verstanden. Okay, Raphtalia, dann trag die mal von heute an.«

»Woher kommt nur diese Begeisterung dafür ...?«

Ich grinste. »Sie steht dir eben. Das sagen die anderen im Dorf bestimmt auch, wenn du's ihnen zeigst.«

»Das wollte ich nun nicht hören ... Ach, meinetwegen. Immerhin ist sie von der Leistung her nicht schlechter als die Rüstung, die ich jetzt trage.«

»Ich werde keine Mühen scheuen, das Voranschreiten der Forschung zu unterstützen«, sagte ich zu dem Waffenhändler, denn ich wollte, dass er sich weiter mit dem Projekt befasste. »Falls du noch irgendwas brauchst ...«

»Herr Naofumi!«, protestierte Raphtalia, die Miko-Tracht in den Händen. »Hörst du mir überhaupt zu?«

»Ich höre dich. Und jetzt zieh dich um und zeig dich den anderen.«

»So streng musst du das auch nicht sagen ...«

»Es macht mich so neidisch, dass Herr Naofumi dir Kleidung kauft!« Atla verströmte eine Aura der Eifersucht. »Wenn du die Sachen nicht willst, ich nehme sie gern.«

»Die passen dir doch überhaupt nicht!«

»Ich trage sie dennoch und erobere Herrn Naofumis Herz.«

»Was du wieder redest«, murrte ich. Ich hatte Atlas Übermut ein bisschen satt.

»Na schön«, sagte Raphtalia. »Dann trage ich sie eben.«

Sie ging davon und kam kurz darauf in der Miko-Tracht zurück.

»Oho …«

Der Waffenhändler starrte Raphtalia an, zusammen mit den Dorfbewohnern. Raphtalia stand vor uns, die Katanascheide in beiden Händen, und blickte verlegen zu Boden.

»Das ist ja der Hammer! Jungchen, ich muss dir recht geben.«

»Boah, Raphtalia!«, tat nun auch Kiru ihre Meinung kund. »Jetzt siehst du noch cooler aus als sonst!«

Ganz meine Rede. Die Miko-Sachen passten einfach am besten zu Raphtalia!

»›Cool‹, sagst du …«

»Nein, sie sieht niedlich aus«, sagte ein anderes Mädchen. »Sooo toll …«

Alle starrten Raphtalia voller Verblüffung an, und sie errötete zunehmend. War ihr das peinlich? In Kizunas Welt hatte sie das doch wie selbstverständlich getragen.

»Hach … Eine wahre Augenweide.«

So musste sich ein Vater fühlen, wenn er seine hübsche Tochter zum ersten Mal in Festtagskleidung sah. Na ja, das vielleicht nicht, aber es stand ihr einfach erstaunlich gut. Kimonos oder Hakamas hatte ich sie in Kizunas Welt auch tragen sehen, aber die Miko-Tracht ging über alles. Es war geradezu mysteriös … als hätte man das richtige Puzzleteil gefunden. Dagegen wirkte die Lederrüstung im westlichen Stil, die sie sonst trug, nahezu befremdlich.

»Da hast du's«, sagte ich. »Du musst die Miko-Tracht tragen.«

»Ich verstehe wirklich nicht, warum du so sehr darauf beharrst …« Raphtalia seufzte. »Aber meinetwegen.«

»Und, Alterchen? Was steht als Nächstes bei dir an? Bist du hier, um die Lumos um Hilfe zu bitten? Kannst du gern machen.«

»Hm. Das Angebot nehme ich an. Danke, Jungchen.«

Jetzt trug Raphtalia also ihre Miko-Tracht, und wir nahmen unsere heutige Pflicht, die Übungen, wieder auf. Etwas später kam noch Eclair vorbei und beklagte sich, dass sie Hilfe bei ihren Pflichten als Statthalterin brauchte. Also ging ich eine Weile mit in die Nachbarstadt, um ihr zur Hand zu gehen. Der Waffenhändler beschloss, im Dorf zu übernachten. Bei der Gelegenheit wollte er gleich die Rüstungen der Sklaven ausbessern. Der Kerl war einfach bei allem so großzügig, dass mir nichts als Dank über die Lippen kam.

Und dann, als die Sonne unterging und der Abend hereinbrach …

»Kleiner Naofumi, ich bin wieder daaa!«

Sadina war zurück. Ich hatte sie auf eine Bergungs- und Fischtour vor der Küste geschickt. Sie hatte offenbar einen guten Fang gemacht: Auf dem Rücken trug sie einen Korb voller Fische.

»Hier kommt dein Fisch. Heute lassen wir's uns gut gehen!«

»Schon klar.« Ich begann laut zu überlegen, wie ich den Fisch zubereiten sollte. »Dann fang ich am besten mit Bratfisch an …«

»Ah, Sadina, schön, dass du wieder …«

Doch ehe Raphtalia den Satz zu Ende bringen konnte, ließ Sadina den Korb fallen.

»Hey«, rief ich. »Schmeiß den nicht einfach hin!«

Doch Sadina schien mich gar nicht zu hören. Schwankend ging sie zu Raphtalia und versuchte ohne Vorwarnung, ihr die Sachen auszuziehen.

»W… Was machst du denn?«

»Was soll das?«, rief ich. »Bist du besoffen?!«

»Kleiner Naofumi, schnell, sag ihr, dass sie das ausziehen soll!«

»Hör auf mit dem Scheiß! Warum sollte ich?«

Ich hatte die Miko-Tracht extra für sie anfertigen lassen, nun sollte sie sie auch tragen. Raphtalia und Sadina rangen miteinander, und die Sklaven fingen an, Krach zu machen.

»N... Naofumi, geht das klar?«, fragte Ren zögerlich. »Meinst du, wir sollten sie aufhalten?«

»Hast recht. Wenn sie jetzt schon anfängt, Raphtalia vor allen anderen auszuziehen, müssen wir sie wohl notschlachten.«

Ich wurde gerade wütend, da bemerkte ich, wie angespannt Sadina aussah.

»Hey. Was soll die Hektik? Erklär erst mal, was überhaupt dein Problem ist.«

»Kleiner Naofumi, ich hab's dir doch gesagt: Erst wenn du bereit bist!«

Hm? Ja, vorgestern hatte sie mir gesagt, dass ich Raphtalia erst heiraten solle, wenn ich so weit war. Dass ich sonst in einen Klantumult verwickelt werden könnte.

»Und?«

»Damit hat's zu tun! Deswegen muss sie schnell dieses Gewand ausziehen!«

»W... Wovon redet ihr überhaupt?«, fragte Raphtalia.

Tja, in dem Moment, als wir darüber geredet hatten, hatte sie gerade wegen des Alkohols flachgelegen. Klar, dass sie nichts davon mitbekommen hatte. Aber was hatte das jetzt mit den Miko-Sachen zu tun?

»Na schön. Raphtalia, geh dich umziehen. Sonst reißt dir die Säuferin noch die Sachen vom Leib.«

»V... Verstanden.«

Raphtalia ging von dannen. Endlich beruhigte sich Sadina ein wenig. Jetzt starrte sie das Haus an, in dem Raphtalia verschwunden war.

»Was ist denn bloß los?«

»Sag, kleiner Naofumi, weißt du nicht, was es bedeutet, wenn du sie diese Sachen anziehen lässt?«

»Nö. Das ist bloß eine hervorragende Rüstung aus der anderen Welt, die der Waffenhändler für mich ausgebessert hat.«

Ich hatte ja keine Ahnung gehabt, dass das so ein wunder Punkt sein würde! Fast schockiert legte Sadina sich eine Hand an die Stirn, und sie ließ Ärger erkennen, was man von ihr sonst nicht kannte.

»Dann erkläre ich es dir. Raphtalia diese Kleidung tragen zu lassen, ist noch viel bedeutungsschwerer als das, worüber wir gesprochen haben. Es geht dabei um die Thronfol...«

Plötzlich riss sie die Augen auf und rannte los. Sekunden später schlug aus dem Haus, in dem Raphtalia war, eine Feuersäule empor.

»W... Was?!«

»Ist es schon zu spät?!« Rasch wechselte sie in ihre Tierform und begann mit einer Beschwörung. »Raphtalia!«

Krachend stürzte das Haus zusammen, und im selben Moment kam Raphtalia daraus hervorgesprungen, das Katana gezückt. Ihre Tracht, schon halb ausgezogen, war an mehreren Stellen angesengt.

Ich hörte das Klirren von Metall, und dann sah ich, wie irgendetwas auf Raphtalia zuschoss! Ich kniff die Augen zusammen und erkannte, dass es ein Kunai war oder vielleicht ein Eisenspieß. Dann tauchten Gestalten auf und hieben auf Raphtalia ein.

Mit gebleckten Zähnen wehrte sie die Hiebe ab, die auf sie einprasselten, wenn auch jedes Mal um Haaresbreite. Zum Glück schienen ihre Werte etwas besser zu sein.

»Jetzt mach dich auf etwas gefasst!«

Womit kämpften ihre Gegner da? Sah ich da ein Kodachi? Raphtalia stemmte sich mit ihrem Katana dagegen, doch gleich darauf tauchte ein anderer Feind hinter ihr auf und nutzte ihre Blöße, um einen Hieb anzubringen. Sie zog jedoch rasch ein weiteres Katana und blockte. Sie hatte einen Skill, der es ihr erlaubte, beidhändig zu kämpfen.

»Mächtiges Katana: Nebelkreuz.«

Verbissen attackierte sie einen der Gegner mit einem Skill, doch der streifte ihn nur und es sprühten bloß Funken. Diese Kämpfer waren ziemlich stark.

»Ha!«

»Das wird nichts!«

Raphtalia täuschte den Angreifer mit Illusionsmagie und wich der Attacke aus, aber schon wieder nur ganz knapp. Das hatte jetzt gefährlich ausgesehen!

In den wenigen Sekunden, die wir brauchten, um zu ihnen zu gelangen, brachten sie einen derart heftigen Angriffssturm zustande? Das mussten erfahrene Krieger sein. Aber Raphtalia war doch die Trägerin einer Vasallenwaffe! Zwar waren ihre Werte durch einen Fluch gesenkt, aber die Levelobergrenze der Bewohner dieser Welt lag bei 100 – denen musste sie doch überlegen sein!

»Air Strike Shield! Second Shield! Shooting Star Shield!«

Raphtalia war völlig in die Defensive gedrängt. Sofort sprang ich vor sie, um sie zu verteidigen.

»Thunderbolt, Stufe drei!«

Als Sadinas Zauber Gestalt annahm und auf den Platz niederregnete, zeigten sich die Feinde, die sich vorher anscheinend versteckt gehalten hatten. W... Was war das denn? Ich sah Orca-Menschen wie Sadina und ... Kaninchen-Menschen?

Sie trugen allesamt Ninjakleidung und umringten Raphtalia, mich und nun auch Sadina.

»Wer seid ihr?«

Subhumanoiden-Tiermenschen, die Raphtalia angriffen? Stammten die aus Schildwelt oder Schildfrieden? Dafür begegneten sie mir aber merkwürdig feindselig.

»Angreifer?!«, rief Ren.

»Uah! Das Haus brennt!«, rief Kiru. »Das haben wir gerade erst wieder aufgebaut!«

»Kyua?!«

Auch die anderen Dorfbewohner begannen zu rufen, und die Monster brüllten dazu.

»Ojeeee!« Da war auch Rishia, Itsuki im Schlepptau. »Wir müssen sie zurückschlagen!«

»Verstanden.«

»Was?«, rief Fohl. »Was?«

»Was ist denn nur passiert?«, fragte Atla.

Auch die beiden wirkten erschrocken wegen des plötzlichen Zwischenfalls. Obwohl wir auf einmal so viele waren, schien der Feind sich nicht zurückziehen zu wollen. Jeder einzelne starrte uns wortlos entgegen.

»Tochter des Mannes, der dem Mandat des Himmels entsagt hat ... Nun hat unser Reich Gewissheit! Mit all unserer Macht werden wir vereiteln, dass du die Nachfolge antrittst! Sei bereit!«

»Was?!«

Was redete der da? Ich sah zu Raphtalia hinüber.

»Was?«, rief Raphtalia. »Ich weiß überhaupt nicht, wovon ihr redet!«

»Kleiner Naofumi, Raphtalia, es ist zu spät. Sie werden euch nicht zuhören.«

Die Harpune erhoben, starrte sie die Feinde aus schmalen Augen an. Was war hier los? Unter den Angreifern erblickte ich eine ganze Reihe von Orca-Menschen wie Sadina. Dazu das, worüber wir gerade gesprochen hatten ... Ich bekam ein ganz ungutes Gefühl.

»Was hat das hier zu bedeuten?«

»Na ja, kleiner Naofumi, der Hauptgrund ist, dass du Raphtalia diese ›Miko-Tracht‹ hast tragen lassen. Das ist dir doch klar, oder?«

Jetzt, da ich Sadinas Reaktion sah, kam ich kaum daran vorbei. Ich wusste zwar nicht genau, wie es zu diesem Überfall hatte kommen können, aber Sadinas Bericht zufolge musste es etwas mit Raphtalias hoher Geburt zu tun haben.

»Bei ihr trägt diese Kleidung eine andere Bedeutung.«

»So viel kann ich erraten. Jetzt erklär es mir richtig.«

»Ist dies der Träger eines Geisterinstruments? Ziehen der Urteilswaffen genehmigt! Erledigt die ehemalige Miko des Wasserdrachen!«

»Jawohl!«, riefen alle anderen.

Was war das? Plötzlich hielten sie alle Waffen in den Händen, die von einem fahlen Feuerschein umgeben schienen.

»Wir haben jetzt keine Zeit für Erklärungen, wir müssen sie erst mal zurückschlagen.«

Die Orca-Menschen bewegten sich noch schneller als Sadina und stießen entschlossen mit ihren Stäben nach ihr. Es steckte beträchtliche Kraft dahinter: Sadina flog in hohem Bogen Richtung Küste davon. Dann warfen sich einige Gegner selbstmörderisch auf sie und stürzten sich mit ihr ins Meer.

»Sadina!«, schrie Raphtalia.

Wie zur Antwort hoben unsere Feinde ihre Waffen.

»Ha!«

Der Mann an der Spitze ließ einen riesigen Hammer auf mich niedergehen. Ich blockte. Die waren ganz schön schnell … etwa so wie Sadina in Zeltoble, als sie Ernst gemacht hatte. Ich musste mich vor Attacken hüten, die meine Verteidigungskraft ausnutzten oder aushebelten, auch wenn unklar war, ob unsere Gegner so etwas beherrschten.

Mit dem Gedanken ließ ich einen Shooting Star Shield entstehen – doch der zerbröselte sofort, als träte man auf einen Keks. Das konnte nicht sein! Wie konnte denn mein Shooting Star Shield so leicht zerbrechen? Beim Dämonendrachen oder anderen Helden sah ich es ja ein, aber das hier waren dem Aussehen nach gewöhnliche Gegner! Ich hatte allerdings das Gefühl, dass die Barriere auf andere Weise zusammengebrochen war als bisher, so mühelos, als hätte irgendetwas sie neutralisiert.

Zähneknirschend wehrte ich mit dem Schild einen seitlichen Hieb ab. Ich spürte die Erschütterung bis in den Arm. Schaden nahm ich aber nicht. Meine Verteidigungskraft wirkte ungehindert. Und dennoch war der Shooting Star Shield so mühelos zerbrochen? Zudem wurde die Konterfunktion des Demon Dragon Shield, den ich im Moment trug, nicht ausgelöst. Auch das Accessoire, das ich kürzlich angebracht hatte, zeigte keinerlei Effekt.

»Herr Naofumi!«

Raphtalia hinter mir wurde von einem weiteren Feind angegriffen. Scheiße!

»Third Shield!«

Um sie zu schützen, ließ ich noch einen dritten Schild entstehen.

»Zwecklos.«

Der Feind, der sie attackieren wollte, benutzte einen Dolch vom Typ Schwertbrecher. Auch dieser Hieb glitt durch meinen frisch erzeugten Schild wie durch Butter.

Gerade erlernte ich den Drachenpulsweg, daher war meine Magiewahrnehmung noch einmal geschärft worden. So konnte ich zumindest erkennen, wenn Werte magisch gesenkt wurden.

Vorsichtshalber warf ich einen Blick in meinen Status, doch es schien kein wertsenkender Zauber auf mir zu liegen. Durchbrachen sie meine Verteidigung dann doch mit schierer Gewalt? Von den Werten her hätten wir jedoch überlegen sein müssen.

»Bruder«, rief Kiru, »wir beschützen dich!«

»Nein, wartet! Passt auf!«

Doch sie ließen sich nicht aufhalten und kamen allesamt angestürmt. Die würden sich noch alle umbringen lassen! Doch wider Erwarten kämpften sie koordiniert und gaben sich keine Blöße. Mit Aura, Stufe zwei, stellte ich sicher, dass sie weniger Schaden nahmen.

Von der Zahl her waren wir überlegen, und so schien auch der Feind, trotz aller Kampferfahrung, nicht so recht weiterzuwissen. Es gab jedoch ein Problem: Die Waffen von Kiru und den anderen drangen nicht durch.

»Naofumi!«

Ren und Rishia wollten näherkommen, doch die Gegner versperrten ihnen den Weg.

»Ren! Meinetwegen auch Itsuki! Unterstützt uns!«

»Verstanden!«, rief Itsuki.

»Naofumi, halt durch!«, brüllte Ren.

Beide feuerten ihre Skills ab.

»Hundred Swords!«

»Arrow Rain!«

Im selben Moment stieß ich meinen Gegner von mir.

»Shooting Star Shield!«

Ich ließ einen Schutzschirm entstehen und riss den Schild hoch, um Raphtalia und die anderen vor Rens und Itsukis Geschossen zu beschützen. Die Feinde, die uns umringten, knurrten und schlugen mit ihren Waffen die Skills aus der Luft. Was für Waffen waren das überhaupt? Und wer zum Teufel waren diese Typen?

»Was wollt ihr von uns?«, brüllte Ren sie an und hieb dabei auf sie ein. Einen entscheidenden Treffer landete er nicht, aber er setzte sie mit seinen höheren Werten unter Druck. Nur schienen sie Kettenhemden oder so etwas zu tragen, denn Ren drang mit seinem Schwert nicht durch ihre Panzerung.

»Was ist mit denen?!«

»Überlasst das ... Spider Net!«

Plötzlich war S'yne aufgetaucht und verschoss ihre Spinnenfäden in alle Richtungen. Dieser Angriff traf die Gegner unerwartet. Die Fäden wickelten sie ein und verlangsamten sie. Das war unsere Chance!

»Jetzt ich! Mächtiges Katana: Nebelkreuz.«

»Haaaaaaaaaa!«

»Los, Herr Itsuki!«

»Okay.«

Die Angriffsstärkeren unter meinen Gefährten nutzten diese winzige Chance und griffen an.

»Verd... Wir werden keinen Rückzieher machen!«

»Was für harte Rüstungen die tragen ...«

»Ja ...«

Endlich gelang es Raphtalia, Ren und Itsuki, durch die Kettenhemden der Feinde zu dringen, aber für tödliche Treffer reichte es nicht. Es war geradezu unheimlich, mit welch guter Koordination und verfeinerten Bewegungen sie vorgingen. Das waren hocheffiziente Attacken. Wertemäßig mochten wir überlegen sein, doch von der Kampftechnik her hatten wir das Nachsehen.

»Verflucht …«

»Bitte um Bewilligung der Kirschblütensteine!«

»Auf dieser Mission haben wir keine dabei! Bereitet euch auf einen ehrenvollen Tod vor!«

»Jawohl!«, schallte es zurück.

Das klang ja, als hätten sie noch ein Ass im Ärmel. Aber damit konnten wir uns jetzt nicht befassen!

»Ihr seid hier nicht willkommen!«

Atla fand den richtigen Moment und war plötzlich im Nahbereich von einem der Kämpfer.

»Uff!«

Hm? Hatte Atla gerade mit ihrer Attacke die Rüstung ihres Gegners zerbrochen? Ren und Itsuki hatten sich doch gerade beklagt, dass ihre Attacken nicht durchdrangen. Raphtalias, Rens und Itsukis Angriffe zeigten wenig Wirkung. Meine Skills wurden mühelos zerschlagen. Es musste also irgendeine Gemeinsamkeit geben …

Lag es daran, dass wir alle Helden waren?

Darüber konnten wir nicht lange nachdenken. Wir mussten etwas tun! Jedenfalls hatten wir es mit ungeheuer gewandten Gegnern zu tun. S'ynes Spinnenfäden waren bereits durchtrennt und brachten nichts mehr. Gab es keinen Weg, unsere Gegner schnell niederzumachen?

»Raphtalia!«

Wir mussten alles auf eine Karte setzen! Ich bedeutete ihr mit einem Blick, dass sie sich fokussieren sollte. Als sie nickte, wandte ich ihr den Rücken zu und begann mit einer Beschwörung, während ich die Attacken der Gegner abwehrte, die von vorn kamen. Ich konnte nur hoffen, dass dies aus dem Stegreif funktionierte und Raphtalia mit ihrer Stärke, der Illusionsmagie, unsere Gegner verwirrte. Indessen erschuf ich eins jener Puzzles.

»Schaffst du's, Raphtalia?«

»Ich streng mich an!«

Meine Grundmagie war nicht Aura, sondern Guard. Diese Unterstützungsmagie hatte ich anfangs gelernt, doch seit ich Aura erworben hatte, hatte ich jene Zauber im Kampf nicht mehr benutzt.

Für Raphtalia war es der erste Kollektivzauber, und sie wusste wohl nicht so recht, was sie tun sollte. Sie war jedoch schneller von Begriff als ich und brachte trotz aller Unerfahrenheit etwas zustande.

»Zwei Kräfte, vereint euch, um den Feind zu täuschen, und verleiht uns die Macht, das Schicksal der Niederlage abzuwenden und nach einer siegreichen Zukunft zu streben ...«

Super! Die Beschwörung verlief erfolgreich.

Woran es auch liegen mochte, gefühlt gelang es mir mit Raphtalia schneller, die Kräfte zu vereinen, als wenn ich mit Sadina zauberte. Natürlich war der zugrundeliegende Zauber auch einfacher. Jedenfalls mussten wir es versuchen! Mit unserer Magie würden wir den wilden Ansturm unserer Gegner stoppen. Jetzt kam alles zur Anwendung, was ich in letzter Zeit mit Atla und Raphtalia geübt hatte.

Atla attackierte intuitiv und heftig; im Vergleich dazu griffen unsere Gegner, wenngleich gewandt, doch eher konventionell an.

Damit konnte ich leichter umgehen.

Schließlich war der Zauber vollendet.

»Oh Drachenpuls, erhöre unser Ersuchen. Wir, als Quelle deiner Macht, bitten dich: Ergründe das Wesen der Dinge und gib uns die Kraft, die Feinde vor uns zu täuschen!« Und gemeinsam riefen wir: »Alles Sein ist Leere!«

Zielcursor erschienen vor meinen Augen. Offenbar waren alle markiert, die mir feindlich gesinnt waren. Ohne zu zögern, löste ich den Zauber aus. Es gab einen Knall, und unsere Magie traf alle unsere Gegner zugleich!«

»Ha!«

Plötzlich gingen alle Hiebe an uns vorbei, und unsere Gegner bewegten sich in die falschen Richtungen. Mutmaßlich legten unsere Illusionen einen guten Kampf hin.

»W... Was ist das?!«, fragte Ren.

»Wir haben einen Kollektivzauber gewirkt. Noch einen Moment dann sind unsere Gegner völlig angreifbar!«

»Anscheinend konnten wir mit Illusionsmagie ihre Sinne verwirren«, sagte Raphtalia. »Aber passt auf: Bei einem Treffer verpufft der Zauber, und dann bemerken sie euch!«

»Was sollen wir dann tun?!«

»Die Wirkungsdauer ist auch nicht allzu lang ... Also ...«

Raphtalia ging in eine Haltung, die ich schon einmal gesehen hatte.

»Es sieht aus, als hätten sie eine hohe Resistenz gegen unsere Skills und so etwas. Herr Naofumi, und die anderen Helden, ihr spürt es doch bestimmt auch?«

»Klar.«

»Herr Ren, Herr Itsuki, bitte gebt auch euer Bestes und nutzt diese Gelegenheit voll aus!«

»Geht klar!«

»Okay …«

»Ojeee …«

»Vergeigt nicht das Timing.«

Soweit es in meiner Macht stand, wirkte ich Aura auf meine Kameraden, angefangen mit den stärksten. Es dauerte keine Minute. Als Raphtalia genug Magie gesammelt hatte, gab sie Ren, Itsuki und allen anderen Dorfbewohnern ein Zeichen.

»Shooting Star Sword!«

»Eagle Piercing Shot!«

Angefangen mit Ren und Itsuki feuerten alle nach eigenem Ermessen ihre stärksten Skills und besten Techniken ab. Atla rammte einem der Gegner die Faust in die Brust. Vielleicht spürte er ihre Mordlust, oder es lag an seiner Kampferfahrung, jedenfalls ging er sofort in Verteidigungshaltung.

»Ich komme! Haaaaaaaaa!«

Die Klinge von Raphtalias Katana begann zu leuchten, und dann breitete sich etwas aus … kein Skill, sondern eine Attacke.

»Göttliches Schwert der acht Extremitäten!«

Es war wie ein wahnsinnig schnelles Iaigiri, doch alle wussten Bescheid und duckten sich. Die Gegner hingegen, die verwirrt dastanden, trafen Lichtstrahlen. Ein Yin-Yang-Symbol stieg auf, zerstob, und die Teile schossen in alle Richtungen davon.

»Uaaaaaaaaah!!«

Mit diesem unerwarteten Angriff waren alle Feinde zugleich ausgeschaltet worden.

»Ein Angriff, der von Magie und Qi zugleich Gebrauch macht?«, analysierte Atla. »So gehört es sich für jemanden, der sich rühmt, die rechte Hand Herrn Naofumis zu sein. Aber ich werde nicht hintanstehen!«

Sie trampelte auf einem der gefällten Feinde herum und zeigte Raphtalia eine Siegespose.

Im selben Moment gingen an der Küste mehrere Salven von Blitzen nieder, und dann kam Sadina aus dem Meer geschossen.

»Also wirklich ... Wenn ihr geglaubt habt, so könntet ihr Schwesterchen aufhalten, habt ihr euch aber getäuscht!«

»Boah, waren die stark«, sagte Kiru aufgeregt und stieß dabei mit der Scheide ihres Kurzschwerts gegen einen Feind am Boden.

»Und, kleiner Naofumi? Konntest du alle beschützen?«

»Erst mal schon«, sagte ich. »Den Rest hat Raphtalia ihnen gegeben.«

»D... Das war Wahnsinn!«, sagte Ren.

»Ja«, sagte Itsuki. »Ich hatte übrigens den Eindruck, dass die Skills unserer Waffen gegen diese Gegner schlecht gewirkt haben ... oder überhaupt nicht?«

Itsuki schien noch immer neben sich zu stehen.

»Wenn wir können, quetschen wir den Grund dafür aus ihnen heraus.«

Sogleich drehte ich einen mit einem Tritt auf den Rücken. Er riss die Augen auf und versuchte aufzustehen, aber ich setzte ihm energisch den Fuß auf die Brust.

»Jetzt ist Schluss mit Kämpfen, klar? So, und jetzt singt ihr mal schön!«

»Pah! Euch sagen wir ... gar nichts!«

Mit einem Mal drang Licht aus ihm und den anderen Kämpfern.

»Tochter des Mannes, der dem Thron entsagt hat. Unser Reich hat deine Kriegserklärung empfangen. Wir haben bereits Informanten dorthin ausgesandt! Es werden Attentäter kommen, einer nach dem anderen. Glaubt also nicht, dass ihr friedlichen Tagen entgegenseht! Ha ha ha ha ha!«

»Kleiner Naofumi!«

»A… Alle zurück!!«

»Ehre dem Himmlischen Kaiser!«

Auf meinen Befehl entfernten sich alle von den besiegten Kämpfern, und fast im selben Moment sprengten die sich selbst.

»Die jagen sich in die Luft, wenn sie verlieren? Unfassbar …«

Und außerdem ziemlich ekelhaft. Überall lagen Leichenteile und es stank nach Blut. Schwarzpulver roch ich auch. Und wer sollte das alles wieder sauber machen? Scheiße! Und jetzt standen auch noch Häuser in Flammen.

»Schnell, löscht erst mal! Halten wir den Schaden so gering wie möglich!«

Nachdem nun der Kampf vorbei war, löschten wir also den Brand, und anschließend versammelten wir uns aufs Neue.

Zum Glück hatten wir die Flammen schnell in den Griff bekommen. Die Camping Plant brannte erfreulicherweise nicht so leicht. Und selbst wenn sie zerstört wurde, ließ sie sich leicht ersetzen.

»D… Diese Waffe …«

Der Waffenhändler hielt gerade die Waffe eines der Feinde in den Händen und starrte sie ungläubig an. Sie war zerstört worden, als er sich in die Luft gesprengt hatte.

»Was ist damit?«

»A… Ach, nichts.«

»Sicher?«

Irgendwie machte er einen komischen Eindruck. Aber wenn er nicht drüber reden wollte, konnte ich nichts machen.

»Tut mir leid. Da kommst du mal ins Dorf und wirst ausgerechnet an dem Abend in so was reingezogen.«

Der Waffenhändler hatte sich ebenfalls gut geschlagen, ein Stück von uns entfernt. Ich musste mich bedanken, vor allem aber entschuldigen.

»Schon gut, Jungchen. Sag, soll ich die Waffe noch ein bisschen genauer unter die Lupe nehmen?«

»Hm? Ja, die scheinen ja seltsame Funktionen zu haben. Wäre klasse, wenn du dir das angucken könntest.«

Ich hatte das Gefühl, dass sie gegen unsere Heldenkräfte merkwürdig wirksam waren. Wenn er diese Dinger analysierte, würde sich das Rätsel doch sicher lösen lassen. Da hatte ich vollstes Vertrauen.

»So, Sadina, willst du mir nicht mal verraten, was das alles sollte?«

»Ach, stimmt. Ich wollte es dir ja gerade erklären, da wurden wir gestört. Jetzt lässt sich's wohl sowieso nicht länger geheim halten.«

Sie war zu ihrer Subhumanoidenform zurückgekehrt. Nun hob sie ergeben die Schultern.

»Bis jetzt habe ich es für mich behalten, aber Raphtalia hat in jenem Reich ... den gleichen Stand wie die Königsfamilie hier.«

»Wie bitte?!« Raphtalia deutete auf sich selbst, sichtlich erschrocken.

»Ach, so ist das?«, fragte Ren. »Deine Gefährtin Raphtalia ist ...«

»Das ist eine Überraschung«, sagte Itsuki. »Stimmt doch, oder Rishia?«

»J... Ja, Herr Itsuki.«

Unter den Anwesenden brach Getuschel aus.

»So überraschend auch wieder nicht«, sagte Atla mit erhobener Stimme.

Was sollte das bedeuten? Hatte sie etwa schon gespürt, dass Raphtalia von adeligem Blut war?

»Für mich ist Raphtalia ein Hindernis auf meinem Weg, Herrn Naofumi für mich allein zu haben. Daran hat sich nichts geändert.«

Ah, jetzt blickten aber einige bestürzt drein. Ich war auch sprachlos.

»Du bist ja nicht ins Wanken zu bringen«, murmelte ich.

Wenn man es sich genau überlegte, zählte Drecksack das Oberhaupt Schildwelts zu seinen Blutsverwandten, daher waren Fohl und Atla ebenfalls von königlichem Geblüt.

»Zurück zum Thema. Was hat das denn jetzt alles mit der Miko-Tracht zu tun?«

Sadina warf einen verlegenen Blick zu Raphtalia hinüber. Dann fuhr sie sich durchs Haar und wandte sich mir wieder zu.

»Genau. Die, gegen die wir gekämpft haben, haben von einem Kaiser gesprochen, richtig? Das ist der Regent jenes Reichs Q'ten Lo, aus dem Raphtalias Eltern stammen.«

»Ah.«

»Und das, was du Miko-Tracht nennst, darf dort allein die Kaiserin tragen.«

Ach, so war das also. Ren, Itsuki, Rishia, Atla, Fohl, ja alle hier Anwesenden schienen so langsam zu begreifen.

»Dass ihr das so ungewöhnlich gut steht, hängt dann also auch mit ihrer Abstammung zusammen. Und außerdem bedeutet es, dass sie die Regentin ist.«

»Genau.«

»Raphtalias Vater wollte den Thron nicht. Er verzichtete auf sein Anrecht, lief davon und landete hier in Melromarc.«

Sadina nickte mehrmals.

»Von der Warte dieses Volks trägt also irgendwo in der Ferne die Untergebene des Schildhelden, der auch als Gott der Subhumanoiden bezeichnet wird, königliche Kleider. Was bedeutet, dass sie den Thron für sich beansprucht. Dies kommt einer Kriegserklärung gegen ihr Reich gleich. Und jetzt wollen sie Raphtalia ans Leder. Hab ich was vergessen?

»Du kannst gut schlussfolgern, kleiner Naofumi. Schwesterchen staunt.«

»Was ist daran schwer zu verstehen? Sobald das Reich den Bericht kriegt, hetzen die Raphtalia reihenweise Attentäter auf den Hals!«

Ach, Mann! Wieso wurde ich ständig mit solchen Problemen überflutet? Ich hatte es doch endlich geschafft, dass Ren, Itsuki und Motoyasu ihre Hochrüstmethoden teilten – wenn Motoyasu auch weiterhin verschollen war. Nun hätten wir sie nur noch von den Flüchen befreien müssen, schnell die sieben Sternhelden empfangen – aber jetzt das. Langsam fühlte ich mich verarscht!

»Ich hatte gedacht, es würde schon nichts passieren, wenn wir sie nur nicht reizten. Dass du Raphtalia diese Sachen zum Anziehen geben würdest, darauf wär ich im Leben nicht gekommen.«

Verflucht ... Warum hatte es nur so weit kommen müssen? Ich hatte mich doch nur am Anblick meiner Tochter in ihren Festkleidern erfreuen wollen! Scheiße!

»Sag mal, Sadina. Du hast doch manchmal in Ecken geguckt, wo niemand war. Das war also, weil du gespürt hast, dass diese Typen sich da versteckten, oder?«

»Genau. Sie haben ihre eigenen Tarntechniken. Selbst mir fällt es schwer, sie zu erspähen.«

»Seit wann überwachen die uns schon?«

Auf meine Frage hin wurde ihr Blick ein wenig bitter.

»Schon seit Raphtalias Eltern das Reich verlassen haben.«

»Ernsthaft?«

Das hieß also, die waren die ganze Zeit schon da gewesen. Als das Dorf von der Welle getroffen und zerstört worden war; als Raphtalias Eltern gestorben waren; als Raphtalia beinahe gestorben wäre; als sie ein leidvolles Sklavenleben hatte führen müssen. Die ganze Zeit hatten sie schweigend zugesehen und keinen Finger gerührt, um ihr zu helfen. Raphtalia hatte sie also nur so weit interessiert, wie sie ein Problem für ihr eigenes Adelshaus darstellte. Sie hatten untätig danebengestanden, während Raphtalia um ihre Eltern getrauert hatte, als Sklavin ausgepeitscht worden war und dann im Dienst eines Helden immer wieder Schlimmes durchgemacht hatte.

Von wegen Himmlischer Kaiser! Was fiel denen ein, ihre heilige Blutlinie derart geringzuschätzen? Schon für sich genommen war es ganz schön ekelhaft, dass sie sie die ganze Zeit beobachtet hatten!

»Ha … ha ha ha ha ha ha ha ha ha ha ha ha ha ha ha ha!«

»H… Herr Naofumi? Hör mal …«

»Die haben Nerven. Aber wenn sie meinen, sie könnten in unser Dorf kommen und Raphtalia etwas antun, dann müssen wir sie dafür bestrafen. Sadina, hast du nicht was von der Bereitschaft gesagt, ein Reich zu stürzen? Ich bin dabei. Ich nehm dich beim Wort. Ich werde diesem Reich mit meinen eigenen Händen ein Ende setzen!«

»Herrje …«

Was glotzte sie mich so verzückt an?!

»Du willst das durchziehen?«, fragte Ren.

Ich nickte entschieden. »Ja. Ich hasse solche Arschlöcher. Das verstehst du doch?«

»Na ja … schon. Du willst es ihnen mit gleicher Münze heimzahlen. Und wenn du das Problem einfach ignorierst, kommt bestimmt auch nichts Gutes dabei raus.«

»Wobei das alles nur passiert ist, weil Naofumi Raphtalia diese Miko-Tracht …«

Als ich zu Itsuki herumfuhr, hielt Rishia ihm eilig den Mund zu. Hmpf. Diesmal würde ich darüber hinwegsehen. Es stand ja fest, gegen wen ich meinen Zorn zu richten hatte. Er sollte sich lieber mal anstrengen, stärker zu werden, sodass wir es ihnen heimzahlen konnten.

Ich sah Raphtalia an, die mit hängenden Schultern dasaß und niedergeschlagen wirkte.

»Oder hast du was dagegen?«

»Nein … Nachdem sie mich die ganze Zeit beobachtet haben, denke ich, es muss sein. Es ist nur … Das tut mir so leid!«

»Ach was. Wenn wir die Sache regeln müssen, damit du endlich die Miko-Tracht tragen kannst, dann ist das eben so. Ausweichen können wir diesem Hindernis eh nicht … also werden wir mit Vollgas durchbrettern!«

Genau. Wenn diese Arschgeigen meinten, sie könnten in mein wiederaufgebautes Lurolona kommen und uns angreifen, dann mussten wir zurückschlagen. Diese Schlacht war nun ohnehin unausweichlich, und ehe wir hier ängstlich herumsaßen und darauf warteten, dass der Feind zurückkehrte, würden wir die Sache lieber selbst in die Hand nehmen und es ihnen heimzahlen, und zwar hundertfach.

»Nachdem das nun beschlossen ist, schreiten wir gleich zur Tat. Sadina, verrat uns den Standort des Feindes.«

»In Ordnung.«

Und so fassten wir den Entschluss, zu jenem abgeschotteten Reich aufzubrechen, aus dem Raphtalias hochwohlgeborene Eltern stammten: zum Reich Q'ten Lo.

Autorenprofil: Aneko Yusagi

Stammt aus der Präfektur Kanagawa.
Die Liebe zu Videospielen und zum Lesen gipfelte in dem Wunsch, Romane zu schreiben.
Verfasste *The Rising of the Shield Hero* und veröffentlichte die Geschichte im Netz. Vom ersten Teil an fieberten die Fans jeder Fortsetzung entgegen.
Debütierte im August 2013 bei *MF Books*.
»Ich komme von ganz unten und will nach ganz oben.«

TOKYOPOP GmbH
Hamburg

TOKYOPOP
1. Auflage, 2024
Deutsche Ausgabe/German Edition

Aus dem Japanischen von Bernd Sambale

TATE NO YUUSHA NO NARIAGARI Vol.12

First published in Japan in 2015 by KADOKAWA CORPORATION, Tokyo.
German translation rights arranged with KADOKAWA CORPORATION, Tokyo
Through TUTTLE-MORI AGENCY, INC., Tokyo.
Illustration: Minami Seira
Design: ragtime

Redaktion: Simone Meinecke
Lettering und Herstellung: Mathias Neumeyer
Umschlaggestaltung: Anja Winteroll, Annika Meyer-Wülfing
Druck und buchbinderische Verarbeitung:
CPI–Clausen & Bosse GmbH, Leck
Printed in Germany

MIX Papier FSC® C083411

Wir achten auf die Umwelt.
Dieses Produkt besteht aus FSC®-zertifizierten und anderen kontrollierten Materialien.

ISBN 978-3-8420-9639-4

www.tokyopop.de

KONO SUBA!
GOD'S BLESSING ON THIS WONDERFUL WORLD
TOKYOPOP
1
Zeichnungen: Masahito Watari
Text: Natsume Akatsuki
Charakterdesign: Kurone Mishima

TOKYOPOP®
DEATH NOTE
Light up the NEW world
Originalkonzept: Tsugumi Ohba, Takeshi Obata
Autor: Masatoshi Kusakabe
Drehbuch: Katsunari Mano